大河小說 주역 ⑤

선혈로 물든
인연의 늪

김승호 지음

도서출판 선영사

차례 ● ● ●

빗자루를 든 괴노인(怪老人)

건영이는 다시 정마을 쪽으로 배를 몰아 강을 건너고 있었다. 인규의 발걸음은 가볍지 않았지만 이는 잠시뿐, 즉시 체념하고 자기의 갈 길을 재촉했다.

'늦기 전에 서울에 당도해야지!'

인규는 서울에 빨리 도착하는 것만이 자신의 해야 할 일이라 생각하고 걸음을 빨리했다. 인규가 걸어가는 길은 처음엔 좌측으로 비스듬히 올라갔지만, 이내 우측으로 꺾이면서 평탄한 길이 나왔다.

방향을 보면 강물과 나란히 달리고 있는 것이다. 길의 좌측은 깊은 숲이 연해 있었고, 우측은 낮은 절벽이 가끔 나타나고 있었다. 길은 때로 우측으로 휘어들어가 강 쪽으로 연결되기도 했지만, 강 쪽은 절벽과 험난한 바위, 그리고 깊은 물이 맞닿아 있을 뿐 길은 없다. 모래사장이나 넓은 들판이 나타나려면 하류 쪽으로 한참이나 내려가야 한다.

인규는 이 길을 자주 다녀봐서 익숙해져 있었고, 산으로 가는 길과 강으로 가는 길, 그리고 정마을로 통하는 나루터로 가는 길을 훤히 통달하고 있었다.

인규가 지금 걷고 있는 이 길은 한적하고 평화롭지만 시야가 막혀 있고 개울물도 드물게 나타나 조심스레 건너지 않으면 안 되었다. 그런데 이 길은 사람이 거의 다니지 않아서 언제나 풀이 무성해 있었다. 그렇다 하더라도 인규는 숲과 길을 혼동하지 않았다. 이곳에 처음 오는 사람은 필경 어딘가 숲 속으로 잘못 찾아들어 길을 잃을 것이 뻔하다.

오늘은 무척 더운 날이다. 거의 모든 길에 나무 그늘이 드리워져 햇빛이 들지는 않지만, 바람이 잘 통하지 않아 기온이 매우 높다.

인규는 원래 추위든 더위든 잘 견디는 편이었다. 단지 오늘은 평소보다 빨리 걷고 있었기 때문에 더위를 좀 느끼고 있을 뿐이었다. 인규는 걷는 속도를 조금 늦추었다. 순간 어디선가 인기척이 느껴졌다.

'음? ……사람인데!'

인규는 놀라면서 어떻게 할까 망설였다. 이런 경우는 처음 겪는 일이다. 사람을 만나려면 아직 한참 더 하류 쪽으로 가야 하는데, 이 좁은 길까지 왔다면 이는 분명히 정마을로 가는 사람일 것이다.

'혹시 서울에서 누가 오는 것일까……?'

인규는 잠깐 이렇게 생각해 보았지만 왠지 불길한 예감이 들었다. 인규는 재빨리 숨을 곳을 살펴봤다. 아무래도 숨어서 상황을 보는 게 낫다는 생각에서였다. 이런 숲 속에서 낯선 사람을 만난다는 것은 기분이 께름하다.

'어디로 숨을까……? 숲으로……? 마땅한 곳이 눈에 띄지 않는군. ……그렇지! 저쪽에 강변으로 통하는 길이 숨기엔 적당할 것 같군!'

인규는 급히 우측 길로 들어서 강 쪽으로 조금 들어갔다가 다시 길옆 숲으로 숨었다. 그곳에서라면 지나가는 사람이 보일 것이었다. 사람의 소리는 점점 가까워지고 있었다. 그러나 발자국 소리가 아니었다. 이 사람은 계속 흥얼흥얼 혼잣말을 지껄이고 있었다.

드디어 모습이 보였다. 자세히 보니, 나이가 상당히 들어 보이는 노인인데, 무엇인가 망설이며 서 있었다. 앞으로 전진 할까 아니면 방금 나타난 우측 길로 향할까 생각하는 것 같았다. 얼핏 봐서는 위험해 보이는 사람도 아니고 체격도 작고 키도 작았다.

인규는 저 정도의 사람이라면 만나 봐도 별 사고 없을 것이라는 생각이 들었다. 노인은 인규가 숨어 있는 강 쪽의 길로 들어섰다. 이때 인규는 잠시 망설였다. 자기가 갑자기 나서면 노인이 놀랄 것 같았다.

이왕 숨어 있었던 것이니 노인이 지나간 다음에 나가는 것이 좋을 것이라고 생각했다. 인규는 더욱 조심스레 몸을 숨겼다. 갑자기 나타나는 것보다 더 무서운 것은 숨어 있는 것을 발견하게 되는 경우이다.

노인은 여전히 흥얼거리며 인규의 바로 앞을 지나갔다. 가까이서 보니 노인의 얼굴은 아주 인자해 보였고 옷은 매우 낡았는데, 어깨에는 긴 빗자루를 둘러메고 있었다.

'빗자루? ……이상하다. 이 산 속에는 웬일이며 더구나 빗자루는 왜 가져왔을까? ……혹시 이 근처 사는 노인네가 강을 구경하기 위해 나온 것일까? ……글쎄, 이 근방에 인가(人家)가 있는 것 같지 않았는데……'

노인은 강가 쪽으로 걸어가 바로 앞 절벽에 섰다. 그리고는 강물은 보지도 않고 빗자루로 땅바닥을 쓸었다. 인규는 잠시 더 그대로 숨어 있었다. 노인은 등을 돌리고 땅바닥을 열심히 쓸고 있었다.

'도대체 무슨 일을 하고 있는 것일까? ……이곳에 청소를 하러 왔단 말인가? 이 산중을 청소해서 도대체 무슨 소용이란 말인가? 그렇다면 혹시 이곳에 조상의 무덤이라도 있는 것일까? 아니면 혹시 미친 노인네가 아닐까……?'

인규가 이런 생각으로 노인을 바라보니 아닌 게 아니라 노인의 행동은 이상했다. 쓸고 있는 땅바닥을 보니 필요 없이 건성으로 쓸고 있는 것이었다. 그런데도 참으로 열심히 쓸고 있었다.

인규는 언제까지나 숨어 있을 수는 없다고 판단하고 숲에서 나오려고 했다. 노인의 행동으로 봐서 무슨 소리가 나도 돌아볼 것 같지가 않았다. 그런데 이때 다른 곳에서 소리가 났다. 인규는 다시 움츠렸다. 사람이 나타난 것이다.

이번에 나타난 사람은 젊은 사람인데 얼굴이 아주 험상궂었다. 그리고 왠지 거친 느낌을 주었다. 인규는 저런 사람과 마주친다면 필경 시비가 일어날 수도 있다고 생각하고 그가 지나치기를 기다리기로 했다.

이 젊은 사람은 그 자리에 서서 노인을 바라봤다. 사실 이 젊은 사람은 노인의 뒤를 밟아온 것 같았다. 젊은 사람은 노인을 노려보는 한편 뒤쪽으로 신호를 보냈다.

일행이 있는가 보았다. 이들은 노인이 계속 걸어가면 숨어서 뒤쫓을 생각이었는지 노인이 느닷없이 절벽 앞에 멈추어서 땅바닥을 쓸고 더 이상 움직일 기미가 없으니 기다리기 싫어서인지 몸을 나타낸 것이리라.

잠깐 사이에 여러 사람이 나타났고, 잠시 후 몇 사람이 더 나타났다. 모두 일곱 명이었다. 하나같이 훤칠하고 험상궂었다. 모두가 깡패처럼 보였다. 패거리는 슬슬 앞으로 걸어왔다. 얼굴에는 웃음기가 서려 있었는데, 오만함과 잔인함이 함께 깃들여 있었다.

이들은 노인 쪽을 향해 당당한 걸음으로 걸어갔다. 그러나 노인은 이들을 의식하지 않고 땅바닥을 계속 쓸고 있었다. 마침내 젊은 패거리들은 노인 앞에 섰다. 그러고는 무례하게 노인을 불렀다.

"이봐, 영감!"

그러나 노인의 대답은 없고 순간 놀랄 만한 일이 일어났다. 노인은 어느새 패거리들 앞으로 한 발 다가서는 듯하더니 돌연 한 사람을 낚아챘다. 기합 소리도 없었다. 노인은 패거리들 중 하나를 당기는 듯하면서 끌어 던졌는데, 흡사 작은 물건이 날아가듯 공중에 떠서 절벽 아래로 날아가 버렸다.

"아 — 악!"

'저런! 저런 일이 있을 수 있다니……'

인규도 너무나 놀랐지만 패거리들은 더욱 놀라, 몸이 그 자리에 굳어 버렸다. 그러자 노인은 숨 돌릴 사이도 없이 다음 행동을 개시했다.

"뻑!"

노인은 또 한 명의 따귀를 후려갈기듯 했는데 목뼈가 완전히 꺾이면서 몸이 옆으로 기울어졌다. 그러나 땅으로 쓰러지지는 않았다. 쓰러질 틈도 없이 노인은 이미 그 전에 이 사람을 잡아서 멀리 던져버린 것이다.

비명 소리조차 없었다. 따귀를 맞을 때 벌써 혼절했던 것이다. 노인의 세 번째 행동은 즉시 이어졌다. 노인은 하늘로 치솟는 듯하더니 공중에서 곧장 앞으로 내질러 한 명의 안면을 후려쳤다.

"으악 —"

맞은 사람은 그 자리에서 뒤로 나가자빠졌다. 이와 동시에 노인의 빗자루가 옆에 있던 패거리의 어깨를 내리쳤다.

"어 ― 억!"

이 사람은 그 자리에서 앞으로 꼬꾸라졌다. 그리고 노인은 땅에 착지하자마자 쓰러진 패거리 둘을 동시에 잡아당겨 등 뒤로 던져버렸다. 역시 그들도 절벽을 향해 낙하해 버렸다.

노인의 힘은 이루 표현할 수 없었을 정도로 넘쳐흐르는 듯했다. 두 사람은 작은 돌멩이 팽개치듯 집어던진 것이었다. 그뿐만 아니었다. 노인은 두 사람을 잡아채서 뒤쪽으로 던지는 와중에도 빗자루를 몸에서 떨어뜨리지 않았다.

빗자루는 공중에 떴을 때든, 사람을 집어던질 때든, 양쪽 어깨로 이동하면서 몸에 붙어 있는 것이었다. 그러나 인규는 그 빗자루의 이동을 볼 수가 없었다. 단지 빗자루는 꼿꼿이 서서 노인과 함께 있다는 사실을 알 뿐이었다.

남아 있던 젊은 패거리들은 순식간에 일어나 일련의 사건을 그제야 깨닫고 도망가기 시작했다. 남아 있는 사람들은 이제 세 사람뿐인데, 이들은 번개같이 몸을 돌려 뛰어 달아났다. 노인도 말없이 그 뒤를 쫓았다.

그런데 노인의 발놀림은 참으로 이상했다. 마치 술 취한 사람처럼 비틀거리는 것 같고, 동작도 느린 것 같은데, 이동하는 속도는 상당히 빨랐다. 그나마 노인은 일부러 속도를 늦추는 것 같았다.

비틀거리며 잠깐씩 멈추기도 하기 때문이었다. 흡사 장난스런 광대 놀음 같았다. 젊은이들은 둘로 갈라졌다. 두 사람은 강의 상류 쪽 인규가 걸어왔던 쪽으로 달아나고, 한 사람은 강의 하류 쪽, 그들이 왔던 쪽으로 달아났다.

노인은 갈림길에 서서 잠깐 생각하는 듯했다. 아무리 신통한 노인이라 할지라도 동시에 두 곳으로 갈 수는 없다. 노인은 양쪽을 번갈아보더니 한 길을 선택했다. 상류 쪽이었다. 노인이 그쪽을 선택한 것은 그쪽으로 두 사람이 도망했기 때문일 것이다. 노인은 사람이 많은 쪽을 선택한 것이다. 인규는 놀랄 사이도 없이 벌어진 사건을 보고 뒤늦게 가슴이 두근거리고 공포가 엄습해 왔다. 혹시 그 노인네가 다시 올 수도 있을 것이다. 인규는 급히 숲을 빠져나와 하류 쪽으로 달려갔다.

노인이 도망 간 두 사람을 처치하고는 다시 올 것이 틀림없었다. 인규는 신속하게 행동했다. 인규보다 앞서 도망간 패거리는 지금 쉬지 않고 달리고 있었다. 그러나 인규는 가끔씩 뒤를 돌아봤지만 멈출 엄두가 나지 않아 계속 달려 도망쳤다.

이로부터 얼마나 지났을까? ……과연 노인이 나타났다.

두 젊은이는 지금쯤 어떻게 되었을까? ……필경 맞아서 죽었거나 강물에 던져졌을 것이다. 혹은 두 가지 다 해당될 수도 있겠지만…….

노인은 인규가 숨어 있던 바로 그 자리를 흘끗 쳐다봤다. 인규가 아직도 그 자리에 있었더라면 기절초풍했을 것이다. 노인은 당초 인규가 숨어 있었던 것을 알고 있었던 듯 보였다. 그러니 처음의 장소에 다시 오자마자 바로 그곳부터 살펴보는 것이리라.

노인은 다시 하류 쪽으로 달리기 시작했다. 속도를 내는 것을 보니 추적하는 의도가 틀림없었다. 노인의 어깨에는 여전히 빗자루가 들려 있었다.

인규는 계속 달려서 어느덧 숲을 빠져나왔다. 그리고 쉴 사이도 없이 마침 와 있던 버스에 올랐다. 버스는 인규의 마음을 알기라도 한 듯이 오래 지체 않고 출발해 주었다. 인규는 버스 안에서 호흡을 가누는 동안에도 불안을 지울 수가 없었으므로 버스가 출발하고 나서도 차창 밖 뒤쪽을 몇 번인가 쳐다봤다.

그런 노인네라면 보는 사람이 있든 없든 서슴없이 살인을 저지를 수 있을 것이다. 경찰이 온다 하더라도 그런 노인은 제지할 수 없을 것 같았다.

인규는 차가 한동안 달려가자 차츰 호흡이 가라앉고 겨우 안정을 찾으면서 찬찬히 당시 상황을 그려보았다. 도저히 있을 수 없는 광경이었다. 하나의 악몽! 차라리 꿈이었으면…… 인규로서는 정마을로 가는 길목에서 그런 사건이 있었다는 자체가 크나큰 공포였고 실망이었다.

그 평화스러운 숲에서 그토록 끔찍한 일이 일어나다니…… 더구나 정마을이라는 낙원으로 통하는 길목에 괴인이 출현하다니! ……이제 낙원으로 가는 길은 위험이 도사리고 있는 셈이 되었다.

그 노인의 행동으로 봐서 그 숲을 영원히 떠난다고 볼 수는 없기 때문이다. 그 노인은 살인을 즐기고 있다. 그렇다! 살인, 그 자체를 즐기는 것이다.

도망가는 사람을 쫓아가는 그 모습을 보라! ……흡사 마귀 같고 저승사자를 닮았다. 남루한 옷차림에 비틀거리며 쫓아가는 모습, 그 모습에는 집요한 살인의 욕망이 깃들여 있는 것이다.

그 빗자루는 또 뭐란 말인가? ……예부터 빗자루에는 귀신이 붙어 있다는 말이 있는데, 그 노인이야말로 빗자루 귀신이 아니고 무엇이란 말인가?

인규는 그 노인의 얼굴을 그려보려고 애썼다. 어렴풋이 떠오른다.

감정이 없어 보이고 눈은 사람을 똑바로 보지 않는다. 고개는 약간 숙이고 있는데도 무엇이든 다 보고 있는 것이다.

그 노인의 동작은 무술이라고 볼 수 없다. 높은 무술의 경지를 넘어서 있다. 악마의 동작인 것이다. 숲에서 죽은 그 젊은 사람들도 물론 좋은 사람들은 아닌 것 같았다.

그러나 그 사람들은 단지 나쁜 사람 축에 들 뿐이지 악마라고 말할 수는 없다. 고작해야 불량배, 혹은 건달 정도일 것이다. 그들은 노인의 뒤를 쫓아온 것 같았는데, 그 일은 결과적으로 크게 잘못된 것이다. 노인이 악마라면 어떠한 일이 있어도 근접을 해서는 안 될 것이다.

'그 노인의 정체는 도대체 무엇일까? 청소부? 청소를 하다 미친 노인일까……? 그럴 리가 없을 것이다. 무슨 청소부가 그토록 힘이 세고 그토록 신속하게 날아오른단 말인가? 혹시 세상을 쓸어버리는 청소부라면 모를까! 하지만 빗자루를 들고 있는 것으로 보아 청소부일지도 모른다. 그래, 악마가 내려와서 사람을 닥치는 대로 쓸어버리는 거야…… 살인을 즐기려고 내려온 것이지……'

인규는 너무나 놀란 나머지 이런 생각까지 하면서 전율했다. 인규의 마음속에는 그 노인이 사람을 잡아채서 사정없이 던져버리는 그 모습보다는 날렵하게 뒤쫓아 가던 모습이 더 선명하게 떠올랐다.

'술 취한 사람처럼 비틀거리며…… 재미있어 하고…… 끝까지 따라붙을 자세…… 그리고 불길한 인상을 주는 빗자루까지……'

인규는 소름이 끼쳐 고개를 설레설레 저었다.

버스는 정차했다. 춘천역에 다다른 것이다. 인규는 버스에서 내리자마자 즉시 역으로 뛰어들어 기차표를 끊었다. 이번에도 마침 기차가 떠날 시간이 되었으므로 쉽게 열차에 오를 수가 있었다.

인규는 가급적 사람이 많은 칸을 골라 좌석에 앉았다. 기차는 서서히 역을 빠져나갔다. 가까이 보이는 산언덕이 뒤로 천천히 멀어져 갔다. 기차의 기적 소리는 여느 때보다 인규의 마음을 안정시켜 주는 것 같았다. 기차는 속도를 내기 시작했다.

인규는 주위의 사람들을 보면서 자신은 고독한 사람이라고 느꼈다. 자기가 당한 일은 지금 주위에 있는 사람들은 까맣게 모르고 있다. 인규 혼자만의 악몽인 것이다.

그런데 서울에 가서 박씨에게 이 사건을 그대로 얘기한다 해도 안 믿어주면 어떻게 할까? 하는 생각이 떠오르자 인규는 더욱 심한 낭패조차 느끼면서 엉뚱한 생각까지 했다.

'아! ……그리고 그 이상한 청소부가 정마을까지 가는 것이 아닐까? 그렇지, 오늘 건영이의 태도는 이상했다. 서울은 안전하다고…… 그러나 정마을은 어떤가? 건영이에게 미리 알려주는 것이 옳지 않았을까? ……아니다! 건영이는 곧장 서울로 가라고 했다. 과연 건영이는 이 일을 알고 그렇게 당부했을까? 그럴지도 모른다. 건영이는 상상할 수 없이 신통한 사람이니까!'

인규의 마음속에는 불안과 안도감이 교차했다. 불안은 그 노인을 그려볼 때마다 일어났고, 안도감은 신통한 건영이를 그려볼 때였다.

'……어떻게 하면 좋을까?'

인규는 가만히 건영이가 한 말을 떠올려 보았다.

'곧장 서울로 가야 해! ……알겠지?'

인규는 무력감을 느끼면서 제발 건영이에게 무슨 대책이 있기를 하늘에 빌었다. 물론 건영이가 나루터에서 얘기한 것은 청소부 사건을 두고 얘기한 것이라는 증거는 없다. 단지 인규가 그렇게 생각하는 것뿐이다. 어쩌면 건영이는 사실 그대로 그 사건을 지적했는지도 모를 일이다.

인규는 아예 그렇게 생각하고 건영이의 능력을 믿기로 했다. …… 그러나 만약 건영이가 그런 괴인을 만난다면 무슨 대책이 있을 수 있단 말인가?

하기야 미래를 미리 아는 능력이 있는 건영이니까 도망이라도 하면 될 것이다. 그런데 도대체 어디로 도망해야 한단 말인가?

인규는 이런 복잡한 생각을 떨쳐버리고 단지 서울 일이나 빨리 끝나서 남씨 아저씨와 박씨 아저씨와 함께 정마을로 돌아가고 싶을 뿐이었다. 기차는 어느 역엔가 잠시 멈추었다가 다시 움직였다. 서울은 시간이 지날수록 가까워지고만 있었다.

기차가 달리는 드넓은 벌판은 한가롭고 평화로웠다. 가끔 나타나는 강은 서울을 향해 흘러가고 있었다. 얼마간 시간이 흘렀다. 이제 서울은 멀지 않은 것 같았다.

'서울에 있는 사람들은 그동안 어떻게 지냈을까? ……지금은 상황이 어떻게 변해 있었을까?'

인규는 창밖을 보면서 마음은 서울로 보내고 있었다.

기다리는 사람들

서울에 있는 남씨는 지금 안국동 사무실에 있었다. 마주 앉은 사람은 조합장이었고, 남씨 옆에는 박씨도 나와 있었다. 박씨는 병원 측의 만류에도 불구하고 억지로 퇴원해 버렸다.

멀쩡한 사람이 병원에만 누워 있을 수가 없었기 때문이었다. 담당 의사는 박씨를 세심히도 조사했지만 어느 한 구석도 병든 곳은 없었다. 그러나 다른 사람과 비교해서, 즉 일반인과 비교해서 박씨의 회복은 마치 기적 같은 것이어서 의사의 인체 지식(人體知識)으로써는 도저히 이해되지 않는 것이었다.

그도 그럴 것이 소위 인체 전문가인 의사라는 사람의 지식 속에는 관외순환체계(管外循環體系)로써 인체의 전후면(前後面)을 감고 있는 기(氣)의 거대 도로(巨大道路)인 임독맥(任督脈)이라는 개념이 없었다. 더구나 뇌가 순간적으로 중계(中繼)하여, 먼 거리 떨어진 신체가 돌발적으로 협력하는 힘을 이해 못하는 것이었다.

어디 그뿐이랴! 혈액의 흐름을 임의로 조절하고, 불수의신경(不隨意神經)마저도 수의권(隨意圈) 내에 편입시켜 인체의 모든 신경을 움직이는, 인체의 비기(秘機)를 상상조차도 못하는 것이다.

인간의 감각이란 고작해야 오관 감각(五官感覺)에 불과하지만, 박씨의 감각은 인간의 그것에 비해 수십 배에 달하는 부위 감각을 가지고 있었다. 의사는 박씨를 치료하기 위해서가 아니라 박씨의 몸을 이해하기 위해서라도 병원에 더욱 잡아두려 했지만, 박씨는 병원에 갇혀 있는 것을 더 이상 견딜 수 없었다.

아무튼 박씨가 퇴원하자 조합장은 이를 크게 환영했고, 땅벌파의 싸움도 새로운 국면으로 접어들게 된 것이다. 남씨는 현재 작전을 지시하기 위해 조합장과 부하 몇 명을 소집시켰다. 그런데 남씨의 마음은 정마을로 떠난 인규를 기다리고 있는 중이었다.

인규가 돌아올 날은 벌써 여러 날이 지나 있었다. 처음엔 남씨도 인규가 정마을을 떠나기 싫어서 하루라도 더 머무르고 있다고 생각했지만, 지금에 와서는 달리 생각하고 있었다.

즉 건영이가 인규를 재촉해서 서울로 보내지 않은 것은 서울 상황이 그리 급할 것이 없다는 뜻이거나, 건영이는 할 말이 없으니 남씨가 알아서 처리하라는 뜻이리라.

남씨는 이렇게 생각하고 새로운 작전을 구사하기에 이르렀다. 마침 박씨도 퇴원했으니 차제에 한번 크게 움직여 마무리를 지으려고 생각했다.

조합장도 상황의 변화가 없이 세월만 가고 있으니 무엇인가 돌파구를 열어야 할 것이라고 생각하고 있었다. 지금 조합장의 마음은 무사안일한 상태는 아니었다. 오히려 긴장의 끈을 더욱 단단히 조이고 상황의 변화를 예의주시하고 있었다.

그것은 얼마 전 최후의 결전을 거행하기 위해 암사리 마을로 출동한 날의 사건에 기인하기도 하는데, 땅벌파 측에서는 그날 미리 알고 암사리에서 일시에 사라졌을 뿐 아니라, 그 와중에서도 서울 시내의 조합장 측 진지를 공격했던 것이다.

이 사건으로 인해 조합장은 적에 대한 경계심을 늦추지 않는 한편, 남씨의 지휘에 더욱 충실히 따르고자 하는 심정이 되어 있었다. 그동안 남씨는 몇 가지 사실을 연구해 두었다.

첫째는, 그날 그들이 갑자기 사라진 일인데, 이는 능인 할아버지의 행동과 관련이 있을 것이라는 점이다. 저들 두목은 아마도 땅벌파 측의 괴인을 능인 할아버지가 급습하는 장면을 목격하고 자기들도 급히 피신해야겠다고 생각한 것이리라. 그렇다면 그 괴인과 능인 할아버지의 결투는 어찌 되었을까? 그것은 아마도 결판이 나지 않았을 것이다. 필경 그 괴인이 도중에 피신했을 것이다. 왜냐하면 이쪽에는 좌설 할아버지가 돕고 있으니 그 괴인은 아무래도 역부족을 느꼈을 것이다.

둘째, 능인 할아버지는 서울을 떠났거나, 아직도 그 괴인을 추적하고 있을 것이다. 그 괴인도 필경 서울을 떠났을 것이다. 만약 그 괴인이 아직 서울에 남아 건재하다면 능인 할아버지는 서울을 떠날 리가 없을 것이다. 현재의 상황은 저 위쪽 분들의 쟁투가 아직 끝나지 않았다. 땅벌파 측에서는 자기들의 보호자인 그 괴인이 피해서 달아났다는 것을 알고 숨어서 나서지 못하고 있는 것이리라. 만약 저들 괴인이 능인 할아버지 쪽을 물리쳤다면 저들이 지금껏 잠잠할 리가 없을 것이다.

저들의 두목은 신속하기 이를 데 없는 자인데, 이토록 아무런 공격을 해오지 않는 것을 보면, 그 괴인의 패주로 사기가 완전히 떨어졌을 것이다. 그러나 저들은 지금 호시탐탐 기회를 노리고 있을 것이고, 이쪽의 일거일동을 감시하고 있을 것이다. 저들도 이쪽에 능인 할아버지가 있다는 것을 알고 있다. 그래서 만전을 기해 숨어 있는 것이겠지만 만일 능인 할아버지가 영원히 서울을 떠났다는 것이 확인된다면 저들은 또다시 공세를 취할 것이다. 그렇게 되면 우리로서는 감당할 힘이 없다. 현재 드러난 전력을 비교한다면 저들 칠성들의 힘이 박씨를 능가한다는 것이 판명 난 상태이다. 물론 칠성이 박씨와 일 대 일로 대결한다면 박씨가 훨씬 강하지만, 저들이 두 명 혹은 세 명이 동시에 달려든다면 박씨가 패할 것은 틀림없다. 박씨가 지난번 마지막 결투에서 겪었던 일을 살펴보면 저들은 더욱 강해졌을 뿐 아니라, 칠성 세 명이 박씨를 이길 수 있다는 것은 확실해진 것이다. 이제 저들은 절대로 혼자 행동하지 않을 것이다.

그뿐만 아니라 저들의 두목은 사려가 깊고 행동이 신중한 사람이다. 그 자는 숨어서 기회를 노릴 것이다. 그것은 언젠가 칠성들 전체가 박씨를 습격하는 것이다. 그동안 그렇게 하지 않은 것은 혹시 이쪽에 박씨를 미끼로 능인 할아버지가 뒤에 숨어서 기다리는 것으로 보기 때문일 것이다. 이 점은 크게 다행스럽지만 그런 요행은 오래 가지 못한다. 결굴 박씨는 습격 받아 치명상을 입게 될 것이고, 이어서 저들은 전면 공세로 나와 단숨에 조합장 측을 몰아낼 것이다.

이는 생각만 해도 끔찍하다. 박씨가 위험한 것이다. 남씨의 지금 심정으로는 땅벌파에게 완전히 패하는 한이 있어도 박씨를 다치게 할 수는 없다는 생각이다. 최악의 경우에는 조합장 일당만 패하는 것이고 박씨는 어떻게 해서든지 안전해야만 한다. 남씨의 이런 생각은 조합장이 알면 서운하겠지만 남씨로서는 어쩔 수 없는 일이다. 물론 그렇다고 해서 남씨가 당장 나 몰라라 하고 박씨와 함께 정마을로 도주해 버리겠다는 것은 아니다. 남씨는 그렇게 의리 없는 사람은 아니다. 필경 최악의 경우까지 밀고 나갈 것이다. 게다가 남씨는 자존심도 있어 무작정 도망 갈 수는 없다……

현재 남씨는 이러한 마음 상태로 조합장과 마주앉아 있는 것이다. 시간은 오후가 되어 마음이 한가로운 편이었다. 사무실 밖 도로에는 차량이 자주 다녔고, 오가는 행인도 많았다.

남씨는 조합장을 똑바로 바라보고는 서두를 꺼냈다.

"조합장님…… 지금 상황을 어떻게 보십니까……?"

"예? ……저한테 물으시는 겁니까? ……허허 ……제가 뭘 안다고……."

조합장은 남씨가 갑자기 묻는 바람에 몹시 민망해했다. 조합장도 지금 상황에 대해 나름대로 견해가 있을 것이다. 그러나 남씨 앞에서는 자신의 생각을 드러내 보이는 것을 부끄러워했다. 남씨는 심각한 표정으로 고개를 몇 번 끄덕이고는 천천히 말을 꺼냈다.

"지금 상황은 그리 안전하지가 않습니다."

조합장은 자신의 생각을 감춘 채 남씨의 말에 귀를 기울였다. 남씨가 말을 꺼내는 것은 오랜만이었기 때문에 모두들 모종의 때가 왔다고 느끼고 있었다. 이 자리에서 남씨의 말에 가장 긴장하고 있는 사람은 누구보다도 박씨였다.

박씨는 이제 막연히 기다리기만 해야 하는 일에 인내의 한계를 느끼고 있었다. 박씨의 생각에는 정마을의 건영이에게 보낸 인규가 돌아오지 않는 것은, 건영이도 별달리 할 말이 없다는 것으로 해석하고 있었다. 이것은 서울 일을 그만 중단하고 정마을로 돌아오라는 뜻일 것이다.

박씨는 남씨가 지금 상황을 위태롭게 보는 것에 찬성하지는 않는다. 그러나 남씨는 지금 상황이 위태롭다는 이유를 설명하기 시작했다.

"그동안 무척 잠잠했지요. 시일이 꽤나 오래 지나갔습니다. 지금쯤 저들은 우리에게 튼튼한 배경이 없고, 오직 박씨 혼자라는 점을 눈치 챘을 것입니다."

"저…… 튼튼한 배경이라니요?"

조합장은 아주 조심스럽게 남씨의 말을 막았다.

"예…… 우리 쪽에는 저쪽의 괴인, 즉 칠성들을 가르친 스승과 대결했던 분이 계셨습니다. 하지만 지금은 그분께서 떠나가신 것 같습니다…… 그동안 저쪽에서 습격해 오지 않은 것은 그분께서 우리 근방에 숨어 계실 것이라는 염려 때문일 것입니다. 그런데 시일이 너무 많이 흘렀어요…… 저들이 숨어서 우리를 계속 탐색하고 있었다면 우리 측의 보호자가 떠나갔다는 것을 이미 알았을 것입니다.

내가 판단한 바에 의하면 저들은 우리를 끊임없이 감시하고 있었을 겁니다. 우리는 그것을 충분히 경험했습니다. 이제 와서 그것을 재론(再論)할 필요는 없습니다. 지금 우리에게 가장 중요한 것은 여기 있는 박씨 혼자서는 저들 칠성들을 감당할 수 없다는 사실입니다. 물론 일 대 일이나 이 대 일인 경우는 상관없겠지만 저들은 반드시 세 명이 동시에 행동하겠지요. 어쩌면 지금 당장이라도 칠성 세 명이, 혹은 다섯 명이 이 자리에 나타날 수 있습니다…… 그럴 경우 우리는 속수무책일 뿐만 아니라 목숨마저 위태로울 것입니다…… 안 그렇습니까?"

남씨는 이렇게 말하면서 박씨를 바라봤다.

"예? 그렇겠군요! 그러나……."

박씨는 놀라서 대답하고는 다시 변명을 덧붙이려는데, 남씨의 말이 계속 이어졌다.

"그럼에도 불구하고 저들이 지금 행동하지 않고 있는 것은 저들의 신중성 때문입니다. 지금까지 우리는 운이 좋은 셈입니다. 그러나 언제까지나 운이 좋으라는 법은 없습니다. 우리는 지금 운에 의지할 수만은 없는 때에 와 있습니다……"

남씨는 여기서 잠시 말을 중단하고 좌중을 둘러봤다. 그러자 박씨를 위시하여 모두들 고개를 끄덕였다. 남씨의 말이 다시 이어졌다.

"그래서 우리는 이제 신중히 움직일 때가 온 것입니다. 더 이상 지체하다간 무슨 일을 당할지 모릅니다. 자, 이제부터 지시하겠습니다. 이번에도 반드시 내 지시에 따라야 합니다."

남씨는 여기서 조합장을 쳐다봤다.

"예…… 당연한 일입니다!"

조합장은 급히 고개를 끄덕이며 대답했다. 남씨는 다시 시작했다.

"우리는 내일 아침을 기해 모든 곳에서 일제히 철수합니다."

"예?"

조합장은 철수한다는 말에 놀라움을 나타내며 남씨를 조심스럽게 바라봤다.

"하지만 일시적입니다. 일단 철수하여 적의 동태를 살펴보는 것입니다…… 현재 상황이 답보 상태이므로 변화를 주어서 활로를 개척하려는 것이지요. 적이 움직이고 있지 않은 것은 무엇인가 준비하고 있다는 뜻입니다. 그러니 우리가 먼저 불시에 행동함으로써 저쪽 편을 당황하게 만들어야 합니다."

남씨의 음성은 당당하게 변해 갔다. 조합장도 남씨의 얘기가 진행

됨에 따라 충분히 납득해 가고 있는 중이었다.

"내일부터 며칠간 모든 사무실을 비우고 물러갑니다. 이틀정도는 근처에 잠복조차 하지 않고 있다가 사흘 후부터 상황을 점검해 보기로 하지요…… 그동안 적은 무엇인가 움직임을 나타낼 것입니다. 그것에 따라 우리는 적절한 대응책을 강구해야겠지요. 무엇보다도 칠성들의 동태가 중요 관건입니다. 저들이 개별적으로 행동한다면 박씨가 즉시 출동하여 처결합니다. 그리고 저들의 괴수는…… 나의 판단입니다만……."

남씨는 잠깐 머뭇거리며 신중하게 말했다.

"전면에 나타나지 않을 것으로 봅니다. 어쩌면 저들의 괴수가 나타나면 우리 쪽에서도 아마 다시 보호자께서 출현하실 것입니다……."

조합장은 남씨가 보호자라는 사람을 얘기하는 것에 특별히 유의하며 고개를 끄덕였다. 조합장으로서는 저쪽의 괴수에 대응할 보호자가 있다는 것에 작은 안도감을 느꼈다. 남씨의 말이 계속됐다.

"그래서 우리가 항시 염두에 두어야 할 것은 오직 칠성들입니다…… 이 싸움은 처음부터 칠성과 박씨의 대결입니다. 조합장님! 우리는 내일부터 철수하여 사흘 동안 아무 일도 하지 않습니다. 그것으로 적의 행동을 끌어내고 그 후 우리의 대응 행동이 전개될 것입니다. 앞으로 나흘 후 다시 상세한 지시를 하겠습니다.

우리가 철수한 후에도 적의 움직임이 전혀 나타나지 않으면 이는 새로운 상황으로 봐야 하기 때문에 달리 생각해 봐야겠지요. 오늘은 이것으로 마치겠습니다……."

남씨가 얘기를 끝내자 잠시 말들이 없었다. 그런데 이때 전화벨 소리가 요란하게 울렸다.

"따르릉 —"

박씨를 제외한 모든 사람이 속으로 가볍게 놀랐다. 조합장 부하 한 사람이 급히 수화기를 집어 들었다.

"여보세요…… 예? 누구신데요? ……글쎄요, 아, 예…… 계십니다……."

조합장 부하는 이제야 전화 건 사람을 알아보고 남씨를 바라봤다.

"남 선생님! 인규라고 하는군요!"

"음, 인규? ……이리 주게!"

남씨는 급히 전화를 받았다.

"여보세요…… 응, 나야…… 오랜만이군! 별일은 없어! 건영이의 편지를 가지고 왔니? 잘 됐군! ……빨리 와! ……기다리고 있을게!"

"찰칵 —"

남씨는 전화를 끊고 먼저 박씨를 쳐다본 후 조합장에게 말했다.

"조합장님! 기다리셔야겠습니다……."

"예?"

"상황이 바뀔 것 같군요…… 높은 곳에서 지시가 내려왔어요! 하하하……."

남씨는 얼굴빛이 환해지고 다서 멋쩍어하며 말했다. 조합장은 무엇인가 심상치 않은 낌새를 느끼고는 어색한 미소를 지었다.

'건영이라고! 남씨보다 더 신통한 사람이라지! ……무슨 방법을 가르쳐주려나 보군!'

조합장은 이렇게 생각해 놓고 보니 몹시 기분이 좋아지는 것을 느꼈다. 어쩌면 건영이란 사람이 특별한 방법을 일러주어서 단숨에 일이 해결될 수도 있을 것이다.

'남 선생님의 말대로 철수를 한다는 것은 왠지 손해 보는 느낌이란

말이야!'

조합장의 얼굴에 미소가 나타났다. 그러나 이 자리에서 가장 얼굴빛이 달라진 사람은 박씨였다.

"인규가 왔군요! ……그렇지요?"

박씨는 밝은 얼굴에 큰 목소리로 물었다. 박씨로서는 꿈에 그리던 건영이의 소식이 왔다니 이처럼 반가운 일이 없었다. 이제 일이 시원하게 해결될 것이다.

"그래! ……건영이에게서 소식이 왔어!"

남씨는 박씨가 무척 기뻐하는 것을 보고 어처구니없는 표정을 지었다. 그러나 남씨도 마음속에서는 안도감이 서서히 고개 드는 것을 느낄 수 있었다.

그렇다!

필경 건영이는 남씨 자신이 생각하지 못한 좋은 방법을 제시해 줄 것이다. 조합장 부하들은 뭐가 뭔지 잘 모르지만 상황이 크게 변하고 있다는 것을 감지하고 있었다.

"자, 모두들 저녁이나 들고 오세요!"

남씨는 인규를 기다리는 동안 조합장에게 외출해도 좋다고 말했다.

"남 선생님은 어떡하시려고요?"

"예…… 나는 좀 기다리지요…… 박씨도 나갔다 오지!"

"그럴까요? ……그럼 잠시 다녀오겠습니다."

조합장은 박씨와 부하들을 데리고 밖으로 나갔다. 모두들 기분이 홀가분한 상태였다. 남씨도 긴장이 풀린 상태에서 의자에 기대어 휴식을 취하고 있었다.

얼마 후 박씨와 조합장 일행이 들어오고 조금 더 있다가 인규가 들어왔다.

"모두들 안녕하셨어요?"

드디어 구원의 사자(使者)가 나타난 것이다!

모두들 한껏 기대에 찬 눈으로 인규를 바라봤는데 남씨가 자리에서 일어났다.

"인규! 나랑 나가지! ⋯⋯다른 분들은 여기서 기다리세요."

타협의 묘리(妙理)

남씨는 다른 사람들을 남겨둔 채 인규와 함께 급히 밖으로 나갔다. 아마도 건영이의 글을 먼저 살펴보겠다는 뜻일 것이다. 남씨는 인규와 밖으로 나와 길 건너편 찻집으로 들어갔다.

"잘 다녀왔니? 모두들 별고 없고……?"

남씨는 자리에 앉자마자 정마을의 안부부터 물었다.

"예! 정마을은 여전히 평화롭고 다들 잘 계세요!"

인규는 밝게 미소를 지으며 말했는데, 그 모습은 아주 신선해 보였다. 평소 서울에서 봐왔던 인규의 모습과는 다른 면이 보였다.

'정마을은 사람을 저렇게 변하게 해 주는 것일까?'

남씨는 속으로 이런 생각을 하고는 인규를 마주보며 웃었다. 이 순간 남씨는 서울 생활의 피로를 느끼면서 정마을이 더욱 그리워졌다.

"그래, 잘들 있구나! 건영이의 글을 가져왔다고?"

"예…… 여기 있어요!"

인규는 건영이의 답서를 남씨에게 건네주었다. 남씨는 글을 받아들자마자 찻집 안을 잠깐 살펴보는 듯했다. 혹시 감시하는 자가 있을까 경계하는 눈치였다. 이것이 요즈음의 남씨 마음 상태인 것이다.

사실 건영이의 글만을 읽는다면 사무실 안에서도 상관없었다. 그러나 남씨가 이렇게까지 철저하게 장소를 옮기는 데는 충분한 이유가 있었다. 무엇보다도 남씨는 조합장 무리들에게 정마을 얘기를 들려주고 싶지 않았기 때문이다. 다시 말해 정마을을 아무에게나 들려주기 싫은 심정이었다.

남씨는 조심스럽게 글을 펼쳐보았다.

아저씨! …… 안녕하세요? 서울 생활에 고생이 많겠군요!

글은 자상한 인사로부터 시작되었다. 남씨의 마음속에는 정마을의 정경과 함께 건영이의 모습이 아지랑이처럼 떠올랐다.

…… 그간의 사정은 인규를 통해 자세히 들었기 때문에 그쪽 상황은 확실히 알고 있습니다. 이 글은 인규가 정마을에 도착한 날 저녁인 지금 쓰고 있습니다. 그러나 이 글이 내일이나, 혹은 그 다음날 서울로 향할 것 같지는 않습니다…… 왜냐하면 오늘 인규의 태도를 보건대 여러 날 동안 정마을에 머물 것 같습니다. 어쩔 수 없겠지요. 인규도 먼 곳을 오가느라 수고가 많았을 것입니다. 인규는 서울 일이 급할 것도 없고 아저씨가 더 이상 손댈 것도 없다고 생각하는 모양입니다. 인규가 이렇게 생각하는 것은 아저씨들과 빨리 정마을로 돌아오고 싶기 때문일 것입니다. 재미있지 않아요? 인규의 생각이…… 저도 아저씨들이 하루바삐 정마을로 돌아오시기를 기다리고 있답니다. 하하하…….

남씨는 이 대목을 읽으면서 가슴이 뭉클했다. 정밀을 극한 건영이의 마음속에 이토록 따뜻한 감정도 깃들여 있는 것이다. 남씨는 미소를 지으며 계속 읽어나갔다.

제가 생각하기에는 서울 상황이 긴급을 요하는 것 같지는 않고 어쩌면 그동안이라도 변화가 있을지도 모릅니다. 그럴 경우 그 변화는 반드시 우리에게 유리할 것이라고 믿고 있습니다. 왜냐하면 서울엔 아저씨가 계시고, 또 상황의 흐름이 우리에게 유리한 방향으로 흘러가고 있기 때문입니다…….

남씨는 여기서 잠시 편지를 덮고는 속으로 생각했다.

'유리한 방향으로 흘러간다고? 글쎄……? 어째서 그런 결론이 나오는 것일까? ……내가 생각해 내지 못하는 것을 건영이는 생각해 내고 있는 것일까? 아니면 주역의 관점에서 그렇다는 것인가……?'

남씨가 생각하기에는 앞으로 다른 상황이 전개된다면 오히려 불리한 상황이 전개될 것만 같다. 즉, 적이 우리 쪽의 약점을 발견하여 급습할 것만 같았다. 아닌 게 아니라 남씨는 지금 당장이라도 칠성들이 나타날 것만 같은 불안을 느끼고 있었다. 그런데 건영이는 앞으로 변화가 발생한다면 그것은 우리에게 유리한 상황으로 흘러간다는 것이다.

'건영이는 혹시 나를 너무 믿고 있는 것은 아닐까……? 아니! 그럴 리는 없어! 분명 건영이는 내가 모르는 어떤 판단의 근거가 있을 거야! 그렇다면 일단 안심이긴 한데…….'

남씨는 여기까지 생각해 둔 상태에서 다시 글을 읽어나갔다.

그러나 아저씨! 장기적인 안목으로 볼 때 우리는 부득이한 상황에 몰려 있습니다. 따라서 우리는 필연적인 어떤 결단을 내려야 하는 시기입니다. 다시 말씀 드리지만 우리의 결정은 유일한 것으로서 다른 길은 없습니다. 제가 인규를 재촉하지 않았던 것은 그동안 아저씨가 그 길로 나아갈 수도 있다고 생각했기 때문입니다. 지금 현재, 저는 아저씨가 어떤 판단을 하실지 모르고 있습니다. 만약 아직까지 결단을 내리시지 않고 계시다면 이제 저의 생각이 필요하게 될 것입니다…….

남씨는 여기서 일부러 읽기를 중단하고는 또다시 생각에 잠겼다.

'현재 우리 상황에서 갈 길은 하나라고? ……허 참! 그게 무엇인지? 나는 왜 모르고 있는 것일까? 건영이 말에 의하면 필연적인 결단은 하나뿐이고 다른 길은 없다지 않은가? 그런데도 나는 전혀 감을 잡지 못하고 있다니! 나는 바보야.'

남씨는 저절로 웃음이 나왔다. 어처구니가 없었기 때문이다. 남씨가 비록 겸손한 사람이라 할지라도 사실 자기의 판단력을 상당히 높게 평가한 적이 많았다. 그런데 건영이 눈에는 당장에 보이는 유일한 길이 남씨 자신에게는 보이지 않는 것이다.

"아저씨! 재미있는 내용이 있어요?"

인규는 남씨가 글을 읽다 말고 웃고 있기 때문에 궁금해서 물었다.

"응? 그래! 내가 아주 바보라서 웃는 거야! 하하하…….''

"예? ……글에 뭐가 쓰여 있는데요?"

인규는 건영이의 글을 읽어보지 못했다. 기차 안에서는 내내 숲 속의 그 무서운 청소부를 생각하고 있었던 것이다. 남씨는 여전히 웃으며 다시 글을 펼쳤다. 인규가 바라보니 남씨의 얼굴은 점점 심각해져 갔다.

······ 아저씨! 여기서 잠깐 현재 상황을 살펴보겠습니다. 우선 이 싸움은 웃어른들의 싸움입니다. 그 싸움은 우리 쪽, 즉 능인 할아버지 쪽에서 공세를 취하고 계시는 것이 분명합니다. 그러나 완전히 이긴 것은 아니고 적의 괴수는 싸움 도중에 도주했습니다. 예, 도주입니다. 지금도 어딘가 보이지 않는 곳에서 능인 할아버지와 그 괴수는 수색과 도피가 진행 중에 있을 것입니다. 이 문제는 도력(道力)이 아주 높은 두 분의 싸움이므로 우리가 관여할 바는 아니지만 그 괴수의 추종자인 땅벌파도 현재 도피 중에 있습니다. 이렇게 되어 적은 숨고 우리는 노출되어 있습니다. 그래서 아저씨도 지금 걱정을 하고 계실 것입니다.

그러나 적이 쉽사리 공격해 오지 못한다는 것 또한 사실입니다. 적의 걱정은 바로 능인 할아버지 때문이고, 또는 아저씨가 마련해 놓았을지도 모를 계략 때문입니다. 아무튼 우리는 이런 상황에서 적을 공격하지 못하고 적도 또한 오지 못하고 있습니다. 저의 생각에는 적은 아예 아저씨의 근방을 감시조차 하지 않은 것으로 봅니다. 왜냐하면 섣불리 탐색을 하려다 오히려 역으로 걸려들 것을 걱정하는 것이겠지요. 물론 먼 장래까지 그럴 수는 없을 것입니다.

이제 결론은 나와 있습니다. 전쟁에 있어서 나아가 싸울 수 없으면 기다리는 것이고, 기다리는 것조차 어려우면 후퇴입니다. 그리고 후퇴마저 할 수 없는 입장이라면 어떻게 해야 하겠습니까? 우리가 지금 처한 입장이 바로 그와 같은 것이지만 말입니다.

죄송합니다. 아저씨!

아저씨는 지금 피곤해 지쳐 계시고, 또한 지나치게 승부에 집착하고 계십니다. 그래서 당연한 것을 잠시 간과하고 계시는 것뿐입니다. 그러므로 현재의 입장에서 유일한 길은 타협뿐입니다. 적에게 어느 정도의 이권을 나누어 주어야 한다는 것이지요······.

그러고는 양측이 서로 기다립니다. 운이 좋아지기를 기다리는 것입니다. 그 운이란 바로 능인 할아버지와 괴수의 싸움에 의해 생겨나는 것입니다. 그동안은 싸움할 필요도 없고 할 수도 없습니다. 어느 한쪽이 물러가고 어느 한쪽이 남아 있으면 남아 있는 쪽이 불안합니다. 그리고 지금 상태에서 싸움을 한다면 불리한 쪽이 숨어서 노릴 테니, 결국 똑같은 상황으로 돌아옵니다. 그러니 타협 외에는 다른 방법이 없다는 것입니다. 그러고 나서 위쪽의 싸움, 즉 능인 할아버지와 그 괴수의 싸움의 결말을 기다리는 것입니다. 그 싸움은 누가 이길지 알 수가 없습니다. 그것에 의해 양측의 운명은 결정되겠지만 지금은 이러지도 저러지도 못할 상황이니 타협만이 가능한 길입니다. 말하자면 권리의 양분입니다.

이렇게 되어도 우리 쪽의 손해는 없습니다. 왜냐하면 숨어있는 적을 끌어내어 적을 가시권(可視圈) 내에 두기 때문입니다. 그것이 바로 우리의 이익입니다. 눈앞의 권리를 양보하는 것은 대국적인 견지에서 보면 오히려 이익이 됩니다. 적을 그렇게 만들어 놓은 다음 은밀히 적의 근원을 탐색할 수도 있습니다. 적도 그렇게 하겠지만 이는 어쩔 수 없는 것입니다. 적은 이미 마음만 먹으면 우리 쪽을 언제든지 탐색할 수 있습니다. 단지 우리는 그렇게 하지 못하기 때문에 적을 그렇게 만들어 놓고 차차 적의 뒷배경을 탐색하자는 말입니다. 그렇게 되면 탐색 성과에 따라 능인 할아버지를 돕는 결과가 될 수도 있습니다. 현재 능인 할아버지께서는 적의 괴수를 놓친 것 같습니다. 이럴 때 우리가 타협을 통해 적을 드러나게 해 놓으면 능인 할아버지와 적의 괴수는 다시 싸움이 계속될 것입니다. 능인 할아버지께서는 어디에선가 상황이 유리해지기를 기다리고 계실지도 모릅니다. 그것은 바로 타협에 의해 적이 모습을 드러낼 때일 것입니다. 제가 생각건대 능인 할아버지께서는 적의 괴수를 처단해야 할 절대적인 이유가 있는 것 같습니다.

아저씨께서는 타협을 성사시키신 후 즉시 정마을로 돌아오십시오. 정마을에서는 모두들 기다리고 있습니다. 그럼 뵐 수 있을 때까지 평안하시길 빕니다.

건영이 올림

건영이의 글은 여기서 끝나 있었다. 남씨는 천천히 고개를 끄덕이며 입을 굳게 다물었다. 모든 것이 건영이가 지적한 대로 되어 있는 것이다. 이제 타협하는 방법도 있는 것이다.

"인규야! 글은 잘 읽었다. 그만 들어갈까?"

"그러지요! 그런데 건영이가 무슨 방법을 적어줬나요?"

"그럼! 아주 좋은 방법이야!"

남씨는 웃으며 인규를 쳐다보고는 자리에서 일어났다. 남씨가 다시 사무실에 들어서자 모두들 기대를 가지고 남씨를 바라봤다.

"자…… 이쪽으로 다시 앉아주세요!"

박씨는 다가오면서 남씨의 기색을 살폈다. 박씨가 궁금해 하는 것은 건영이가 어떤 대책을 알려줬는가이다. 만일 그것이 손쉽고 낙관적인 것이라면 남씨의 얼굴에 무언가 기미가 보이게 마련이리라…….

그러나 박씨로서는 남씨의 얼굴에서 아무것도 읽을 수가 없었다.

"조합장님……."

남씨는 벌써 말을 꺼내고 있었다.

"상황이 조금 바뀌었습니다……. 아니 작전이 바뀌었다고 해야 할까요!"

남씨는 조합장을 쳐다보며 민망한 표정을 지었다. 자신이 상황을 잘못 판단한 것과 적에게 권리를 분할해 주고 철수해야 된다는 것이 미안한 것이다.

건영이가 지적해 주었듯이 지금 상황에서는 그렇게 하는 것이 유일한 선택이지만 조합장이나 다른 사람들이 그 일을 이해할 수 있을지는 모를 일이다.

남씨만 해도 그 유일한 길을 발견 못하고 실효성 없는 작전을 길게 끌어가려고 마음먹었던 것이니 다른 사람들은 불만을 가질 수도 있는 것이다. 조합장은 남씨가 작전을 변경하겠다고 하니 더욱 기발한 방법이 나올 것을 기대하고 은근히 미소를 짓고 있었다.

"결론부터 말하지요. ……우리는 타협을 해야 할 것 같습니다."

"예……? 타협이라니요?"

조합장은 역시 놀라고 있었다.

"그 이유를 설명하겠습니다…… 나도 잠시 착각했던 것입니다. 알고 보면 당연한 것인데……."

남씨는 말하면서 박씨를 얼핏 쳐다봤는데 고개를 끄덕이고 있었다. 박씨는 이제 정마을로 돌아가려나 보다 하고 생각하고 있는 것이다. 남씨는 다시 조합장을 향해 말했다.

"조합장님께 묻겠습니다. 지금 우리는 적의 감시와 기습을 걱정하고 있지요……?"

"예? 아, 예…… 그렇습니다만……."

"바로 그겁니다. 만약 저들이 우리 입장이라면 저들도 불안 속에 있을 것입니다. 우리는 지금 적이 나타나도록 하기 위해 일시적으로 철수하려고 마음먹었으나, 적이 우리 뜻대로 나타나지 않고 언제까지나 숨어서 노리고 있다면 그 방법은 전혀 쓸데없겠지요. 그런데 여기서 문제의 근본을 살펴보면 역시 저쪽의 괴인과 우리의 보호자의 싸움이 어떻게 끝나느냐가 관건입니다. 다시 말하자면 우리가 지금처럼 모든 지역을 차지하고 있다 하더라도 우리의 보호자께서 패하실 경우라면 저들은 당장에 몰려올 것입니다. 그때는 우리에게 아무런 방책도 남아 있질 않습니다. 저들도 마찬가지 입장입니다. 만일 저들의 괴수가 퇴치된다면 저들은 힘을 못 쓰게 됩니다. 그래서 말입니다…… 지금은 우리가 싸울 때가 아니란 결론입니다."

남씨의 말 요지는 분명하였지만 전처럼 당당한 기색이 없었다. 그것은 자신이 당장에 상황 타개의 요점을 발견하지 못했던 허탈감 때문이었다. 만일 건영이에게 의뢰하지 않았다면 언제까지나 승리에 집착하다가 어떤 변고를 당했을지도 모를 일이 아닌가?

어쩌면 박씨가 죽임을 당할 수도 있었다. 생각만 해도 끔찍한 일이다. 남씨는 당초 결말이 확실한 작전을 구사한 것이 아니었던 것이다. 조합장은 처음엔 남씨의 말에 조금은 놀랐지만 점차 이해가 되는 모양이었다.

"……그렇다면 어떻게 해야 합니까?"

조합장은 남씨를 빤히 바라보며 물었다.

"예…… 처음에 말했던 대로 타협입니다. 그러나 타협 후에도 암투는 계속되는 것입니다. 우리는 저들을 드러내놓고 서서히 괴수의 행방을 추적해야 합니다. 만일 우리가 저들 괴수의 행방을 탐지해 낼 수만 있다면 상황은 변할 것입니다. 우리의 보호자께서는 이번에는 실수 없이 저들의 괴수를 물리치실 것입니다. 그렇게 되면 저들은 자연 물러갈 것이며 조합장님은 모든 것을 차지하고 우리의 싸움도 비로소 종결됩니다. 자, 이제부터 방법을 지시하겠습니다. 내 말을 명심했다가 반드시 그대로 시행해야 합니다."

남씨의 말이 당당한 투로 변했다. 이제부터는 건영이가 알려주지 않은 세세한 방법을 시행해야 하는 것이다. 건영이는 방향만 알려주었을 뿐 그것을 어떻게 실현시키느냐 하는 것은 여전히 남씨의 책임인 것이다. 남씨는 이번에야말로 착오 없이 진행해 나가기로 굳게 다짐했다.

"예! 지시대로 따르겠습니다."

조합장은 남씨의 말에 시원하게 대답했다. 조합장도 이미 상황을 확실히 납득하고 그 실행 방법이 궁금하던 차였던 것이다. 남씨는 조합장의 말에 고개를 끄덕이고는 다시 방법을 지시하기 시작했다.

"먼저 저들에게 연락을 취해야 할 것입니다. 현재 저들의 패거리 몇 명을 찾아낼 수 있지요?"

"물론입니다. 아직 병원에도 몇 명 있고…… 방황하고 있는 친구도 몇 명 있습니다. 단지 저들 두목과 간부들은 보이지 않고 있습니다."

"좋습니다…… 그래도 저들 두목은 자기 부하들에게 은밀히 연락을 취하고 있을 것입니다. 필경 부하들로서는 두목에게 연락할 방법은 없겠지만 두목은 수시로 부하들에게 연락하고 있을 겁니다. 그러니…… 현재 나타나 있는 저쪽 친구들에게 이쪽의 의사를 전하십시오…… 가급적 여러 사람들을 찾아다니면서 우리가 타협하겠다고 전하십시오. 반드시 연락이 올 것입니다. 만약 현재 나타나 있는 저들의 부하에게 우리가 먼저 연락을 했는데도 저들의 두목이 안 나타난다면 그것은 저들이 와해되고 있다는 뜻이 됩니다. 자기들 부하에게마저 오랫동안 연락을 안 하고는 조직은 유지되지 못하는 법입니다. 그렇기 때문에 저들 부하들은 두목으로부터 수시로 연락을 받고 있다고 봐야 합니다. 저들이 잠적하기 직전에 우리 쪽을 기습해 온 것만 보더라도 알 수 있습니다.

만일 저들 부하들이 두목으로부터 연락을 받지 못하고 있다면 그것은 잠적이 아니라 이리저리 흩어져 갈피를 못 잡는 패주입니다. 그렇다면 그때 가서 또 다른 방법을 생각해 보기로 하지요. 그러나 그런 일은 결코 없을 것입니다. 아무튼 지금은 최대한 여러 사람들에게 타협 의사를 밝혀 두십시오. 우리는 저쪽 두목이 연락해 주기를 기다린다고……."

남씨는 여기서 말을 중단했다. 할 말을 다한 것이다.

"……예, 알겠습니다!"

조합장은 늦춰서 대답했다.

"좋습니다. 오늘은 이만 끝내고 내일 다시 나오지요. ……같이 나갈까요?"

"아닙니다. 먼저 나가시지요…… 저는 이곳에서 부하들에게 연락을 해야 합니다."

남씨는 박씨와 인규를 데리고 사무실을 나섰다.

"어디로 가지? 우리 술이나 마실까?"

남씨는 사무실을 나와 몇 걸음 안 가서 인규와 박씨에게 말을 건넸다.

"예? 술이요! ……그거 좋지요!"

박씨가 웃으며 대답하자 인규도 거들었다.

"그래요…… 술 마시러 가요!"

이렇게 해서 세 사람은 곧장 술집으로 향했다. 잠시 후 세 사람이 도착한 곳은 남대문 시장의 허름한 술집이었다. 세 사람이 함께 술집을 찾은 것은 실로 오랜만이었다.

그동안은 몹시 바쁜 나날이었지만 근래에 와서도 남씨의 마음에 전혀 여유가 없었다. 남씨는 오늘 마음이 편안한가 보다. 박씨도 기분이 좋은 것은 두말할 나위가 없다. 인규가 정마을을 다녀와서 건영이 소식을 가져왔기 때문이다.

이제 일은 신속하게 풀려나갈 것이다.

"형님! 먼저 잔 받으세요."

박씨는 밝은 표정을 지으며 남씨에게 먼저 술을 따르고 이어 박씨와 인규도 서로 잔을 채웠다.

"자, 건배할까? ……오랜만이야!"

"그렇습니다, 드시지요!"

세 사람은 모두 단숨에 잔을 비웠다. 누구 하나 술을 마다할 사람들은 아니었다. 잔은 즉시 다시 채워지자 남씨가 말을 꺼냈다.

"……이제 정마을로 돌아갈 때가 된 것 같군!"

"그런가요? 모두들 잘 있는가요……?"

"그럼! 그곳은 언제나 평화로운 곳이지."

남씨는 정마을을 자랑하듯 말했다.

"그렇겠지요! 그런데 건영이는 뭐라고 했어요……?"

박씨는 건영이가 써 보낸 편지의 내용을 묻는 것이었다.

"음…… 건영이는 자세히도 써 보냈어. 일을 빨리 끝내고 돌아오래…… 기다린다고……."

남씨는 즐거운 모습이었다.

"하하…… 그래요? 일은 어떻게 될까요?"

박씨는 건영이의 소식을 들으니 몹시 기쁜가 보다.

"건영이가 말한 대로 될 거야. 곧 협상이 되겠지……."

"잘 됐군요…… 그래도 며칠은 걸리겠지요?"

"그럴 테지…… 아무튼 내일부터는 떠날 준비를 해 두세. 필요한 물건도 좀 사고…… 인사할 사람들한테 미리 인사도 해 두고……."

남씨는 이미 마음속으로 확신이 서 있었다. 일은 이제 막바지에 와 있는 것이다. 앞으로 며칠 동안은 편안히 떠날 일만 생각해 두면 된다.

"자! ……잔을 들지요!"

인규가 씩씩한 음성으로 술을 권하자 두 사람도 급히 잔을 들어올렸다.

"그래! 자, 실컷 들자고!"

모두들 밝은 표정에 의기가 통하고 있었다. 지금 세 사람의 마음속에는 정마을이 그려지고 있는 것이다. 오늘 이 자리는 바로 정마을 사람들의 술자리로서 이들의 마음은 이미 낙원에 앉아 있는 것이다.

술집은 어느덧 손님들이 하나둘씩 들어와 가득 찼다. 이 사람들도 모두 정마을의 손님들인 것이다. 취한 마음에서 도인의 정을 알 수 있다 했으니, 술로써 마음이 천하에 통한다면, 곧 천하의 도리를 얻는 것이다. 이미 천하의 도리를 얻었다면 어찌 어려움이 있을 것인가?

정마을 일행은 이곳 술집에 앉아 시간 가는 줄 몰랐다. 이들은 모든 사람이 떠나고 문을 닫을 때가 되어서야 자리에서 일어났다.

이들은 몹시 아쉬워하며 집으로 돌아왔으며 잠에 떨어져서는 다음날 정오가 될 때까지 일어날 줄을 몰랐다.

이로부터 며칠의 시간이 덧없이 흘러갔다. 그동안 남씨와 박씨는 인규의 도움을 받아가며 정마을로 떠날 준비를 하며 보냈다. 조합장 측도 바쁜 일정을 보냈다. 조합장은 부하들을 시켜 만날 수 있는 땅벌파의 부하들과 그들과 연관이 있는 모든 사람들에게 타협 의사를 폭넓게 퍼뜨리고 다녔다. 이 소식은 처음에는 아무런 소용이 없는 듯하더니 마침내는 어디론가 연결되고 만 것이다.

땅벌파 두목은 이 소식을 제물포에 있는 어느 비밀 가옥에서 접했다. 이 소식은 두목에게는 상당히 뜻밖의 것으로 그것의 진정한 뜻이 무엇인지는 생각을 요하는 것이었다.

땅벌파 두목이 조합장의 타협 의사를 뜻밖으로 생각하는 데는 충분한 이유가 있었다. 땅벌파 두목은 현재 상당히 불안한 상태에 있었는데, 그것은 이틀 전 춘천에 갔던 부하의 보고 때문이었다. 당초 두목은 조합장 측의 근원을 탐색할 목적으로 정섭이를 미행한 바 있었고, 그것이 실패하자 아예 소양강 근처에 진을 친 채 여러 날에 걸쳐 근처를 탐색해 왔던 것이다. 두목이 찾고자 하는 곳은 바로 정마을이었다.

두목은 조합장의 배경인 남씨와 박씨의 본거지인 정마을을 찾아 근본적인 공격을 감행하려 했던 것이다. 땅벌파 두목은 조직적인 대규모 싸움을 할 줄 아는 사람이다.

두목은 지엽적인 전투로 전력을 소모하지 않고 당장에 핵심적인 요소에 총력을 집중하겠다는 뜻이다. 그런데 지금에 와서는 적의 본거지를 찾기는커녕 자기 쪽의 행동이 적에게 노출되었을 뿐 아니라 적의 본거지에 도사리고 있는 또 하나의 무서운 전력의 사람을 발견하게 된 것이다.

청소부!

부하가 보고해 온 바에 의하면 정마을은 강가의 어느 한쪽에 있으리라 생각되는데, 빗자루를 든 늙은 괴인이 정마을 바로 입구에서 부하들을 요절낸 것이다. 물론 두목이 지금 생각하고 있는 것은 사실하고는 많이 동떨어져 있지만, 부하의 보고가 그런 것이니 그렇게 믿고 있는 것이다.

그곳에서 도망해 온 땅벌파 부하는 빗자루 괴인을 정마을 사람으로 보고 그 뒤를 밟다가 변을 당한 것으로 생각하고 있었다. 부하는 외딴 숲 속에서 돌연 노인이 나타났기 때문에 근처의 어느 마을 주민으로 본 것이다.

그곳은 전에 정섭이가 갑자기 사라진 곳이기도 하여 틀림없이 정마을 주민이라고 생각된 것이다. 아무튼 이 사건으로 인해 두목은 의기가 크게 꺾여 있었다.

저들의 근거지인 정마을에는 무서운 사람들이 득실거린다고 두목은 생각하고 있었다. 그 괴인이 과연 얼마나 강한지는 알 길이 없다. 부하의 보고에 의하면 그 괴인은 분명 칠성들보다는 훨씬 세고, 또한 강리 선생을 능가할지도 모른다고 하니 얼마나 무서운 일인가!

물론 겁먹은 부하가 보고한 일이니 곧이곧대로 믿을 수는 없지만 무서운 사람 하나가 그 숲 속에 있는 것만은 사실이다. 두목은 언젠가 칠성들을 파견해서 그 괴인의 실력을 알아본다든지, 혹은 정마을이 어딘지 알아보리라 마음먹었지만, 지금 당장은 어떤 엄두가 나지 않았다.

두목이 이렇게 전전긍긍하던 차에 타협 의사를 전달받은 것이다. 이것은 또 무슨 흉계인가……? 두목은 처음 소식에 접했을 때 이런 생각을 했었다. 그런데 조합장은 여러 사람을 통해 폭넓게 타협 의사를 밝히면서 열성을 다하고 있다.

'어쩌면 진실일지도 모르지?'

총명한 두목은 생각에 생각을 거듭하면서 적의 의중(意中)을 알려고 노력했다.

'지금 적은 유리한 입장에 있으면서 왜 타협을 하려는 걸까? 우리를 찾아내려는 수법일까? 글쎄…… 한번 연락이나 해볼까?'

두목은 결국 낙관적으로 생각하기로 마음먹었다. 어쩌면 저들도 싸움을 하기가 귀찮아졌을지도 모를 일이다.

그렇다! 만나서 적이 타협하려는 이유를 탐색해 봐야 하는 것이다. 어쩌면 저들에게 타협할 만한 이유가 있을지도 모른다. 그렇다면 우리에게는 얼마나 다행한 일이냐!

'강리 선생에게 의논해 볼까? 아니야…… 강리 선생은 요즘 수련에 몰두하고 있어. 공연히 번거롭게 할 필요는 없지. 내가 해결할 일이야!'

두목은 드디어 결심을 굳히고는 부하를 불렀다.

"얘들아…… 박총무는 어디 갔나?"

"예…… 저, 인천에 간다고 하던데요."

"가서 빨리 찾아와. 당장!"

땅벌파 부하는 두목의 명령을 받고 즉시 집을 나섰다. 박총무는 이로부터 몇 시간 후 나타났다. 두목은 박총무에게 사건의 개요를 설명하고 저들을 직접 만나서 의중을 알아오라고 지시했다.

"예? 괜찮을까요? 전화라도 먼저 해 보는 것이……."

박총무는 우려를 나타내며 자신의 의견을 말했다. 그러나 두목은 단호하게 명령했다.

"전화는 하나마나야. 뻔한 소릴 하겠지…… 어차피 만나봐야 돼. 그러니 직접 만나서 타협하자는 이유나 알아봐!"

"제가 그것을 알 수 있을까요?"

"자넨 그저 다녀오면 되는 거야…… 가급적 그들에게 말을 많이 시켜보라고…… 자네가 많은 걸 알아오면 판단은 내가 할 테니."

"예, 알겠습니다."

박총무는 두목의 생각에 따를 수밖에 없었다. 조금 걱정은 되었지만 용의주도한 두목의 명령이니 큰 위험은 없을 것 같았다. 박총무가 이렇게 생각하고 서울을 향해 떠나가자 두목도 어디론가 외출했다.

조합장 측에 박총무의 연락이 닿은 것은 이날 저녁때가 거의 되어서였다.

"따르릉 —"

안국동 사무실의 전화벨이 울렸다.

"여보세요? ……누군가?"

전화는 마침 조합장이 직접 받은 것이었다.

"……저 ……박총무입니다!"

"음? 박총무……? 자네구먼…… 그래, 잘 지냈나?"

조합장은 기다리던 전화가 와서 몹시 반가웠지만 짐짓 태평하게 말하였다.

"예, 저는 잘 지내고 있습니다만, 조합장님께서도 평안하셨습니까?"

"나도 잘 지내고 있네. 그동안 자네를 안 보니 마음이 편하더군…… 하하하……."

조합장은 전에 박총무가 위장으로 이쪽 편에 들어왔던 일을 은근히 꼬집어서 말했던 것이다.

"죄송합니다. 정식으로 사죄드리겠습니다."

"괜찮네! 이미 지난 일이야! 그건 그렇고 웬일로 전화했나?"

"예, 만나 뵙고 싶은데요…… 타협을 하시자고 했다면서요?"

박총무는 송구스러워하면서 조심스럽게 말했다.

"타협……? 그렇지! 타협을 해야지…… 그쪽 회장님을 오시라고 하게."

"……저, 제가 먼저 만나 뵙고 싶은데요."

"그래? 마음대로 하게. 지금 오겠나?"

"예…… 그런데 한 가지 물어봐도 될는지요?"

"음? ……뭔데?"

"저…… 이런 말씀을 드려 뭣하지만…… 정말로 타협하실 마음이신가요? 다른 뜻은 없는 거지요?"

"하하하…… 자네 배짱이 없어졌군. 걱정 말고 찾아오게나. 내 명예를 걸고 말하겠네만…… 나는 진정 타협하고 싶을 뿐이야."

"예, 지금 찾아뵙겠습니다."

"찰칵 —"

조합장은 전화기를 내려놓고 즉시 옆에 있던 부하에게 지시했다.

"남 선생님 어디 계신가?"

"근처에 나가셨습니다…… 일송 선생이라는 분의 집에 가셨어요."

"가서 빨리 모셔와! 저쪽에서 연락이 왔다고……."

"예……."

부하는 대답을 하고 급히 사무실을 나섰다.

남씨는 지금 일송 선생과 마주앉아 차를 마시고 있는 중이었다.

"정마을로 돌아가신다고요?"

일송 선생은 이제 어느 정도 건강한 모습으로 앉아서 남씨를 바라보며 물었다.

"예, 서울 일이 끝나가고 있습니다."

"그러시군요…… 언제쯤 떠나시게 될 것 같습니까?"

"……글쎄요, 며칠 뒤가 되겠지요."

"그런가요? 아쉽습니다. 평생 곁에 모시고 배워야 할 텐데!"

일송 선생이 남씨를 바라보는 모습은 몹시도 천진했다.

"……배울 게 뭐가 있겠습니까? 저도 인간의 글을 쓸 뿐인데……."

"인간의 글이라니요? 인간의 글이 아니면 다른 어떤 글을 써야 하나요?"

언제나 학구열이 대단한 일송 선생은 남씨가 무심결에 자학적으로 하는 말을 놓치지 않았다.

"예? ······하하하, 별 뜻은 없습니다."

남씨는 웃어넘기려 했지만 일송 선생은 재차 물어왔다.

"······아닙니다. ······대사께서 이번에 고향으로 떠나시면 언제 또 배우겠습니까? 지금 한 말씀 해 주시지요."

백발이 성성한 일송 선생은 젊은 남씨에게 아주 공손한 자세로 가르침을 청해 왔다. 남씨는 다소 번거롭게 생각했지만 이토록 애틋한 일송 선생의 심정을 마다할 수가 없었다.

"정 그리시다면 한 말씀 드리지요. 무슨 일이든 다 그렇지만 특히 서예(書藝)라는 것은 극도의 평정과 자연스러운 마음을 갖추어야 합니다······ 평소에 마음을 바르게 고쳐 나가면 그것이 곧 글씨 공부입니다. 선생님! 이제 선생님께서는 몸으로 할 일은 다 했습니다. 단지 마음을 닦는 일은 끝이 없는 것입니다. 저도 한낱 인간의 마음이라서 인간의 글씨밖에 쓰지 못하고 있습니다. 안타까운 일이지요······."

남씨는 자신도 같은 처지라는 뜻으로 측은한 표정을 지어보였다. 그러나 일송 선생은 고개를 깊이 숙이며 진지한 표정으로 말했다.

"명심하겠습니다! ······마음을 닦는 일! 그런데 대사님! 한 가지 청이 있습니다만······."

"······."

"대사님께서 이번에 떠나실 때 저의 제자를 데려가 주셨으면 합니다."

일송 선생의 제자라면 앞서의 점잖은 이일재 씨를 말한다.

"예? 무슨 말씀이신지요?"

"예, 다름이 아니라······ 그 사람은 제대로 공부를 시키고 싶습니다…… 저는 이미 길을 잘못 들어섰지만 제자에게만은 큰 공부를 시키고 싶습니다…… 부디 거두어 주십시오."

일송 선생의 말은 자기의 제자인 이일재를 남씨의 제자로 받아들여 달라는 것이었다. 이 말을 듣자 남씨는 난처한 표정을 지으며 말했다.

"선생님…… 말뜻은 알겠습니다. 그러나 아직 저 자신도 가누지 못하는 처지이기 때문에 제자를 가르칠 입장이 못 됩니다. 단지 제자분이 정마을에 가끔 다니러 온다면 그때마다 힘닿는 대로 도와줄 수는 있습니다…… 그 이상은 말씀하지 말아주십시오……."

남씨는 친절하게 그러나 단호히 말을 끊었다. 일송 선생도 남씨의 굳은 표정을 보고 더 이상 말하지 못하고 고개를 끄덕이며 수긍할 수밖에 없었다.

"예…… 그럼 당분간이나마 제자를 그 마을에서 살게 하겠습니다. 틈나시는 대로 조금씩만 도와주십시오."

일송 선생은 남씨의 기색을 살피며 조심스레 말했다. 어떻게 해서든 제자를 정마을에 보내 남씨 곁에 두려는 의지가 대단했다. 남씨는 이 모습을 보고 애처로운 생각이 들었다.

'저토록 제자를 사랑하시다니…….'

남씨는 다정한 표정을 지으며 시원하게 말했다.

"선생님, 제자 분을 정마을에서 살게 하는 것은 저도 좋습니다. 선생님께서도 종종 놀러 오십시오."

"고맙습니다. 그렇지 않아도 저의 목숨을 연장해 주신 건영이란 분을 찾아뵈려고 했습니다. ……근간 건강이 좀 더 회복되면 정마을에 가봐야겠지요!"

일송 선생은 전에 건영이가 사주를 풀어준 대로 어느덧 건강이 회복되어 있었다. 그 당시 건영이는 단순히 사주에 나타난 운명을 말했을 뿐인데, 일송 선생은 마치 건영이가 목숨을 구해 준 것처럼 말하고 있었다.

하기야 사람은 그런 운명을 알게 되면 어떻게 해서든 죽지 않고 살아남는지도 모른다…….

남씨도 이 점을 생각했지만 일송 선생은 이 때문에 살았다고 볼 수는 없을 것이다. 아무튼 건영이에게 고마워하는 일송 선생의 인품은 아주 겸허했다. 어떤 사람들은 남의 덕에 살아났을 경우라도 자신의 운명 때문이었다고 뻔뻔스럽게 말하기도 하는데 말이다.

남씨는 일송 선생이 자신의 운명을 더욱 확신하도록 다시 한 번 환기시켰다.

"하하하, 그거야 선생님이 돌아가실 팔자가 아니라서 그렇게 된 것이지요. 건영이란 사람은 단지 선생님의 운명을 그대로 말해 줬을 뿐입니다."

"고맙습니다. 그리고 제자에게는 대사님을 따라갈 수 있도록 미리 준비해 놓으라고 하겠습니다."

"예? 아, 이번에는 같이 갈 수가 없습니다. ……조금 뒤에 오라고 하세요! 왜냐하면 정마을에는 지금 일이 좀 있습니다. 그러니……."

"그렇군요! ……그런데 그런 평화스러운 곳에도 무슨 일이 있습니까? 제자에게 듣자하니 정마을은 지상의 낙원이라고 하던데요……."

일송 선생은 걱정스런 표정을 지으며 말했다. 참으로 모든 면에 자상한 사람이다.

"……예. 그곳은 낙원이지요. 하하하…… 그러나 그곳에도 사건은 많이 있습니다. ……그럼 이만 가봐야겠습니다."

“벌써 가시겠습니까? 서울 일이 끝나시면 곧바로 연락을 주십시오.”

남씨는 자리에서 일어났다. 일송 선생은 대문까지 배웅을 했는데, 이젠 거동이 자유스러워 보였다. 운명이란 참으로 묘한 것이다. 그토록 몸이 아파서 금방 죽을 것 같던 사람이 나을 때가 되니 순식간에 회복된 것이다. 인간의 병과 회복도 모두 운명이란 말인가?

남씨는 혼자 웃으며 고개를 저었다. 일송 선생은 대문 밖까지 나와서 남씨가 골목길을 벗어날 때까지 가만히 서 있었다.

남씨는 골목길을 빠져 나와 걸음을 조금 빨리해서 걸었다. 그러자 바로 앞에 조합장 부하가 나타났다.

“……?”

“남 선생님, 마침 나오시는군요! 저들에게서 방금 연락이 왔습니다.”

“그래? ……잘됐군!”

이제 서울 일은 결말을 향해 한 걸음 더 다가서고 있는 것이다. 남씨가 사무실에 당도하자 조합장이 밝게 웃고 있었다. 조합장은 앞으로의 타협에 의해 자신의 권리가 대폭 이양되는데도 기분이 나쁘지 않은가 보다. 그리고 보면 조합장의 인품도 대단하다. 속이 탁 트인 대장부임에 틀림없다.

세상의 일이란 물러날 때와 나아갈 때를 알아야 하는 것이다. 매사에 그때를 알 수만 있다면, 이것을 일컬어 천지자연과 더불어 그 운행을 함께 한다고 하는 것이지만, 때를 아는 것은 쉽지 않다. 그래서 때를 알면 천하를 안다고 하지 않았는가! 때란 바로 음양을 말함이다. 음양의 조화를 살펴서 천하의 기미를 아는 것이다. 천하의 기미를 알지 못하면 자연과 더불어 함께 할 수 없다.

성인이 천지 화육(天地化育)을 돕는다고 하는 것은 바로 천하의 기미를 알아서 가능한 것이다. 자연의 이치란, 가까이로는 눈앞에도 어긋남이 없고, 멀리로는 천하를 다 덮고 있건만 추호도 어긋남이 없음을 말한다. 인간의 일도 자연의 이치를 본받아 가면서 본바탕을 옳게 가꾼다면 그 명을 보존하고 큰 공을 이룰 수 있는 것이다.

일이란 적은 것에서도 큰 것을 볼 수 있고, 큰일도 바르게만 할 수 있다면 아주 단순할 수도 있다. 남씨라는 사람은 비록 정마을에서 농사나 짓고 있었지만 자연의 이치를 살필 줄 알기 때문에 서울에서의 어려운 일도 손쉽게 처리해 나갈 수 있었던 것이다.

물론 아직 수양이 부족한 남씨로서는 서울 일에 완벽을 기할 수는 없었다. 이제 그 서울 일도 막바지에 와 있다. 남씨는 조합장의 미소에 미소로 응하고 조용히 말했다.

"조합장님! 이제부터가 중요합니다. ……저쪽에서는 누가 오나요?"

"박총무가 온답니다."

"박총무가요? 탐색하러 오는군요!"

"예…… 그런 것 같습니다."

조합장은 고개를 끄덕이고는 남씨를 바라봤다.

"좋습니다. 얘기는 제가 하지요. 조합장님은 옆에서 가만히 지켜만 보고 계십시오."

남씨로서는 저쪽이 겁을 먹고 피하게 될까 봐 여간 조심스러운 것이 아니었다. 앞으로의 일을 수월하게 하기 위해서는 이쪽의 훗날 계획은 숨겨 두어야 한다.

만약 타협 후에 우리가 저들의 근원을 탐색하려 한다는 것을 눈치 챈다면 타협에는 응하겠지만 앞으로 그들의 뒤를 추적하는 것이 어렵게 될 것이다. 그리고 타협에 있어서도 한 가지 어려움이 남아 있었다. 타협이 끝나면 박씨와 그 일행은 정마을로 돌아갈 텐데, 그렇게 되면 조합장 측은 실전의 힘은 전무(全無)한 상태가 된다. 저들이 움직이지 못하는 것은 언제든지 박씨가 출동할 수 있다는 것과 더 위로는 능인 할아버지가 있기 때문이다. 그런데 그 두 가지 다 아주 멀리 있어서 현실 사건에 즉각 대응할 수 없다는 것을 저들이 안다면 가까운 장래에 조합장은 공격을 받아 궤멸할 것이다. 어떻게 해서든지 저들에게 이쪽은 박씨나 능인 할아버지가 항상 주시하고 있다는 것을 인식시켜 주어야 한다. 말하자면 저들이 감히 달려들지 못하도록 충분한 위협을 남겨두어야 한다. 그것은 이쪽의 배경이 현실적으로 상존하고 있다는 것을 보여주는 것이다.

이런 점을 생각한다면 순진한 조합장이 나서가지고는 될 일이 아니다. 상대방의 심리를 읽고 그 자리에서 즉각 대응할 수 있는 사람이어야만 한다.

이 일은 당연히 남씨밖에는 할 수 없는 것이지만 저쪽의 두목은 여간 날카로운 사람이 아니다. 저들 두목은 협상에 임하면서 끊임없이 이쪽의 기색을 살필 것이다. 자칫하여 이쪽의 약점이 노출되면 큰일이다. 사실 이쪽은 지금 무방비 상태라 해도 과언이 아니다.

남씨는 어떻게 하면 자신이 이쪽의 약점을 감추고 저쪽에다 영원한 위협을 줄 수 있을지를 생각해 봤다.

'쉬운 일은 아니야…… 남을 속인다는 것은 덜하지도 더하지도 않아야 하는 것이지. 조심해야겠어.'

시간은 흘러 박총무가 나타날 때가 되었다. 남씨는 부하들을 다 내보내고 조합장과 박씨만 남겨두었다. 그리고 박씨에게도 일체 끼어들지 말라고 일러두었다.

협상

드디어 박총무가 나타났다.

"안녕하세요."

"자넨가? 어서 오게!"

조합장은 근엄한 투로 인사를 건넸다. 박총무는 약간 긴장한 듯 남씨에게 고개를 숙여 인사를 하고는 머뭇거리고 있었다. 조합장에게는 개인적으로 지은 죄가 있어서였다. 이들 폭력의 세계에서는 주먹은 휘두를망정 속임수는 아주 싫어한다. 비겁하다는 이유 때문이다.

그러나 사실, 비겁하기로 말하면 여럿이 작당하여 무력을 사용해서 협박으로 남의 돈을 뜯어내는 것이 더 비겁할 수도 있는 것이다.

하지만 이들에게 연약하게 보이는 속임수는 비겁하고 거친 폭력 행사는 비겁하게 보이지 않는다. 아무튼 박총무는 거짓 항복으로 조합장을 농락했으니 여간 민망한 것이 아니었다. 이것을 보고 남씨가 부드럽게 말하며 자리를 권했다.

"여기 앉게나."

"아, 예."

박총무는 남씨의 친절에 조금 기색을 펴며 자리에 앉았다.

"내가 먼저 얘기를 하지."

남씨는 박총무가 자리에 앉자 즉시 서두를 꺼냈다.

"협상을 하자는 얘기는 듣고 왔나?"

"예!"

"그럼 왜 자네가 왔나……?"

"예? 아, 예. 회장님은 조금 바쁜 일이 있어서 저보고 먼저 가보라고 했습니다."

박총무는 잠깐 당황하는 듯했으나 이내 둘러댔다. 남씨는 이 말에 냉소를 짓고는 박총무를 날카롭게 쏘아봤다.

"음…… 그런가? ……내가 생각하기에는 그런 것 같지가 않군!"

"예? 무슨 말씀이신지요……?"

"자네 측 회장은 바쁜 일이 없을 것 같다는 말일세…… 그렇지 않나……?"

"제가 그것을 어떻게 알겠습니까? 저는 단지……."

박총무는 남씨의 탐색적인 말을 교묘히 피하고 있다. 참으로 능숙하고 침착한 태도였다.

"자네가 모른다면 내가 말해 주지. 자네는 우리의 의중(意中)을 탐색하러 왔어. 그렇지……?"

"예? ……저, 그게 아니고……."

"잠깐! ……대답은 하지 않아도 좋네. 단지 우리는 진심으로 타협을 원하네. 그 이유를 지금 얘기해 주지. 자네는 회장한테 가서 똑바로 전할 수 있겠나……?"

남씨는 잠깐 동안 날카롭게 추궁했지만 다시 부드러운 말투로 바

꿰었다. 남씨가 처음에 일부러 엄하게 나가본 것은 상대방에게 확실한 타협의 암시를 주는 고도의 방법인 것이다. 먼저 그렇게 해 두어야 이쪽의 진실성을 믿게 되는 것이다. 처음부터 부드럽게 나가면 이쪽을 의심할 뿐만 아니라 저쪽도 잔재주를 부린다. 그렇게 되면 일이 공연히 느슨해진다. 남씨의 말이 온건해지자 박총무는 긴장을 풀고 대답했다.

"예…… 그렇게 하겠습니다……."

"좋아! 우리의 입장을 말하겠네…… 우리는 지금 피곤한 상태에 있다네. 그 이유는 자네 측에서 우리를 감시하고 있기 때문일세. 그렇지 않나……?"

"예? ……뭐 감시는 하고 있었지만……."

박총무는 이렇게 말하면서 자기 머리를 손으로 쓰다듬었다. 순간 남씨는 생각했다.

'저들은 그동안 감시하고 있지 않았구나! 역시 건영이 말이 맞았어…… 저들은 두려워서 우리 근처에 오질 못하고 있었던 거야…….'

말을 할 때 흔히 손으로 머리를 만지는 행동은 거짓이나 어색할 때 자기도 모르게 하는 표현이다. 남씨는 박총무의 태도에서 숨겨진 사실을 읽어냈다. 남씨의 말이 다시 이어졌다.

"……그래서 말이네만, 우리는 그것이 여간 피곤하지 않다네……."

남씨는 짐짓 근심하는 척하면서 얘기를 진행했다.

"그리고 지금 우리 쪽 어른께서는 칠성들의 스승 되는 사람을 기다리고 있네…… 아직 그분들의 대결이 끝나지 않았기 때문일세. 그것은 물론 우리들이 관여할 수 없네. 그런 분들은 우리처럼 하찮은 세속의 일로 다투는 것은 아닐 걸세. 필경 큰 사연이 있겠지…… 그런데 그분들의 대결이 아직 끝나지 않은 상태에서는 우리가 다툰다는 것이 무의미하다는 것이야. 그렇지 않나?"

"……."

박총무는 대답을 못하고 있었다. 남씨의 말뜻을 잘 모르기 때문이다.

"왜냐하면 어차피 그분들의 대결에 의해서만 우리의 판도가 결정되기 때문이지…… 만일 우리 쪽 어른이 칠성들의 스승을 이기신다면 자네들은 부지할 수 없겠지…… 물론 그 반대의 경우도 마찬가지일 거야. 그러니 그분들의 일이 판가름 날 때까지 잠정 휴전을 하자는 거야…… 알겠나?"

"예……."

박총무는 그제야 이해를 하고 고개를 천천히 끄덕였다.

"가서 전하게. 달리 생각할 것 없이 타협하러 오시라고 말일세. 내일 아침 열 시에 이곳으로 오게. 그쪽에서는 회장과 자네만 와야 하네…… 그리고 타협 조건은 권리를 반반씩 나누는 것으로 하세. 당초 자네 측에서 우리 쪽의 권리를 빼앗았던 것이니 자네 쪽은 큰 덕을 보는 셈이지…… 말하자면 우리는 도둑에게 양보를 하는 셈이지. 그럼 가보게……."

"예. 그럼 가보겠습니다……."

박총무는 자리에서 일어나 조합장에게 고개를 숙여 보이고는 사무실을 나갔다.

"저…… 남 선생님……."

박총무가 떠나가자 조합장이 먼저 말을 꺼냈다.

"타협 조건 말인데요……."

조합장은 웃으며 얘기하지 않은 것으로 보아 기분이 썩 좋은 것은 아닌가 보다. 남씨는 조합장의 기분을 즉각 알아차렸다. 조합장은 조금 전에 남씨가 말한 타협안에 불만이 있는 것이다.

'권리를 반으로 나누다니?'

이것은 현재 지역을 점령하고 있는 쪽에서 보면 엄연한 손해가 아닌가? 사실로 따지면 지금 조합장 측은 옛날에 강제로 뺏긴 지역을 수복한 것에 지나지 않았다. 이것은 마치 강도당한 물건을 다시 찾아 놓고 강도에게 다시 절반을 떼 주겠다는 조건인 셈이다.

남씨는 미소를 지으며 조합장을 바라봤다. 그러나 조합장은 그냥 굳어진 표정으로 말했다.

"우리가 굳이 절반이나 양보해야 되나요?"

"그렇습니다…… 사실 더 달라고 해도 줄 형편이지요."

"예? 왜 우리가 손해를 봐야 하지요……?"

"조합장님! 참으셔야 됩니다. 머지않아 위쪽 분들의 싸움이 결말이 나겠지요. 그때 가서 다시 찾을 수 있어요. 이왕 타협을 할 바에는 저쪽의 자존심을 살려줍시다. 저쪽의 기분을 좋게 만들어두면 나중에 일하기가 훨씬 쉬워요. 저들은 이 조건으로 우쭐해서 방심할 것입니다……"

"그렇습니까? ……그렇다면 언제 가서 저들을 말끔히 쳐 없애지요?"

"하하하…… 조합장님. 그것은 조합장님의 수완에 달려 있습니다. 저들의 괴수를 얼마나 빨리 찾아내느냐 하는 것이 문제입니다. 조합장님은 한동안 쉬신 다음에 저들 두목을 따라 붙으세요. 어딘가 괴수가 숨어 있을 것입니다. 필경 두목만이 그 장소를 알고 있을 것입니다. 물론 칠성들도 알고 있겠지요. 칠성들의 뒤를 밟는 것이 더 수월할 수도 있어요. 아무튼 지금은 협상을 할 때입니다. 아시겠지요……"

"예…… 그런데……."

조합장은 고개를 끄덕이면서도 무엇인가 내키지 않는 모습이었다. 남씨는 그 모습을 보고 더욱 부드럽게 말해 주었다.

"조합장님…… 만일 저들에게 조금만 떼어주면 저들은 호시탐탐 반격의 기회를 노릴 겁니다. 저쪽은 불만이고 우리는 즐겁다면 저들의 마음속에는 공격의 의지가 점점 자라게 되는 것이지요. 그러나 저들이 만족한다면 오히려 그 상태를 지키려고 할 것입니다. 즉 수비에 전념하게 되겠지요. 더구나 우리가 정마을로 돌아간 상태에서 조합장님 혼자서 큰소리 치고 다니는 것을 저들이 보고만 있지 않을 겁니다. 필경 화가 나겠지요. 아주 위험한 일입니다……."

남씨는 여기까지 얘기한 상태에서 조합장을 바라보니 조합장은 웃고 있었다. 아무래도 양보하는 것이 마음 편할 것이라는 것을 깨달은 모양이다.

"알겠습니다. 잠시 딴 생각이 들었나 봅니다. 무조건 남 선생님의 지시에 따르지요……."

조합장은 시원스럽게 대답했다. 남씨는 더 설명할 필요를 느끼지 않았다.

"좋습니다. 조합장님은 내일 아침까지 지역을 나누어 놓으세요. 다시 한 번 말씀 드리지만 질(質)도 양(量)도 반반이어야 합니다."

"예, 염려 마십시오."

"그럼, 저는 이만 들어가겠습니다."

남씨는 박씨와 함께 사무실을 나섰다.

"형님! 일이 끝나가는군요."

"그래, 이젠 다 됐네…… 우리 백화점에나 가볼까?"

"예? 그래요. 물건을 좀 사야겠군요……."

두 사람은 걸어서 종각 쪽으로 향했다.

이날 저녁 땅벌파 두목은 서울로 들어왔다. 박총무의 보고를 받고 이미 타협의 현장에 나서기로 결심을 굳힌 것이다. 의심은 추호도 없었다. 박총무의 보고를 두목이 분석해 본 바에 의하면 조합장 측의 협상 의사는 진심이고 또 부득이한 것이었다.

두목이 무엇보다 흐뭇하게 생각하는 것은 저들은 이쪽의 감시를 겁내고 있다는 점이다. 사실 두목은 조합장 측을 감시하기는커녕 지방에 숨어서 서울 출입마저 자제하고 있었던 것이다.

"저들은 우리의 감시를 몹시 신경 쓰고 있습니다. 그런데 저쪽의 괴인은 강리 선생을 기다리고 있습니다. 두 어른들의 싸움이 결말 날 때까지 휴전하자는 것이지요."

박총무는 이렇게 보고하면서 당시 상황을 세세히 설명해 주었다. 이것을 들은 두목은 협상 의사가 진실이라는 것으로 판단했다. 단지 우려가 되는 것은 저쪽의 괴노인이 강리 선생을 기다린다는 것인데, 두목이 판단하기에 강리 선생이 밀리고 있다는 점이다.

만일 강리 선생이 패한다면 자신들은 부지할 수 없을 것이라는 남씨의 말에도 수긍이 갔다. 물론 강리 선생이 이겨만 주면 저들을 일거에 쓸어버리겠다는 것이 두목의 지금 마음이지만, 쉽게 그렇게 될 것 같지가 않았다. 그러니 강리 선생이 여간한 자신이 아닐 때는 두 분의 결투를 피해야 한다.

두목은 강리 선생의 근황을 생각해 보았다. 현재 강리 선생은 인천의 밀지(密地)에 있는 어느 바닷가에서 수련 중이었다. 강리 선생의 수련이란 별다른 것은 아니다.

원래 무술의 대천재인 그는 모든 동작을 생각만으로 터득한다고 했는데, 단지 공력(功力)이 문제라는 것이다. 그 공력이란 것은 여자의 몸을 빌려서만 향상되는 것이지만, 상대하는 여자의 몸이 약해서 탈이었다. 아니 강리 선생의 몸이 너무 강해서 탈이었다.

원래 남자의 몸은 여자의 몸을 이길 수가 없게 되어 있다. 이는 천하의 장사라도 마찬가지이다. 아니, 오히려 건장한 남자일수록 여자의 몸에는 맥을 못쓰는 법이다. 그런데 강리 선생만은 예외이다.

이 사람은 여자가 강할수록 힘이 난다. 만일 어떤 여자가 있어 한없이 진행되는 성교를 견딜 수만 있다면 강리 선생은 물을 만난 물고기가 되는 셈이다. 그러나 그런 여자가 어디 있겠는가……?

인천 바닷가에 와서도 이미 한 여자가 죽었다. 그 여자는 성교에 있어서는 자기가 천하에 제일이라 했고, 하룻밤에 백 명의 남자도 당해 낼 수 있다고 했지만, 강리 선생과의 대결에서는 별반 힘을 발휘하지 못했다.

성교에 있어서 요는 시간이나 횟수보다는 쾌감의 깊이, 즉 성교의 질이 문제이다. 제법 강한 여자라 해도 강리 선생이 주는 급격한 쾌감을 오래 견디지 못하는 것이다. 강리 선생은 여자로 하여금 순식간에 절정에 이르게 하고는 그 강도를 한없이 높여가는 것이다. 일시적으로는 그것을 여자가 견디겠지만 지칠 줄 모르는, 아니 시간이 갈수록 더욱 힘이 강해지는 강리 선생을 어떻게 감당할 수 있겠는가?

강리 선생과 성교를 나누고 죽었던 여인은 극한의 쾌감 속에 여한이 없이 죽었을 테지만, 강리 선생에게는 결정적인 도움이 되지 못했다. 현재 신들린 여자 하나가 강리 선생에게 붙어 있지만 어제 오늘 사이에 죽었을지도 모를 일이다.

땅벌파 두목의 머릿속은 지금 몹시도 산만했다. 협상의 문제, 숲 속의 빗자루 괴인, 강리 선생의 약을 구하는 문제, 즉 한없이 강한 여자를 구하는 문제, 자금 압박 등 너무나 많은 어려움이 산재해 있었다.

'침착해야 해…… 하나씩 차분히 풀어나가야 돼. 강리 선생은 지금 어떻게 지내고 있을까……?'

두목은 이런 생각을 하면서 잠자리를 찾아들었다. 오랜만에 찾아온 서울 거리이지만 돌아다닐 기분이 아니었다. 두목은 다음날 아침 박총무를 만났다.

"편히 쉬셨습니까?"

"음…… 가보세. 안국동에서 보기로 했지?"

"예…… 가시지요."

두 사람은 택시를 타고 남씨의 지휘 본부인 안국동으로 향했다. 이들이 안국동에 도착해서 사무실로 들어서자 이미 남씨와 조합장이 와 있었다. 그리고 남씨의 옆에는 박씨도 앉아 있었다.

"어서 오시오!"

조합장이 먼저 일어나며 악수를 청했다.

"허허…… 안녕하십니까? 오랜만이군요."

땅벌파 두목도 조합장의 손을 잡으며 인사를 건넸다.

"자, 이쪽으로 앉으시지요. 그리고 박 선생은 이미 알고 계실 테고 …… 이쪽은 서로 처음 만나시지요?"

조합장은 자리를 권하면서 남씨를 소개했다.

"그렇습니다…… 이분이 그 유명한 남 선생님이시군요. 처음 뵙겠습니다."

두목은 남씨를 다정히 바라보며 먼저 인사를 건넸다. 두목의 눈빛은 다소 감동이 서려 있었다. 위인을 만나보는 셈이기 때문이었다.

"예…… 안녕하세요?"

남씨도 인사를 하고는 모두 자리에 앉았다.

"그럼 시작할까요?"

조합장이 두목을 바라보며 말했다.

"그러시지요…… 저야 뭐 처분만 기다려야지요."

"허허…… 겸손하시기는…… 저희 쪽에서는 남 선생님이 말씀하실 것입니다…… 저는 참관만 하겠습니다."

조합장은 두목의 비꼬는 듯한 말투에는 개의치 않고 부드럽게 진행해 갔다. 이미 여러 시간 전부터 기분을 진정시켜 놓고 간편히 일을 처리하리라고 마음먹고 있었기 때문이었다.

"그러신가요? 그럼 남 선생님이 먼저 말씀하시지요."

두목은 남씨를 향하고 있었다.

"길게 얘기할 것이 없습니다…… 타협을 하자는 것뿐입니다. 어제 대충 말씀을 드렸지만…… 윗분들의 싸움이 끝날 때까지 휴전하자는 것입니다."

"좋습니다…… 타협 조건은 어떻게 됩니까?"

"예…… 그것은 조합장님이 직접 말씀 드릴 것입니다. 저는 타협이 끝나면 다시 말씀 드릴 것이 있지만……."

남씨는 조합장을 슬쩍 바라봤다.

"제가 얘기하지요. 타협 조건은 물론 반반씩입니다. 지역을 나누는 문제는 제가 미리 생각해 둔 것이 있는데, 마음에 드실는지요……."

조합장은 두목을 잠깐 쳐다보고는 다시 말했다.

"우리 쪽에서는 명동과 남대문 쪽을 차지하고, 종로와 동대문 쪽을 회장님께 양보하겠습니다. 다른 지역은 대충 나누면 되겠지요. 어떻습니까……?"

"좋군요…… 고맙습니다."

두목은 조합장의 말에 이의(異意)를 달지 않고 쉽게 찬동했다. 이어 다른 지역도 손쉽게 합의에 도달한 것이다. 땅벌파 두목은 조합장의 구상에 순순히 따랐고 일체의 이견을 달지 않았다.

"우리는 오늘 중에 그 지역에서 철수하겠습니다. 앞으로는 회장님이 맡아서 관리하세요."

"고맙습니다. 조합장님 덕분에 일이 잘 풀리는군요. 우리는 내일 들어오겠습니다……."

두목은 겸허한 자세로 침착하게 회담에 임하고 있었다. 남씨는 두목의 사람됨을 여실히 느꼈지만 그 생각하고 있는 바는 알 길이 없었다. 사실 두목은 자기의 내면이 보일까 봐 오늘 대화에서는 일부러 듣기만 했던 것이다.

아무튼 이렇게 되어 협상은 간단히 마무리 지어졌다. 모두들 표정이 밝았다. 특히 땅벌파 두목이 그랬고, 박씨도 편안해하는 기색이 역력했다. 조합장은 속으로는 서운한 기분일지는 모르나 겉으로만은 즐거운 표정을 짓고 있었다.

"자, 이제 협상 문제는 끝났군요."

땅벌파 두목이 잠시 미소를 짓고 있다가 말을 꺼냈다.

"이대로 오래 갔으면 좋겠습니다. 그런데 남 선생님께서 하실 말씀이 계시다고 했지요……?"

"예…… 그렇습니다. 이 말은 우리 쪽 어른의 전달 사항입니다만……."

남씨는 심각한 음성으로 서두를 꺼냈다. 땅벌파 두목은 어른이라는 말이 나오자 다소 긴장을 하며 남씨를 바라봤다.

"그쪽의 어른, 다시 말해 칠성들의 스승에게 전할 내용이 있습니다."

"그러신가요? 내용이 무엇입니까?"

두목은 밝은 표정을 지으며 물어왔지만 이미 속으로는 예민한 촉각을 곤두세웠다. 남씨는 말을 일부러 늦추어서 천천히 시작했다. 말이란 기대한 박자대로 나오지 않으면 주의를 끌게 되고 도중에 머뭇거리면 긴장감을 주게 된다.

조합장은 우리 쪽 어른의 전달 사항이 있다는 것에 일종의 자부심을 느끼는 것 같았다. 반면 땅벌파 두목은 어른 얘기가 나오면 기가 꺾일 것이 틀림없다. 박씨만은 이 말이 거짓인줄 알기 때문에 무심한 표정을 짓고 있을 뿐이다.

"예, 우리 어른께서는 그쪽의 연락을 기다리고 있겠답니다. 피해 다니지만 말고 당당히 승부를 가리자는 것이지요. 이런 일들은 우리가 관여할 바는 아니지만 두 어른께서 빨리 결판을 지었으면 합니다……."

남씨가 이렇게 말하자 조합장은 잠깐 두목을 쏘아봤다. 두목은 몸을 먼저 움직이고는 말을 꺼냈다. 사람이 말을 하기 전에 몸을 먼저 움직이는 것은 속으로 당황하고 있는 것이다. 조합장은 이것을 파악하고는 속으로 흐뭇했다.

"예…… 그렇게 전하지요. 우리 쪽 어른…… 칠성들의 스승께서는 지금 깊은 산중에 들어가 계십니다. 근간 나오신다고 했으니 그때 전하겠습니다."

두목의 말은 확실히 이상했다. 조리에 맞지가 않는다. 남씨는 잠깐 생각해 봤다.

'깊은 산중……? 묻지도 않는 말에 대답을 하는군…… 필경 산이 아니고 물이겠구나. 어쩌면 바다인지도 모르겠고…… 근간 나오신다고? 자주 연락이 되고 있구나! 그렇다면 가까운 곳에 있다는 것인데……'

남씨가 두목의 실수를 이렇게 분석하고 다음 말을 꺼냈는데, 이번에는 남씨가 실수를 했다.

"좋습니다. 그리고 한 가지 더 말씀드릴 것이 있습니다. 전에 보니까 박총무가 우리 아이를 미행했더군요. 이제 그런 일은 하지 않는 게 좋을 것 같군요……."

남씨는 이 말을 일부러 했는데, 그것은 앞으로 우리는 그쪽을 미행하지 않겠다는 뜻이 담겨 있는 것이다. 이제 그런 일은 하지 않는 게 좋다? ……이제? ……협상을 했으니까? 그러나 '전에 보니까'라고 한 말은 분명 실수였다.

땅벌파 두목의 날카로운 두뇌가 신속히 회전했다.

'전에 보니까? ……그렇다면 며칠 전 숲 속에서의 사건은 아직 서울에 전달 안 된 것인가? ……아니 혹시 정마을하고는 상관없을지도 모르지…… 그 당시는 협상 얘기가 안 나왔을 때이니만치 그런 사건은 즉시 전달되었어야 한다. 왜냐하면 우리가 저쪽 본부인 정마을을 노리고 있는 것이니 그런 일은 서울 지휘자에게 즉각 전달되어야 하는 것이다…… 필경 숲 속의 괴인은 이들 하고 상관없을 거야…… 그리고 앞으로 미행하지 말라고? ……왜? ……무엇이 두려운가? 혹 정마을은 취약점이 있는 것일까? 서울과 상호 연락이 안 이루어지고 있는 것일까? 또 무슨 뜻이 있을까? 그렇지! ……저쪽이 우리를 미행할 생각이 있는 것이야! 그러니까 일부러 앞으로는 미행을 하지 말자고 밝히는 거야. 즉 이것은 미행을 걱정하지 말아라 인데 다시 말하면 미행을 하겠다는 것이지. 그래! 그리고 또…… 아, 이제 알겠구나!

저들이 협상을 한 이유는 우리의 뒤를 밟기 위해서야. 우리가 숨어만 있으면 저들도 불안하기만 하고 대책을 세울 수 없겠지. 우리를 들어내기 위해 저들은 협상을 했어. 저들 괴수가 강리 선생을 찾아내라고 지시했겠지. 그렇다면 저들 괴수는 지금 이 근방에 있다는 거야. 숲 속의 괴인에 대해서는 다시 조사를 해 봐야겠군…….'

두목은 여기까지 생각하고는 고개를 끄덕였다. 마음속에는 이미 중대한 사실을 깨닫고 있었다. 두목은 회심의 미소를 지으며 의젓하게 말했다.

"예…… 앞으로 미행 같은 것은 하지 않기로 하지요. 전에는 싸움 중이었으니 할 수가 없었던 것이고…… 하하…….'

"자, 그럼 오늘 일은 끝났군요…….'

남씨는 두목의 마음을 모르는 채 오늘의 회합이 끝났음을 선언했다.

"고맙습니다. 앞으로 잘 지내봅시다.'

두목은 조합장에게 손을 내밀었다.

"그럽시다. 근간 다시 만나지요.'

조합장은 무엇을 모르는 채 두목의 손을 맞잡아 주었다.

"남 선생님…… 그럼 저는 물러가겠습니다. 그간 배운 것이 많았습니다. 허허허…….'

두목은 남씨에게는 악수를 청하지 않고 겸손한 인사말을 건네면서 일어났다. 남씨는 말없이 미소로 답례했고 두목은 신속히 떠나갔다. 이제 모든 일은 끝이 난 것이다. 긴긴 세월을 혼잡한 서울에서 어려운 사건에 개입했던 남씨는 순간적으로 허탈감이 엄습해 오는 것을 느꼈다.

'일은 이렇게 결말이 난 것이로구나…… 나는 과연 잘 해낸 것일

까……?'

"남 선생님!"

남씨의 생각을 조합장이 막았다.

"이제 일이 다 끝났는데 앞으로의 유념할 사항을 지시해 주십시오!"

"예? 아, 예…… 그러지요."

남씨는 생각에서 깨어나며 얼핏 미소를 지었다.

"일단 일은 끝났지요. 앞으로 유의할 사항이 조금 있기는 하지만……"

"예…… 그것이 무엇인지요……?"

조합장은 기분이 편안한가 보았다. 말하는 음성은 힘차고 얼굴빛은 밝았다. 이젠 지루했던 싸움은 끝나고 사업을 회복할 때가 된 것이다. 비록 사업 지역을 절반이나 잃었지만 그것은 사업의 질적 향상을 통해 만회할 수가 있을 것이다.

그리고 생각하기에 따라서는 절반의 이권을 잃은 것이 아니라 절반을 찾았다고 볼 수도 있다. 만약 남씨와 박씨가 서울에 나타나주지 않았다면 조합장의 처지는 말이 아니었을 것이고, 그나마 지금의 이권도 찾을 수 없었을 것이다.

'아무것도 없는 것과 비교해서 절반은 얼마나 큰 것인가. 게다가 앞으로 나머지도 다 차지할 수 있을지도 모른다……'

조합장은 어쩌면 이런 생각을 하면서 마음을 편히 갖고 있는지도 모른다. 오히려 마음이 개운치 않은 사람은 남씨인 것 같다. 그동안 매달려온 목표가 빗나갔기 때문이었다.

남씨는 완전한 승리를 위해 생각하고, 박씨는 남씨의 지시에 따라 움직였다. 두 사람은 최선을 다 했고 성공이 목전에 다다른 적도 있었다. 그러나 세상의 일이란 눈에 보이는 대로 되는 것이 아니다.

운명은 사람의 생각이 무엇이든 간에 자기 자리에서 기다린다. 그리고 사람이 때가 되어 그 자리에 왔을 때에도 말이 없다. 사람은 번번이 자신이 생각하지 못한 지점에 와 있을지라도 다음번에 또 생각할 때는 이 일을 다시 망각한다. 그래서 운명과 생각은 언제나 길을 달리한다.

누가 이것을 합치시킬 수 있을 것인가?

남씨는 자기가 생각한 대로 운명이 흘러가기를 바랐다. 그렇게 하는 것이 바로 올바른 생각이기 때문이었다. 지금 남씨는 처음 의도하고 생각했던 그 지점에 와 있지 않았다. 그렇다고 해서 운명이 남씨의 생각을 피해 달아난 것이 아니라 남씨의 생각이 가만있는 운명을 찾지 못했던 것이다.

'만일 남씨가 아니고 건영이었다면 어쨌을까?'

남씨는 잠깐 이런 생각을 해 보고는 체념했다. 이제 와서는 이미 지난 일이고 결말이 나 있는 것이다. 다음에 운명이 또 어디로 흐를 것인가?

남씨는 다음번엔 반드시 운명과 생각을 합치시키겠다고 마음먹었다. 그러고는 사후 지침을 시달했다.

"조합장님! 일이 이렇게 된 것은 운명이라고 생각하세요. 그리고 앞으로 얼마간 지난 후 저들을 미행하세요. 괴수를 찾는 것이 목표입니다…… 가능하다면 저쪽 편에 밀정을 침투시켜두면 좋겠지요. 우리는 수일 내로 서울을 떠납니다. 그 이후가 염려됩니다만……."

"예? 떠나신다고요?"

조합장은 잠깐 놀라기는 했지만 다시 생각해 보고는 당연한 일이라고 깨달았다.

"가셔야 되겠군요! ……언제 떠나시려는데요? 아니, 그보다 어떻게 연락하면 좋을까요……?"

조합장은 앞일이 근심이 되어 연락 방법을 알아두고 싶은 것이다. 남씨도 어차피 조합장과 연락할 일이 남아 있다. 저들의 괴수를 찾았을 때 연락이 필요한 것이다.

어떻게 연락하면 좋을까……? 남씨는 잠시 생각한 후 결심을 굳혔다.

"이번에 우리가 갈 때 몇 사람 함께 갑시다!"

남씨는 아예 조합장 측 사람에게 정마을 위치를 직접 알려줄 생각인 것이다. 이제 와서는 정마을의 위치가 비밀이 될 수가 없었다. 갑자기 건영이 아버지에게 무슨 일이 닥칠 수도 있다. 그럴 경우 이들이 연락해 주면 더욱 신속할 것이다.

어차피 이들하고는 인연이 있다. 그리고 조합장이란 사람도 하는 일이 좀 문제이지만 그 심성 자체는 과히 나쁜 사람은 아니다. 조합장의 일, 또는 직업에 대해서는 본인이 앞으로 살면서 재고(再考)해 봐야겠지만 남씨로서는 이런 사람도 마다하고 싶지 않은 것이다.

다 비슷한 사람끼리 누가 누구의 잘못을 논할 것인가? 하늘도 때로 죄가 없는 사람을 벌주는데, 사람이라고 해서 죄 있는 사람을 사랑하지 말라는 법이 없다. 조합장은 남씨의 친절에 큰 기쁨을 나타냈다.

"예? 그래도 되겠습니까?"

"그럼요! 일이 있으면 급히 연락을 주세요. 그리고 일이 없어도 놀러 와도 됩니다……."

남씨의 이 말은 역사적인 선언과도 같았다. 드디어 낙원 사람들과 세속의 불량배들의 친분이 맺어지는 순간인 것이다.

"자, 그건 그렇고…… 지금 하는 말을 특히 유의해 두세요. 이것은 먼 장래 일입니다. 저들과 조합장님 측을 비교해 보면 이쪽은 너무 약합니다……."

"예?"

조합장은 약간 실망하는 표정으로 물었지만 남씨는 대답 않고 계속했다.

"첫째, 저들의 두목과 조합장님의 능력은 차이가 너무 많이 납니다. 저쪽은 아주 비상한 두뇌를 소유하여 저도 감당하기 어려울 정도인데, 조합장님이 생각하는 수준은 평범하기 그지없습니다. 아니 어쩌면 평범한 사람보다 뒤떨어질지도 모릅니다."

"예? 제가 그렇게 머리가 나쁩니까? ……허 참!"

조합장은 몹시 민망해하면서 박씨를 슬쩍 봤는데, 박씨는 천천히 고개를 끄덕이고 있었다.

"그래서 말입니다만……."

남씨의 음성은 부드러웠지만 움직일 수 없는 힘이 서려 있었다.

"조합장님은 이제부터라도 공부를 많이 하셔야겠습니다. 그리고 평소에 깊게 생각하는 습관을 들여 두어야 합니다. 무슨 일이든지 즉흥적으로 하지 말고 '가장 옳은 것이 무엇이냐?'하고 생각을 해야 한다는 말입니다. 그래서 차차 능력을 향상 시켜야겠지요…… 지금의 상태로 죽을 때까지 가려고 하면 그건 너무 게으른 것입니다. 공부를 하셔야 합니다……."

남씨는 자상하게 가르침을 내리면서 엄격한 표정을 지었다. 조합장은 속으로 자기도 모르게 반성의 기운이 용솟음치는 것을 느꼈다.

'그렇다! 공부를 해야 해! 그래서 남 선생님 같은 지혜를 갖추어야지…… 그동안 나는 너무 게을렀어!'

조합장은 입을 꾹 다물고 고개를 끄덕였다. 남씨의 말이 계속됐다.

"둘째, 저들에게는 칠성들이 있는데, 이쪽에는 거기에 맞상대할 사람이 없습니다. 이대로 방치할 경우 언젠가는 조합장님의 조직은 궤멸될 것입니다."

"그렇겠군요! 어떡하면 좋을는지요?"

조합장은 남씨가 또 하나의 치명적인 약점을 들추어내자 얼굴빛이 금방 어두워졌다. 생각만 해도 진저리가 나는 일이다. 당초 칠성들로 인해 쫓겨나면서 조직이 박살난 것이 아닌가? 그간 조직 자체는 많이 복구되어 있지만 앞으로 박씨가 없는 상태에서 저들이 오면 무엇으로 감당할 것인가?

조합장이 지금 믿고 있는 것은 남씨의 방책뿐이다. 박씨는 어차피 남씨와 함께 정마을로 돌아가겠지만 떠나면서 남씨가 무슨 방책을 세워줘야 한다.

"글쎄요…… 저도 난감합니다."

기대했던 남씨의 말은 서두부터 맥이 빠지는 것이었다.

"물론 저들이 당장 쳐들어오지는 못합니다…… 그것은 심리적 이유 때문이겠지만, 장기적으로는 물리적 대책이 있어야만 하겠지요."

"그렇지요? ……그것이 무엇인가요?"

조합장은 남씨의 얼굴을 빤히 쳐다보며 다급하게 물었다.

"하하하…… 조합장님, 그런 능력도 없이 어떻게 이런 사업을 유지합니까? 힘이 없으면 만들어야지요!"

남씨는 조합장이 아무런 대책도 없이 그저 의지만 하려는 자세가 우스웠다. 폭력 조직이란 도대체 무엇인가? 당연히 힘이 있어야 되는 것이다. 힘이 없으면 물러날 수밖에 없는 것이지 달리 무슨 대책이 있을 것인가? 남씨는 고개를 가로젓고는 정색을 하고 말했다.

"조합장님, 앞으로 지금 같은 일을 계속하려면 인재를 모아야 합니다…… 온 세상을 다 뒤져서라도 강자를 찾아내고, 없으면 지금부터라도 길러야 합니다. 저들의 두목은 필경 칠성들을 발굴하기 위해 긴 세월을 노력했을 것입니다. 조합장님도 그러한 노력 없이는 미래를 기약할 수 없습니다. 지금 겨우 기대할 수 있는 것은 저들의 괴수를 우리 어른께서 물리쳐주면 칠성들도 자연 사라질 것이라는 점입니다. 그동안 제가 생각해 본 바에 의하면 저들의 괴수는 특별한 이유가 있어서 두목과 연관을 맺고 있고, 칠성들은 그 괴수가 있기 때문에 두목을 돕고 있는 것 같습니다. 따라서 그 괴수가 제거되면 칠성들도 떠나갈 것으로 봅니다. 그렇게 되면 조합장님의 힘만으로도 저쪽을 물리칠 수 있겠지요……."

조합장은 얼굴빛이 조금 밝아졌다. 남씨의 말을 듣고 보니 당장 무슨 일이 나는 것은 아니었다. 그리고 저들의 괴수를 찾기만 하면 문제가 근본적으로 해결되는 것이다. 그러나 실력자를 모으고 강자를 기르는 것은 절대 필요한 일이다. 조합장은 또 한 가지의 결심을 하고 다시 남씨를 바라봤다.

"잘 알겠습니다…… 다른 사항은 또 없습니까……?"

조합장은 순진한 면이 있었다. 그러나 모르는 것을 배워서 습득하려는 힘이 있었다. 남씨가 좋아하는 점은 바로 조합장의 이런 점이다. 남씨는 조합장을 착한 사람으로 보고 있었다. 그래서 더욱 힘써 돕고 있는지도 모른다.

조합장이 하는 일의 선악은 남씨가 관여할 바는 아닌 것이다. 이미 운명이기 때문이다. 남씨는 다시 말했다.

"한 가지가 더 있습니다…… 만약 저들이 공격해 온다면 조합장님은 어떡하시겠습니까?"

"예? 힘껏 싸워야겠지요……."

"아닙니다…… 조합장님의 생각은 그래서 위험한 것이지요. 너무 단순하고 쉽게 생각해요. 싸움이란 이기기 위해서 하는 것입니다. 질 싸움을 하면 뭐할 겁니까?"

"그럼 어떻게 하지요……?"

"조합장님, 잘 들어서 이해를 하세요…… 행동의 뜻을 이해해야 하는 것이지요. 저들이 만약 어느 한 곳이라도 공격해 온다면 그 즉시 모든 곳에서 철수해야 합니다. 그러고는 저에게 연락을 하세요. 저들이 공격을 감행한다는 것은 저들의 괴수가 움직인다는 뜻이 있어요. 우리는 괴수의 동정을 예의주시하고 있어야 할 것입니다. 그리고 조합장님이 저에게 연락하기 전에 미리 해둘 일이 있어요. 그것은 피함과 동시에 저들 지역 한 곳을 습격해야 합니다…… 물론 칠성들이 없는 곳을 찾아서 해야겠지만 우리도 계획이 있고 행동이 있다는 것을 보여줘야만 합니다. 공격이 수월치 않으면 그냥 숨어서 저들의 움직임만 감시하세요……."

조합장은 입을 굳게 다물고 고개를 끄덕였다. 남씨는 박씨를 한 번 쳐다보고 다시 말했다.

"제가 할 말은 이제 다한 것 같군요. 우리는 사흘 후쯤 떠나겠습니다…… 혹시 그동안에 무슨 변화가 생길 수도 있겠지만 말입니다."

"예? 변화라니요……?"

"아닙니다…… 내일쯤 봐야 알겠지요…… 그럼, 오늘은 이만……."

남씨는 긴 얘기 끝에 뜻 모를 말을 한 마디 던지고는 자리에서 일어났다.

"내일 나오실 건가요?"

조합장도 따라 일어나면서 물었다.

"예…… 내일 나오지요. 조합장님은 오늘 중에 약속대로 철수를 해 두세요."

"알겠습니다…… 그런데 송별연을 준비해도 되겠습니까?"

"송별연이요? ……하하하 그럽시다."

남씨는 조합장의 제의를 흔쾌히 수락하고는 박씨와 함께 사무실을 나섰다.

"형님! 다 끝난 것인가요?"

"그렇다고 볼 수 있겠지…… 기대할 만한 것이 한 가지 있기는 하지 만……."

"예? 또 다른 무슨 일이 있나요……?"

"아니…… 아직 몰라. ……막연한 일이야……."

뭐가 있긴 있는 것 같았다. 조금 전 사무실에서도 말에 여운을 두 었는데, 지금도 그와 비슷한 내용의 말이다. 남씨의 얼굴은 무엇을 생각하는 듯 보인다. 그러나 그 생각이 근심인 것 같지는 않고 한가 해 보인다.

'무엇일까? 막연한 일? 글쎄…….'

박씨는 궁금증을 참지 못하고 물어보려는데, 남씨가 먼저 말을 꺼 냈다.

"박씨, 사흘 후쯤 떠나고 싶은데…… 준비는 대충되었나?"

"예…… 뭐, 물건이나 좀 더 사면되겠지요."

"그래…… 어디로 갈까? 시장? 백화점?"

"백화점으로 가지요. 책도 좀 사야겠고……."

두 사람은 걸어서 백화점으로 향했다.

조합장은 두 사람이 떠나가자 각 지역의 부하들에게 연락하여 해당 지역에서 철수할 것을 지시하고 간부들을 소집했다. 이 날 저녁때가 되어서는 땅벌파 측에서도 움직이기 시작했고, 숨어 있던 부하들도 비밀 연락을 받고 속속 모여들고 있었다.

혼마 강리의 향상

현재 땅벌파 측의 지휘를 맡고 있는 사람은 박총무였다. 두목은 지금 인천 근교 바닷가의 어느 외떨어진 집으로 걸어가고 있는 중이었다. 이 집은 언덕 아래쪽으로 넓게 펼쳐져 있는 벌판 끝에 위치하고 있었는데, 주위에 민가는 보이지 않았다.

이 집에는 여러 개의 방이 있었고, 개펄이 집의 전면으로 광대하게 드러나 있다. 밀물 때는 바닷물이 바로 집 앞까지 밀려들어 오곤 했다. 두목은 잡초가 무성한 적막한 뒷길로 접근했다. 집은 사람이 살고 있지 않은 듯 음산한 기운이 서려 있었다.

두목은 발소리를 죽여 가며 슬그머니 들어섰다. 집 뒤쪽으로 담장이 둘러 있고 옆에는 마당으로 통하는 샛문이 있는데, 슬쩍 밀어보니 저절로 열렸다. 두목은 마당으로 들어서자마자 우측에 있는 방을 살펴봤다.

방문은 잠겨 있지 않았으므로 안을 들여다보니 젊은 여인 하나가 아무렇게나 쓰러져 있었다. 옷은 거의 걸치지 않은 상태였다. 두목은 그 모습을 잠시 살펴보고는 고개를 끄덕였다. 여인의 몸은 주기적으로 미세하게 움직이고 있었다. 잠을 자고 있는 것이다.

방 안에는 물건이라고는 하나도 없었고 이부자리조차도 전혀 정돈이 안 된 상태이며, 여인은 곱게 잠든 것이 아니라 쓰러져 있는 것처럼 보였다. 두목은 다시 발길을 돌려 끝방으로 다가갔다. 끝방 옆으로 큰 문이 열려져 있는데, 바로 이 집의 앞문이다.

두목은 그 방 앞에 섰다. 방은 어두컴컴하고 아주 음습해보였다. 방 안에는 마치 시체라도 누워 있는 것처럼 생기라곤 전혀 느껴지지 않았다. 두목은 문을 열고 들어갈까 아니면 노크를 할까 잠시 망설이고 있었는데 방 안에서 먼저 말소리가 들려왔다.

"들어오시오!"

강리 선생의 목소리였다. 두목은 급히 마루에 올라섰다. 문은 스스로 열렸다. 강리 선생은 문의 맞은편 벽 쪽에 앉아 있었다. 그렇다면 문은 저절로 열린 것이다. 아니 강리 선생의 기운이 문을 밀어낸 것이다.

두목이 방 안에 들어서자 문은 저절로 닫혔다. 순간 두목은 오싹한 기분이 들었는데, 자신의 이러한 마음을 눈치 챘는지 강리 선생의 온화한 목소리가 기분을 밝게 해 주었다.

"회장! 어인 일로 오시었소?"

"예…… 선생님 근황도 알 겸 해서 왔습니다. 마침 보고 드릴 일도 있고 해서……"

"그런가요? 무슨 좋은 소식이라도 있소?"

"글쎄요. 좋은 소식이라고 해야 할지 저로서는 잘 모르겠습니다만…… 저들과 협상을 했습니다."

"협상이라니요……?"

"예. 지역의 절반을 할애 받았습니다…… 먼저 휴전을 하자고 하더군요."

"허 그래요? 나를 찾으려고 하는 것 같군요!"

"그렇습니다. 그리고 저쪽에서 전갈이 있었습니다만……."

"예? 누가요……?"

"선생님과 결투했던 사람입니다. 그쪽의 지휘자를 통해 연락을 해 왔습니다. 선생님과 하루바삐 만나 결판을 내자고 하더군요."

두목은 이렇게 말하면서 강리 선생의 기색을 살폈다. 패하고 도망와 있는 사람에게 부담을 주는 것 같아서였다. 그러나 강리 선생은 평안해 보였다. 얼굴빛은 전보다 더 희어지고 더욱이나 젊어 보였다. 목소리는 맑다 못해 아름답기까지 했다. 그 청아한 목소리가 들려왔다.

"회장, 걱정하지 마시오. 그렇지 않아도 내가 찾아가려던 참이오."

"예? 그러신가요……?"

"허허…… 세상은 변화하는 것이오. 나라고 언제까지나 그대로 있으란 법이 없지 않소이까."

"예. 다행입니다. 그런데 저…… 약은 효험이 있던가요?"

"괜찮은 물건이오! 제법 약이 되었소! 세상에 저 정도를 구하기도 힘들 것이오."

"그렇습니까? 약이 더 필요하신지요?"

"물론이오. 그러나 지금 물건보다 나은 것을 구하기는 힘들 것 같군요. 하지만 아무튼 찾아봐 주시오. 혹시 최상품을 구할 수도 있을 테니……."

"최선을 다 해 보겠습니다. 지금 약은 얼마나 더 쓸 수 있습니까……?"

"오늘이 끝입니다. 저 여인은 나하고 두 번에 걸쳐 접촉을 했소. 그저께부터 탈진 상태로 쓰러져 있는데 오늘밤 늦게 깨어날 것이오. 그러나 오늘밤에는 죽게 되겠지요. 그러나 나는 이미 천강(天鋼)의 기운을 발동시켰소. 이 힘은 천하무적의 기운이오. 단지 이 힘을 더 키워야 하는데, 감당할 만한 여인을 구할 것 같지 않소이다. 이젠 여간한 여인으로는 안 될 것이오……."

"그럼 어떡하지요? 비슷한 여인이라도 없을까요……?"

"허허, 있을 턱이 없지요. 이젠 극강(極强)의 무술을 터득한 여인이라야 해요. 몇 갑자의 공력을 성취한 여인 말이오……. 선녀와 같은 여인인데, 그런 여인이 하늘 아래 있겠소……?"

강리 선생은 미소를 지으며 고개를 가로저었다.

"난감하군요. 아무튼 최선을 다해 보겠습니다. 앞으로 어떻게 하시겠습니까?"

"조만간 할 일이 있습니다. 중대한 일이지요. 그 일을 마치고는 저들을 내가 찾아 나서려고 합니다."

"일이라니요? 저희들한테 맡기시면 될 텐데……!"

"허허…… 힘든 일이오. 칠성들이 다 달려들어도 안 되오이다. 그리고 이 일은 원래 내 일인 것이오."

"그렇군요. 무슨 일인지 제가 알면 안 되겠습니까……?"

"미리 알 필요가 없어요. 조만간 알게 될 겁니다. 회장뿐만 아니라 온 세상 사람들이 다 알게 되겠지요."

"예? 그런 일이……."

"그 얘기는 그만두기로 합시다. 그보다 정마을은 찾아봤습니까……?"

"예, 그런데 사고가 좀 있었습니다. 정마을의 소재는 파악된 것 같습니다만……."

"사고라니요……?"

"부하들이 몇 명 죽었습니다. 정마을 입구에서 누굴 만난 것입니다."

"그래요? 어떻게 생긴 사람인데요?"

"인상착의를 얘기하지요. 키가 좀 작고 나이가 많이 든 노인이라고 했습니다. 남루한 옷에 맨발이고 긴 빗자루를 어깨에 메고 있었답니다."

"그 자가 어떻게 했는데요?"

"예…… 그 괴인은 무술의 달인이라고 했습니다."

"허허, 무술의 달인이라니요…… 부하들이 그런 것을 판단할 줄 압니까……?"

"예? ……아, 예…… 죄송합니다. 들은 대로 얘기하다보니 그만…… 당시 상황을 말씀 드리지요. 부하들은 오래 전부터 그 숲을 뒤지고 있었습니다. 그 곳은 정섭이란 아이가 잠적한 지역이지요. 그런데 어느 날 빗자루를 멘 괴인이 나타났지요. 산 속 바로 그 근방이었습니다. 그렇다면 그 지역 어딘가에 사는 사람이 아닐까요? 정마을이라든지……."

두목은 여기서 강리 선생의 의견을 물었는데 강리 선생은 말없이 고개만 끄덕였다. 두목은 다시 말을 이었다.

"부하들은 숨어 있다가 미행을 했습니다. 이 괴인은 한동안 숲으로 가다가 강 쪽으로 꺾어 들어갔습니다. 필경 정마을은 강 쪽 어딘가에 있던지 혹은 강 건너에 있을지도 모릅니다. 물론 이 괴인이 정마을 사람일 경우겠지만 말입니다. 아무튼 부하들은 더욱 가까이 뒤따라갔는데 그만 들키고 말았습니다. 그래서 한바탕 싸움이 벌어졌지요. ……뭐 싸움이랄 것은 없었습니다. 순식간에 부하들이 궤멸되었으니까요."

"어떻게 말입니까?"

"예, 그 괴인은 부하들이 공격하면 즉시 받아서 낚아채듯 끌어 던지는데 상당히 멀리 날아가더랍니다. 마치 돌을 던지듯이 하늘 높이 말입니다."

"허…… 그래요, 대단하군요. 그 빗자루 말인데요…… 싸움을 하는 중에 그것을 사용했답니까?"

"한 번 사용했다고 하더군요…… 내리찍었다고요. 그 외에는 그 빗자루가 그냥 몸에 붙어 있었다고 하더군요."

"그래요? 빗자루라면 약한 대나무 같은 것일 텐데…… 그것으로 사람을 치다니, 공력이 실려 있군요! ……그런데 빗자루를 땅에 놓은 적이 있었다고 합디까?"

"아닙니다. 빗자루는 그냥 몸에 붙어 다니면서 이리저리 이동했답니다. 손으로 사람들을 계속 집어던지고……."

"허…… 괴상하군요. 치거나 차거나 하는 일은요?"

"따귀를 때리고 발길질을 했습니다. 그리고 쓰러진 사람 모두를 강으로 집어던져 버렸답니다."

"걸음걸이는 어떻다고 했습니까?"

"특이했답니다. 술 취한 사람처럼 비틀거렸는데, 상당히 빨라서 거의 뛰어가는 정도라고 하던데요."

"허 대단하군요. 위험인물입니다. 누굴까……?"

강리 선생은 생각에 잠겼다.

'특이한 인물이군. 정말을 사람일까? 키가 작은 것으로 봐서 능인이나 좌설은 아니고…… 혹시 한곡 스승님은 아닐까? 아니야, 한곡 스승님은 속세의 사람을 죽이실 리가 없어. 게다가 한곡 스승님은 나이가 많아 보이지도 않고, 맨발이니 빗자루니 하는 괴상한 차림은 더 더구나 아니야. ……그렇다면 누굴까? 세상엔 괴인도 많아…… 과연 정마을 사람일까? 아무튼 정마을이 그 근방인 것만은 틀림없어…… 칠성들을 보내서 샅샅이 뒤져봐야겠군. 그리고 그 괴인도 알아봐야 겠다.'

강리 선생은 여기까지 생각하고는 고개를 들어 두목을 바라봤다.

"잘 알겠소! 이제 돌아가시오. 그리고 내일은 칠성들을 보내주시 오. 그 괴인을 탐색할 겸 가르칠 것도 있고."

"예, 그럼 저는 돌아가겠습니다…… 수일 내로 다시 오겠습니다. 달 리 준비할 물건은 또 없습니까?"

"칼이나 몇 자루 가져다주시오."

두목은 떠나갔다. 바닷가에는 서서히 어둠이 깔리고 적막감은 더 해 갔다. 강리 선생은 천장을 보고 누워서 중얼거리기 시작했다. 무 엇인가 수련을 시작한 것이다.

"우 ― 우 ― 음 ――"

강리 선생의 괴성은 입에서 나오는 것인지 몸에서 나오는 것인지 알 수가 없었다. 입은 분명 다물고 있는 듯한데 소리는 나오고 있는 것이다. 괴성은 처음엔 가늘고 약하게 울려나왔으나 잠깐 사이에 커 지고 있었다.

"으 ― 아 ― 아 ――"

강리 선생이 지르는 괴성은 남에게는 소름이 끼치고 불길한 느낌 을 주지만 본인에게만은 정신을 맑게 하고 잠자고 있는 몸의 모든 기 운을 일으키고 있는 것이다. 강리 선생의 얼굴빛은 점점 더 하얗게 변하고 표정은 더욱 온화해졌다.

그러나 눈만은 가끔씩 날카로워지거나 스르르 감기기도 하였다. 강리 선생은 긴 시간 동안 이런 상태를 지속하다가 돌연 문밖으로 나왔다. 상반신을 벗어젖힌 상태에서 맨발로 나온 것이다. 그러고는 곧장 여인이 있는 방으로 성큼성큼 걸어갔다. 여인은 아직 깨어나지 않았다. 강리 선생은 그 앞에서 예의 괴성을 질렀다.

"아 ― 아 ― 아 ――"

그래도 여인은 깨어날 줄 몰랐다. 잠시 후 강리 선생은 방 안으로 들어섰다. 이어 여인의 전신을 샅샅이 훑어보기 시작했다. 숨은 조금씩 거칠어지고 있었다. 그러더니 갑자기 주저앉아서 여인의 몸을 가만히 더듬기 시작했다.

처음에는 쓰다듬듯 온 몸을 가볍게 스치더니 이윽고 힘을 주어 주무르기 시작했다. 강리 선생의 손은 다리로부터 시작하여 둔부·배·허리·가슴 부위로 이동했다. 손이 목 부위에 이르러서는 잠깐 목을 조르는 듯하고는 다시 얼굴을 쓰다듬는다.

여인이 몸을 조금 뒤척였다. 잠에서 깨어나고 있는 것이다. 그러나 강리 선생은 개의치 않고 자신의 하던 일만 계속했다. 이제 손은 주로 여인의 특정 부위를 주무르고 있었다. 그런데 강리 선생의 이 동작을 감당하고 있는 여인의 몸에서는 이상한 현상이 일어났다.

여인은 지칠 대로 지쳐 있었음에도 불구하고 어느새 전신의 기운이 되살아나고 있었다. 그와 동시에 강리 선생의 손끝이 닿는 곳마다 극한의 쾌감이 느껴졌다. 여인은 즐거운 괴성을 질렀다.

"으 ― 음."

여인은 누운 자리에서 일어났다. 그러자 강리 선생은 여인을 부둥켜안고 등과 둔부 쪽에 신비한 기운을 주입시켰다. 여인은 생명의 근저까지 파고드는 쾌감에 온 몸이 부르르 떨리고 있었다.

강리 선생의 두 손에서는 서로 상반된 기운이 발출되고 있었다. 등으로 주입되는 기운은 생(生)의 기운으로써 피로를 몰아내고, 몸의 근육과 오장 육부·혈관·뇌·신경 등에 무한한 활력을 주며 지쳐 있는 영혼마저도 재생시키고 있는 것이었다.

그러나 둔부 쪽의 기운은 몸과 마음속에 있는 모든 기운을 쾌감으로 몰입시키는 음란한 기운이다. 강리 선생은 둔부의 기운을 조금 늦추었다. 그러자 여인은 강리 선생의 목을 힘껏 끌어당기며 하반신을 요동쳤다.

온 몸을 앞으로 밀착시키며 꿈틀거리기도 했다. 한동안 그 상태를 지속하자 여인은 더 이상 참지 못하겠다는 듯이 소리를 질렀다.

"음…… 아…… 아이, 선생님…… 어떻게 좀 해 주세요…… 음…… 아……."

이때 강리 선생의 온화한 음성이 들려왔다.

"아가야! 내 말을 듣거라!"

여인은 강리 선생의 말에 정신이 들었지만 아직 쾌감에 들떠 괴로운가 보다.

"뭐예요? 빨리 말씀하세요……."

"음…… 오늘밤이 마지막이란다. 이번만 잘 견디면 일을 다 마치는 것이야."

"알겠어요. 빨리 시작해요."

"그래…… 밖으로 나가자!"

"예? 밖으로 나가자고요? 어디요? 아무튼 빨리 가요."

여인은 말의 내용조차 상기하기가 귀찮았다. 그러자 강리 선생은 여인을 냉큼 안아들고 방을 나왔다. 그러면서 두 손으로는 다시 생기(生氣)와 음기(淫氣)를 주입하기 시작했다. 여인은 신음과 함께 몸을 꿈틀거리기 시작했다.

이는 마치 물고기가 손에 잡혀서 파닥거리는 것과도 같았다. 강리 선생은 빠른 걸음으로 개펄을 향해 걸어 나갔다. 개펄은 미끈거리고 찐득거렸다. 그동안 강리 선생은 주입하는 기운을 증강시켰다. 여인은 발광하듯 요동치고 소리를 질러댔다.

"음 — 음 — 아……."

드디어 강리 선생은 걸음을 멈추었다. 그러고는 개펄에 곧장 누우면서 하반신을 완전히 노출시켰다. 어두운 밤이지만 강리 선생의 하얀 신체가 번뜩거렸다. 여인은 강리 선생의 몸 위에 엎드린 자세가 되었다.

강리 선생은 여인의 몸에 붙어 있는 옷을 모조리 뜯어내고 밤하늘에 나신을 드러냈다. 강리 선생과 여인의 몸은 순식간에 하나가 되고 광란하듯 꿈틀거렸다. 강리 선생의 몸은 개펄에 완전히 섞여 있었다.

그러나 두 팔은 여인을 아래위로 끌어안고 기운의 주입을 계속하고 있었다. 여인의 진동도 계속되었다. 두 몸체는 개펄을 이리저리 이동하며 들썩거리고 두 사람이 질러대는 괴성은 어두운 하늘과 개펄 그리고 멀리서 들려오는 파도 소리와 조화를 이루고 있었다.

"으 — 으 — 음 —— 아 ——"

두 사람은 날이 밝을 때까지 광란의 요동을 계속했다. 그러나 여인은 이미 아침이 되기 전에 그 영혼이 육체에서 떠나갔다. 단지 그 육체만은 한동안 강리 선생과 함께 요동칠 뿐이었다. 마침내 강리 선생도 동작을 중지했다. 그러고는 개펄 속에 한 마리의 짐승처럼 쓰러져 잠이 들었다. 날은 점점 밝아왔다.

강리 선생이 잠에서 막 깨어난 때는 바닷물이 개펄에 들어오고 나서도 한참 만이었지만 정력을 뽐내던 한 여인은 덧없이 죽어갔다. 이 여인이 어디서 왔는지는 알 길이 없다. 단지 돈에 팔려 두목을 따라왔다가 변을 당한 것이다.

그러나 이 여인은 죽는 순간까지도 여한은 없을 것이다. 인간으로서는 결코 맛볼 수 없는 극한의 쾌감을 끊임없이 즐기다가 행복에 겨워하며 생을 마쳤다. 어쩌면 죽음 후에도 그러한 즐거움을 한동안 더 느꼈을지도 모를 일이다.

강리 선생은 이미 죽은 여인의 몸을 자기 몸 위에 올려놓고도 그칠 줄을 모르고 끌어당겨 최후의 쾌감을 부추겼던 것이다. 이것으로 강리 선생이 목표로 하는 생명의 근저(根柢)에 잠자고 있는 마지막 쾌감을 일으켜 세웠을까? 그것으로 공력의 비약적인 증강을 이루어냈을까?

강리 선생은 마치 개펄 속에서 갓 태어난 거대한 생물처럼 힘차게 걸어서 뭍으로 나오고 있었다.

온 몸은 이미 다 벗겨져 있어 자연의 모습이었고 몸의 곳곳에는 아직 씻기지 않은 개펄 흙이 붙어 있었다. 햇빛은 강리 선생의 몸을 온통 감싸고 걸어가는 전면을 비추고 있었다. 강리 선생은 티 하나 없이 맑은 청년의 몸이었고, 눈은 졸음을 아직 다 쫓아내지 못한 듯 힘겹게 뜨고 있었다.

강리 선생은 열려 있는 문을 통해 방으로 들어갔다. 그러고는 그대로 쓰러져 다시 잠이 들었다. 강리 선생이 이토록 힘을 축적하고 있을 동안 서울에 있는 두목은 이미 자신의 지역을 접수하고 새로운 업무를 시작했다.

능인의 행방

안국동 사무실에는 조합장과 박씨가 나와 있었다. 정오가 지났는데도 남씨는 아직 보이지 않았다.

"남 선생님이 많이 늦는군요…… 무슨 일이라도 있는 게 아닐까요?"

조합장은 박씨를 쳐다보며 근심스레 물었다.

"아닙니다…… 조금 늦을 거라고 했어요. 좀 있으면 오시겠지요."

박씨는 별 생각 없이 대답했다. 남씨는 아침에 박씨와 함께 나오면서 어디를 잠깐 들른다고 했다. 어디를 가는지는 말해주지 않았으나 걱정할 일은 아닌 것 같았다.

남씨는 박씨와 헤어진 후 명동의 어느 다방을 찾았다. 다방에는 어떤 사람이 와서 남씨를 기다리고 있었다. 이 사람은 다방 문을 들어서는 남씨를 발견하고는 즉시 손을 들어보였다. 남씨를 기다린 사람은 삼십대 후반으로 보이며 잠바 차림이었다.

"안녕하십니까? 일찍 나오셨군요."

남씨가 반갑게 인사를 건넸다.

"예…… 앉으시지요. 저는 먼저 차를 들었습니다."

"아, 예…… 소득은 좀 있었습니까?"

남씨는 자리에 앉자마자 무엇인가를 물었는데 마주앉은 사람은 대답을 하지 않고 웃으며 주먹을 쥐어 보였다. 성공의 표시인 것이다. 잠시 후 남씨에게도 차가 나오자 잠바 차림의 중년 남자가 서두를 꺼냈다.

"일이 좀 어려웠습니다…… 그 자가 어떻게나 경계를 심하게 하는지……."

"예…… 애쓰셨겠습니다. 그 사람, 원래 그런 사람입니다."

남씨는 공로를 치하하듯 웃으며 고개를 끄덕였다. 남씨와 지금 마주앉은 사람은 현직 형사로서 건영이 아버지가 소개해 준 사람이었다. 남씨는 땅벌파 두목의 뒤를 밟기 위해 며칠 전에 미리 이 사람을 만나두었었다.

이 사람은 성이 안씨로서 남의 뒤를 밟는 데는 전문가인데, 한 번뿐인 절대적 기회를 놓치지 않으려고 이런 사람을 초빙한 것이었다. 안 형사는 주위를 둘러보는 듯하더니 목소리를 낮춰서 말했다.

"우리는 세 사람이 동원되어 추적했습니다. 남 선생님이 하도 조심하라고 하시는 바람에……."

"고맙습니다. 거처가 밝혀졌습니까?"

"그렇습니다. 바닷가에 비밀 장소가 있었어요. 우리는 근접하지 않고 망원경으로 살펴봤지요. 그 자는 그 안으로 들어갔다가 한참 만에 나왔지요. 누구를 만나는지는 확인 못했지만 그 집안에 누가 있는 것이 틀림없습니다. 이것도 남 선생님 때문에 멀리서만 살펴본 것이지만……."

"하하…… 미안합니다. 그 사람은 워낙 예민한 사람이라서요……

그런데 혹시 그 사람한테 어떤 낌새를 준 것은 아니겠지요?"

"예? 우리를 뭘로 압니까? 그 자가 아무리 날카로워도 우리를 눈치채진 못할 것입니다. 우린 실패하는 일은 있어도 들키는 일은 없지요."

안 형사는 자신들의 실력을 애써 표현했다. 남씨가 들어보니 마지막 말, 즉 실패는 있어도 들키는 일은 없다고 한 말이 마음에 들었다. 그렇게까지 말하는 사람인 것을 보니 실수는 없었다고 봐도 될 것 같다.

"그렇군요. 저는 그런 일을 잘 몰라서…… 수고가 많으셨습니다. 그 장소는 찾기가 어려운 곳인가요?"

"아닙니다. 약도만으로도 찾을 수 있습니다. 워낙 사람이 없는 곳이고, 또 외길입니다."

"차로 갔던가요?"

"버스로 갔습니다. 처음엔 기차로 갔지만. 우리는 번갈아가며 교묘하게 추적했어요."

"약도를 가져오셨나요?"

"물론입니다. 여기가 기차역이지요. 여기서부터는……."

안 형사는 잠시 약도를 설명했다. 남씨는 약도를 통해 장소를 숙지하고는 다시 말했다.

"고맙습니다. 나중에 장소를 못 찾게 되면 다시 연락을 해도 되겠습니까?"

"그렇게 하세요. 도움이 됐기를 바랍니다."

"예…… 크게 도움이 됐어요. 그리고 이것은 경비라고 생각해 두십시오."

남씨는 일어나면서 봉투 하나를 건네주었다. 물론 그 속에는 돈이 들어 있었다. 안 형사는 봉투를 받아 주머니에 넣으면서 천천히 일어섰다.

"자, 그럼!"

안 형사는 다방 밖을 나서면서 급히 인사를 하고는 사라졌다. 남씨는 안국동을 향해 걸었다. 이제 땅벌파 두목을 뒤에서 보호하는 괴수의 근거지를 밝혀낸 것이다. 남씨는 협상을 추진하면서 그 첫날 적이 방심하는 틈을 타서 추적을 하려고 벌써 전부터 대비해 둔 것이었다.

물론 두목은 방심하지 않았으나 남씨는 이럴 경우마저 생각해서 전문가에게 의뢰를 했던 것이다. 건영이 아버지는 남씨의 제안에 마침 그런 사람을 알고 있다고 하면서 충분한 경비까지 마련해 주었다.

이제 괴수의 근거지를 알아냈으니 남은 문제는 능인 할아버지를 찾는 일이다. 남씨는 오늘 밤 무작정 인왕산에 가볼 예정이었다. 혹시 그곳에서 우연히 만날 수도 있으리라. 막연한 일이지만 현재 남씨가 할 수 있는 방법은 이것뿐이었다.

남씨는 한참 동안 걸어서 안국동 사무실에 도착했다.

"이제 나오십니까? 별일 없었나요?"

조합장은 뒤늦게 나타난 남씨에게 반가운 인사를 건넸다.

"예…… 조금 늦었군요. 이곳 일은 잘되어 갑니까?"

남씨의 목소리는 밝았다. 큰일을 해결해 놓고 왔기 때문이다. 조합장은 남씨의 기분이 좋은 것을 보고 안심을 한 듯 한가하게 보고했다.

"오늘 아침 일찍 저들이 왔다는군요! 칠성들은 보이지 않았어요."

"그렇습니까? 아무튼 이제 일은 끝났어요. 조합장님은 욕심을 내지 말고 때를 기다리세요!"

"물론입니다. 그리고 항상 노력하겠습니다."

조합장이 지금 말한 것은 앞으로 공부를 하는 등 능력을 키우겠다는 뜻이다.

"좋습니다. 우리는 별다른 일이 없는 한 모레 떠나게 될 것입니다. 일은 오늘 중에 끝마치기로 하지요!"

"예? 할 일이 더 남아 있나요?"

조합장은 의아스러운 표정을 지었다.

"하하하…… 일이랄 것은 없지요. 단지 조합장님에게 몇 마디 더 해 두려고요!"

"아, 예…… 무슨 가르치심인지요?"

조합장은 아주 진지한 자세를 취했다. 조합장의 마음속에는 남씨가 은인일 뿐만 아니라 인생의 스승으로까지 생각되는 것이었다. 남씨는 미소를 짓고는 편안히 말했다.

"앞으로 말입니다…… 저들 속에 우리 편 사람을 침투시켜 놓는 것에 힘쓰세요. 이 일은 누구하고도 의논하지 말고 조합장님 혼자서만 해야 합니다. 아시겠지요?"

"예, 명심하겠습니다."

조합장은 힘차게 대답했다.

"그리고 아울러 이쪽에 누구든 새로 들어온다면 일단 의심부터 해야 합니다. 먼 지방에서 조합장님이 직접 데려온 사람일지라도 말입니다."

남씨의 말은 적 진영에 침투할 때는 아무도 모르게 은밀히 하라는 것이고, 새로 오는 사람은 조심해서 받아들이라는 것이다.

"잘 알겠습니다."

조합장은 남씨의 말을 이해했다는 듯이 웃으며 고개를 끄덕였다.

"이제 별일이 없군요! 이것으로 끝을 냅시다."

남씨는 모든 일이 끝났음을 선언했다. 조합장은 무엇인가 아쉬움을 느꼈지만 별로 할 말이 없었다. 사람은 어차피 헤어질 때가 있는 것이다. 조합장은 이 점을 생각했음인지 혼자 고개를 가로젓고는 밝게 말했다.

"저…… 남 선생님! 내일 낮에 송별연회를 준비시켰는데요, 어떨까요?"

"그렇습니까? 그럼 내일 여기로 나오지요."

남씨는 조합장을 다정히 쳐다보고는 사무실을 나섰다. 조합장은 남씨를 따라나서는 박씨에게 새삼스레 악수를 청했다. 이런 것들은 헤어지기가 아쉬워서 무심결에 나오는 행동인데 박씨도 사무실을 나서면서 조합장을 한 번 뒤돌아봤다.

조합장을 뒤로 한 두 사람은 종각 방향으로 걸었다.

"형님! 떠날 준비는 다 됐나요?"

박씨가 물었다. 이들은 현재 정마을로 돌아가는 일만 염두에 두고 있는 것이었다.

"음? 글쎄, 뭘 준비해야 하는지…… 하하하……."

"뭐, 그냥 돌아다녀보지요!"

"그래! 그러지 뭐."

두 사람은 한가히 서울의 이곳저곳을 살피며 돌아다녔다. 때론 특이한 물건을 보면 사기도 하고 구경거리가 있으면 한동안 서서 구경도 했다. 서울은 참으로 넓어서 어딜 가든 구경거리가 많았는데, 특히 박씨는 열심이었다. 그런데 두 사람은 각각 특별한 취향이 있었다.

남씨는 주로 건물의 모양이나 글씨·그림·책·옷차림과 도시의 경관 등을 살피는 데 비해, 박씨는 기계류나 신기한 물건, TV·금속류 등 주로 문명의 산물에 흥미를 갖는 것이었다.

남씨가 살피는 것은 흔히 말해 문화 방면이라 해야 할까? 이외에도 두 사람이 유별난 것이 있다면 박씨는 여자의 얼굴은 거의 쳐다보지 않았고, 백화점에 가도 여자에게는 말을 잘 건네지 않았다. 그러나 남씨는 여자 얼굴을 잘 살폈다.

특히 예쁜 여자라면 유난히 살펴보는 기색이 역력했다. 물론 말도 잘 건넨다. 남씨가 싫어하는 것이 있다면 영화인데 이것도 박씨 하고는 정반대이다. 그런데 이상한 것은 두 사람의 취향이 다르지만 어떤 일에든 쉽게 의기투합이 된다는 점이다. 이것이 바로 인격이라는 것일까?

두 사람은 편안한 마음으로 저녁 늦도록 돌아다녔다. 이제 숙소로 돌아갈 때가 되었다. 그러나 남씨에게는 오늘 밤 아직 할 일이 남아 있었다.

"박씨! 먼저 들어가지. 난 가볼 데가 있어!"

남씨는 인왕산에 가서 능인 할아버지를 찾아볼 생각인 것이다.

"예?"

박씨는 놀랐다.

"아니! 형님…… 이 밤중에 혼자 어딜 가시려고요?"

"응…… 그저…… 볼 일이 좀 있어서."

"형님! 어딜 가시는지 말씀하세요!"

박씨는 정색을 하며 힘줘서 말했다. 남씨는 약간 당황했다. 박씨가 여느 때 같지 않고 심각했기 때문이었다.

'화가 난 것일까? 아침에 이어 지금도 혼자 간다고 하기 때문에……'

남씨는 이렇게 생각하며 미소를 지었다.

"박씨! 긴히 볼 일이 있어서 그래. 별일 아니야."

남씨가 굳이 능인 할아버지를 찾으러 간다고 말하지 않은 것은 헛

걸음치는 것을 보이고 싶지 않았기 때문이다. 오늘 아침만 해도 땅벌파 두목을 추적한 것이 아무 소득이 없었다면 아예 능인 할아버지를 찾을 일조차 없었다.

남씨는 오늘 밤 능인 할아버지를 찾게 된다면 그때 가서 땅벌파 두목을 추적했던 일을 밝힐 예정이었다. 이것이 남씨의 성격으로, 남씨는 딱 부러지게 결론이 나는 것을 좋아한다. 실패할지도 모를 일을 미리 밝히고 함께 행동하는 것이 마음 내키지 않는 것이다. 그러나 박씨는 웬일인지 어두운 표정을 지으며 다시 말을 걸어왔다.

"형님! 제 말 잘 들으세요. 형님이 혼자 다니는 것이 저는 마음에 안 들어요! 왠지 아시겠어요?"

박씨가 기분이 안 좋은 것은 역시 남씨가 생각한 대로였다. 박씨는 남씨 혼자 비밀리에 어디를 다니는 게 싫었던 것이다. 왜일까? 평소의 박씨다운 태도가 아니다! 남씨는 멋쩍어하며 박씨를 바라봤는데, 박씨는 여전히 정색을 하며 말을 잇는다.

"지금은 일이 끝날 때입니다. 모든 것이 끝났어요. 일이란 시작과 끝이 가장 위험해요. 특히 일이 끝났을 때에 마(魔)가 가장 많이 끼게 돼 있어요! 형님 혼자 다니시다가 사고가 날 수도 있습니다. 만일 형님이 불량배, 특히 땅벌파의 말단 부하라도 만난다면 어쩌시겠어요. 형님이 항상 저하고 다니시니까 저들이 가만있었지, 만일 밤중에 혼자 다니다가 걸리면 그것을 기회로 삼아 형님을 아예 없애버리겠다고 들 수도 있어요. 아무튼 그런 일이 아니라도 지금 일이 끝났고, 이틀 있으면 정마을로 가야 할 텐데, 이런 때 사고가 날 위험이 있는 거예요. 이미 우리는 방심하고 있잖아요! 제가 말하는 것은 천지간(天地間)의 운수입니다…… 이유야 있든 없든 일이 잘 돼 갈 때 갑자기 불길한 일이 있게 마련입니다. 조심하셔야 되요.”

박씨의 말은 여기서 끝났다. 남씨가 들어보니 기가 찰 노릇이었다. 박씨의 말은 하나도 어긋남이 없을 뿐 아니라, 그 마음 씀씀이는 너무나 인간적이었다.

‘일이란 시작과 끝이 가장 위험하다……?’

맞는 말이다. 특히 일이 잘 풀려갈 때 돌연 불길한 일이 있게 마련이란 것은 누구나 경험하는 일이다. 이는 주역에서 가르치는 이치가 아닌가!

땅벌파 두목만 해도 그렇다. 지금 협상을 하는 등 일이 잘 풀려나가는 중인데 갑자기 덜미를 잡힌 것이다. 우리라고 해서 그런 일이 없으란 법이 없다. 마가 낄 수도 있는 것이리라.

‘위험은 도처에 있다. 밤중에 혼자 돌아다니다 못된 사람을 만나면 내가 무슨 힘으로 피할 수 있겠는가? 평소에 없을 것 같은 일도 편안할 때는 갑자기 생기는 수도 있는 법이다. 세상일이란 원래 그렇게 돌아가는 것이다. 박씨의 말이 백 번 지당하다…….’

남씨는 마음을 정리하면서 고개를 끄덕였다.

“박씨가 나를 깨우쳐 주었어! 박씨 말이 옳아. 나와 함께 가지! 나는 오늘 밤 능인 할아버지를 찾으러 가는 거야…….”

남씨는 부드러운 음성으로 자기가 하려는 일을 밝혔다.

“예? 능인 할아버지라고요? 어디에 계시는데요……?”

박씨는 마음이 풀렸나 보다. 박씨로서는 남씨가 고집을 부릴까 봐 걱정했는지도 모른다. 남씨는 박씨의 말을 고맙게 느끼며 다정하게 말했다.

“인왕산에 가보려고 해…… 혹시나 해서…… 그런 분들은 생각한다고 해서 만날 수 있는 것은 아니겠지."

"그래요? 그럼 함께 가보지요…… 그런데 왜 갑자기 능인 할아버지를 찾지요……?"

"응…… 그저 갑자기 보고 싶기 때문이야."

남씨는 땅벌파 두목을 찾았다는 말은 일부러 하지 않았다. 어차피 능인 할아버지를 찾지 못한다면 그 일은 뜻이 없기 때문이었다. 두 사람은 즉시 인왕산으로 향했다.

인왕산에 도착해 보니 어느덧 밤이 깊어 있었다. 올라가는 길목에 한두 사람이 지나쳐 내려왔는데, 인근의 주민일 것이다. 하늘에는 별이 총총 빛나고 있었다. 조금 더 올라가자 산 공기가 물씬 풍기고 사방은 더욱 어두워졌다. 밤공기는 청량한 느낌을 주었다.

두 사람이 이렇게 걸어보기는 서울에 출행한 이래 처음이었다. 남씨는 앞장서서 걸으며 박씨와 함께 오기를 잘했다고 생각했다. 아무래도 혼자 오면 신경 쓸 일이 많은 법이다. 아무리 겁이 없는 남씨라 해도 위험이란 기분은 별도로 존재하는 것이다.

남씨는 지금 자신이 어떠한 돌발적 사건으로부터도 안전하다는 느낌이 들었다. 아니, 이것은 단순한 느낌이 아니라 사실인 것이다. 천하의 장사가 바로 옆에서 보호하고 있지 않은가!

박씨와 함께 오기를 잘했다는 것은 물론 이것뿐만이 아니었다. 남씨는 서울에 온 이래 항상 외로움을 느꼈는데, 정마을 사람과 함께 걷고 있다고 생각하니 이 얼마나 마음이 안온한가!

산은 올라갈수록 다시 환해지고 있었다. 오른쪽에 연해 있는 숲은 어둡고 고요했지만 밤하늘은 수많은 별들을 뿌려놓고 있었다. 정상에는 금방 다다랐다. 주위에는 자잘한 나무들이 감싸고 있었으나 그 모습이 자세히 보이지는 않았다.

전면에 깊은 절벽이었다. 능인 할아버지께서 나타나신다면 저 절벽 아래이거나 자잘한 나무들이 모여 있는 쪽일 것이다. 혹은 뒤쪽에서 돌연 나타나실 수도 있겠으나 오늘은 그럴 것 같지가 않았다.

왠지 주변의 숲과 언덕들이 신비한 기운을 감추고 있지 않은 것 같다. 너무 연약하다고나 할까? ……이런 곳에 생명의 기운이 넘치는 능인 할아버지께서 섞여 있을 것 같지가 않았다.

남씨는 이미 체념하고 절벽 아래쪽 무연한 공간을 바라보고 있었다. 바람만은 시원하게 불어와서 피로를 풀어주었다. 옆을 바라보니 박씨는 계속 하늘만 쳐다보고 있었는데, 별들을 살피고 있는 중이었다.

'저 멀리 떠 있는 별들은 정마을을 밝히고 있는 것일까?'

남씨는 얼핏 이런 생각을 하며 땅바닥에 걸터앉았다. 이제 이 밤을 지내고 하룻밤만 더 지나면 정마을을 향해 떠나게 된다. 서울은 언제 다시 오게 될 것인가?

'먼 훗날 서울은 얼마나 달라져 있을까?'

남씨의 마음속에는 서울에서의 일과 정마을의 정경이 교차했다. 그리고 어느 찰나에는 멀고도 먼 저 하늘의 세계, 즉 남씨 전생의 고향이 비춰지기도 했다.

'세상은 참으로 광대하구나……!'

남씨는 세상이 터무니없이 넓은 것에 마음 둘 바를 몰랐다. 박씨는 이제 하늘을 올려다보는 것을 그만두고 남씨 옆에 나란히 앉았다. 시간은 쉬지 않고 흘러 밤은 깊어갔다. 두 사람은 서로 아무 말 없이 저마다의 생각 속에 유영(游泳)을 계속했다.

먼 곳에서 서서히 새벽이 찾아오고 있었다.

"박씨…… 그만 내려갈까?"

이 말은 산에 와서 남씨가 처음 한 말이었다. 박씨는 말없이 일어났다. 끝내 능인 할아버지는 나타나지 않았다. 그러나 남씨는 실망하지 않았다. 오히려 밝은 기분이 되었다. 마음의 휴식을 가진 것만으로 충분했다.

능인 할아버지에 대해서는 깊게 생각해 보고 찾은 것이 아니니 후회될 것은 없었다. 단지 능인 할아버지가 보고 싶을 따름이었다.

'능인 할아버지를…… 혹시…… 정마을에서 보게 되지 않을까?'

남씨는 또 한 번 막연한 생각을 하면서 산을 내려오기 시작했다.

위험한 정마을

이 시간 정마을에서는 건영이가 산을 오르고 있었다. 건영이의 하루 일과가 또 다시 새롭게 시작되는 것이다. 정마을의 새벽 공기는 한여름인데도 아주 시원했다. 숲은 그윽한 신비를 감추고 생기를 내뿜어주고 있었다. 건영이는 평소대로 산을 조금 올라가다 자리 잡고 있는 바위에 앉았다.

그러고는 마음을 자연의 가장 심저(深低)와 합일(合一)시키기 위해 가만히 눈을 감았다. 그러나 건영이는 오래지 않아 급히 눈을 뜨고 바위에서 내려왔다. 무엇인가 심상치 않은 기운을 느낀 것이다. 건영이는 산 위쪽을 바라보며 고개를 갸우뚱했다.

'……이게 무엇이지? ……이 음산한 기운!'

건영이는 산 위에서 발출되는 하나의 살기를 감지한 것이다. 그러고 보니 지난 밤 악몽에 시달린 것도 바로 이 기운 때문인 것이었다. 건영이의 눈은 의심과 두려움으로 어두워졌다. 이 기운은 건영이의 수도장이 있는 뒷산의 정상 쪽에서 발출되고 있었다.

그 살기의 양은 실로 엄청난 것이었다. 이러한 살기는 건영이로서는 처음 느끼는 것이었지만, 그 규모 자체 또한 놀라운 것이다. 이 기운은 정마을 근방의 모든 산야를 덮고도 남을 방대한 양이었다.

'이토록 많은 살기가 어디에서 쏟아지는 것일까? 저 깊은 지하의 악마라도 출현했단 말인가……?'

건영이는 아연 실색하고 뒷걸음을 치듯 물러나서 산을 급히 내려왔다. 살기는 마치 안개처럼 온 마을을 뒤덮고 움직이지 않았다. 오늘 새벽은 새소리도 들리지 않았다. 새들도 공포에 얼어붙은 것일까? 아니면 달아나 버린 것일까? 건영이는 걸음을 빨리해서 마을로 내려왔다.

'장차 이 일을 어찌할 것인가……?'

건영이는 진저리를 치며 고개를 저었다. 이 힘은 어느 누구도 감히 감당할 수 없는 강력함이 실려 있었다. 누구와 의논할 수도 없다. 무엇인지 모르지만 그저 아무 탈 없이 사라지기만을 바랄 뿐이다. 건영이는 자기 방으로 돌아갈까 하다가 무엇인가를 생각하고는 강가로 향했다.

애써 마음의 평정을 유지하면서 평소의 생활로 돌아가려는 것이다. 산 위의 공부만은 도저히 할 기분이 아니었다. 공부는커녕 마음의 평정조차 어려운 지경이었다.

건영이는 강가로 걸으며 태산같이 억눌러오는 살기와 싸우고 있었다. 날은 점점 밝아오고 있었다. 흐르는 냇물 소리는 맑은데, 보이지 않는 기운은 계속 마을 전체를 묶어놓고 있었다.

건영이는 자신을 유지하기에 힘쓰는 한편, 그 힘의 정체를 규명하기 위해 깊은 생각을 진행시켰다. 그러나 생각은 제대로 진행이 되는 것이 아니었다. 우선 마음의 평정을 회복해야 하는 것이다.

건영이는 이 점을 깨닫고 서서히 마음을 정돈했다. 순간 하나의 강한 의지가 발동했다. 이 의지는 폭발적으로 강화되고 있었다. 이는 막바지에 몰린 연약한 생명이 역으로 큰 기운을 발출하는 것이다.

이 현상은 건영이의 심원한 생명의 뿌리를 건드렸다. 이는 무한한 허원(虛元)과도 통하는 태초의 문인 것이다. 이 현천(玄天)의 문이 지금 열리고 있었다. 이와 동시에 억 년을 잠자고 있던 기운이 풀려나오고 있는 것이다.

어느새 건영이는 평정을 찾았다. 그러고는 다시 생각을 진행시켰다. 머릿속에서 하나의 방침이 즉각 떠올랐다. 그것은 산에서 끊임없이 발출되는 살기를 무작정 두려워할 것이 아니라 그 기운과 맞부딪쳐서 정체를 파헤쳐야 한다는 것이다.

이에 따라 건영이는 바람을 맞이하듯 살기를 수용하며 강가를 향해 계속 걸었다. 한편으로는 기운의 내용을 파악하기 위해 심오한 정신을 끊임없이 움직여 나아갔다. 건영이는 지금 몸도 마음도 걷고 있는 것이다.

전면에 큰 나무가 나타나면서 시야가 훤하게 트였다. 강가에 도달한 것이다. 건영이는 나루터 쪽으로 향했다. 강물은 평화롭게 흐르고 있었다. 강 건너편의 숲들도 한가했다. 건영이는 풀밭에 앉았다. 등 뒤의 먼 산으로부터 살기가 내뿜어 오고 있든 어떻든 간에 흐르는 강물을 바라보고 있었다.

하늘은 점점 더 밝아왔다. 이제 물빛도 또렷이 보였다. 또한 가볍게 지나가는 강바람은 더욱 정겨웠다. 건영이는 미소를 짓듯 강물을 한참 바라보고 있다가, 갑자기 얼굴을 찡그렸다. 이것을 자신이 산 위에서 도망하듯 물러나온 것이 못마땅하게 여겨져서이다.

'오늘의 공부를 망쳤군! 오랫동안 지켜오던 원칙을 어겼어! 내가 너무 당황했어. 침착하지 못하고…… 평정! 이것이 항상 문제란 말이야!'

건영이는 고개를 천천히 가로저으며 자신을 꾸짖었다. 잠시 후 건영이는 다시 밝은 모습으로 돌아왔다. 반성과 결심, 그리고 즉각 실행에 옮기는 것이 건영이의 공부 방식이었다. 산 위에서 발출되는 살기는 여전했지만 건영이는 이를 개의치 않기로 했다.

건영이는 이제 완전한 평상심으로 돌아와 있었다. 그리고 이와 함께 강가의 모든 것은 아름다움을 회복했다. 산 위에서 끊임없이 분출되는 음산한 기운은 자기로서는 어쩔 수 없었다. 지금 당장은 그저 외면할 수밖에 없었다.

건영이는 그 자리에 오랫동안 앉아 있으면서 흐르는 강물을 바라보고 있었다. 언제나 똑같은 강물인데도 건영이는 새롭게 느끼는 것일까? 날은 더욱 밝아져 마을 사람들이 지금쯤 깨어날 때가 되었다. 건영이는 천천히 자리에서 일어났다. 순간 강 건너편 숲 속에서 사람이 나타났다.

'어! 사람인데…… 이 아침에 누굴까……?'

건영이는 이런 생각과 함께 반가운 마음에서 급히 나루터로 내려갔다.

강의 저쪽 편의 사람은 이쪽 편의 나루터를 바라보고 또한 사공이 물가로 내려오는 것을 보았다. 지금 강 저쪽에서 건영이를 바라보고 있는 사람은 노인네인데, 키가 작고 남루한 옷을 걸쳤고, 흡사 거지 같은 형상이었다.

그런데 얼굴은 고생에 찌든 것 같지는 않았고, 눈에는 심오한 기운이 서려 있었다. 이 노인은 어깨에 빗자루 하나를 걸머지고 있었는데, 맨발이었다. 건영이는 멀어서 잘 보이지는 않았지만 느낌으로 이 사람이 노인인 줄 알았다.

그런데 이게 웬일인가? 이 노인에게서 강력한 살기가 분출되는 것이 아닌가!

건영이는 이 기운을 즉시 감지했다. 이 기운은 뒷산에서 나오는 기운보다는 아주 약한 것이었지만, 그래도 정마을을 온통 집어삼킬 것 같은 살기였다. 건영이는 배를 아직 띄우지 않은 상태에서 생각했다.

'저 건너편에 있는 노인네는 위험한 마음을 품고 있는 것이 분명하다…… 강을 건네주면 필경 나를 포함하여 마을 사람들을 해칠 수도 있다. ……건네줄 것이냐? ……말 것이냐? 그리고 저 노인네는 과연 누구이며 이곳엔 무엇 때문에 찾아왔을까……?'

건영이가 이렇게 생각하고 있는 동안 노인네는 손을 들어 자기 쪽으로 오라는 표시를 한다. 강을 앞에 두고 손짓으로써 사공을 부르는 것이다.

'어떻게 할까? ……저 사람이 분명 살기를 품고 있는 위험한 인물일지라도 반드시 사람을 해친다고 볼 수는 없다…… 단지 위험할 뿐인 것이다. 그리고 혹시 배를 보내주지 않으면 저 사람이 헤엄을 쳐서 강을 건너올 수도 있다…… 강이 넓지도 않기 때문에 그것이 불가능한 것은 결코 아니다…… 그럴 경우 저 사람은 강을 건너 어떤 태도로 나올 것인가?'

건영이는 노인네가 싫었다. 그것은 그에게서 풍겨 나오는 살기 때문이었다. 건영이의 마음으로는 노인이 그냥 돌아가든지 아니면 박씨라도 돌아와서 마을에 힘이 있을 때 왔으면 하고 바랐다. 지금은 마을에 아무런 힘이 없다. 원래 힘이 약한 건영이 자신과 강노인, 그 외에는 여자와 어린아이뿐이다.

저 노인네는 살기를 품고 있을 뿐만 아니라 굉장한 힘까지 소유하고 있다. 건영이는 이점도 감지하고 있는 것이다. 저 노인에게는 속인의 그것이 아닌 엄청난 힘을 느끼는 것이다. 그것은 마치 강철 같았고 태산 같았다. 게다가 그 사악한 살기는 도대체 무엇이란 말인가!

노인은 계속 손을 흔들고 있었다. 건영이는 이것이 몹시 부담되었다. 건네주지 않으면 불쌍하고 건네주면 위험하다. 건영이는 잠시 생각하고는 결정을 내렸다. 건네주기로 마음을 굳혔다. 악독하고 사악한 사람이라면 잘 달래주어야 한다.

이 마을에 아무런 원한이 없을 테니 공연히 사람을 해칠 리도 없다. 어쩌면 그냥 살기만 품고 있을 뿐이지 아무 짓도 안 할 수가 있다. 저 노인네가 아니라 하더라도 지금 당장 산 위에 있는 또 다른 살기는 어찌할 것이냐?

위험의 문제는 부딪치고 볼 일이다. 배가 없어서 강을 못 건너고 있는 사람은 우선 건네주는 것이 도리이다. 건영이는 이토록 순진하게 생각하고는 이윽고 배를 띄웠다. 노인네는 배가 출발하자 유심히 바라보며 잔인한 미소를 지었다.

그런데 이상한 일이 생겼다. 노인은 배가 출발하자 한시름 놓고 바닥에 잠시 앉아 있었는데 갑자기 고개를 갸우뚱거리며 건영이 뒤쪽에 있는 먼 산을 바라보았다. 눈에는 의심이 가득 차 있었다. 노인네는 천천히 일어나더니 산 쪽을 더욱 날카롭게 응시했다. 그러더니 한 걸음 뒤로 물러섰다.

배는 점점 가까워오고 있었다. 노인네는 이미 배를 바라보고 있지 않았다. 이 노인도 산에서 쏟아지는 살기를 느낀 것 때문일까? 슬슬 뒷걸음을 치더니 마침내 뒤로 돌아 급한 걸음으로 도망을 간다. 그 모습은 마치 술 취한 사람처럼 엉거주춤한 자세인데 좌우로 비틀거리면서도 몹시 속도가 빨랐다.

사실 노인은 걷는 것이 아니라 뛰는 것이다. 단지 걷는 것처럼 보이는 것뿐이었다. 노인은 배가 다 건너오기도 전에 이미 사라져 버렸다. 건영이는 이 모습을 보았지만 배를 끝까지 맞은편 기슭에 대어놓고 잠시 기다렸다. 그러고는 이내 배를 다시 띄워 나루터로 돌아왔다.

건영이로서는 오래 기다리고 싶은 생각은 없었으리라. 노인네가 누구든 간에 사라져 준 것은 다행이었다. 건영이가 강을 건네주지 않은 것이 아니라 노인네 스스로 포기한 것이었다. 건영이는 배를 당겨 고정시키고 언덕으로 올라왔다. 산 뒤의 살기는 여전했다.

이 순간 건영이는 한 가지 사실을 알아냈다. 강 건너편의 노인네는 이 살기를 느끼고 도망간 것이 틀림없다. 처음에는 배에만 신경 써서 몰랐지만 나중에야 비로소 살기를 느낀 것이리라. 그렇다면 노인네는 대단한 사람이었다. 강 건너편의 뒷산에서 뿜어져 내려오는 살기를 강 건너에서 느낄 수 있었다니!

보통 사람이라면 바로 그 산 앞에 갖다놓아도 살기라는 것을 감지할 수 없는 것이다. 인간이란 원래 그런 존재이다. 건영이는 강 건너편의 늙은 괴인은 물러갔지만 산 위의 정체 모를 살기가 남아 있어 몹시 신경에 거슬렸다.

'저 살기의 주인공이 마을을 해치는 것은 아닐까? ……저것은 무엇일까? 위험이 오기 전에 대책을 세워야 한다!'

건영이는 마음을 가다듬고 대책 연구에 부심했다. 우선은 마을 사람들이 어떤 상태에 있는가를 살펴봐야겠다. 건영이는 그쪽으로 다가갈수록 더 강렬한 살기를 느끼면서 무거운 걸음을 마을로 옮겼다.

정마을의 정경은 여느 때와 다름이 없었다. 맑게 흐르는 개울물, 숲의 고요, 푸르름, 한적한 돌무더기 등 모든 것이 여전히 평화스러웠다. 하늘엔 기묘한 형상이 그려진 구름 위로 밝음이 나타나기 시작했다.

건영이는 살기를 느끼기는 하였지만 그것에 동요 받지는 않는 상태에서 이제 걷고 있었다. 가까이 밭이 펼쳐져 있었고, 멀리 산들이 보였는데, 지금 정마을에는 눈에 보이지 않는 음침한 산 하나가 더 생겨 있는 셈이다. 그곳에서 발출되는 살기는 또한 보이지 않는 그림자를 넓게 드리우고 있었다.

정마을의 첫 번째 집이 나타났다. 이 집은 원래 박씨가 살던 집이었고, 박씨가 서울 가 있는 지금은 정섭이 혼자서 잠자는 곳으로만 되어 있었다. 이 시간이면 정섭이는 이미 일어나서 숙영이네 집으로 가 있을 것이다. 정섭이가 이 시간에 숙영이네 집으로 가는 것은 아침 식사 겸 공부를 하기 위해서이다.

건영이는 박씨의 집을 지나쳐 좌측으로 꺾었다. 곧장 가면 정마을에서 가장 넓은 벌판이 나오고 강노인의 집도 나온다. 건영이는 우물가에 다다랐다. 우물 옆으로는 실개울이 흐르지만 우물은 지금 사용하지 않고 있었다. 우물 내부가 허물어져 있었고, 검은 흙이 쌓여 있기 때문이었다.

그러나 우물물은 휘젓지만 않으면 맑게 고여 있다. 건영이는 우물 속을 잠시 들여다보고 다시 하늘을 바라보고 있었다. 이때 인기척이 났다. 돌아보니 위쪽에서 강노인이 걸어 내려오고 있었다.

"할아버지!"

건영이는 반가워서 한 걸음 다가섰다.

"어! 건영이로구나…… 오늘은 좀 늦었군!"

정마을 사람들은 누구나 건영이가 새벽에 한 차례씩 강가에 나갔다 오는 것을 알고 있다. 물론 이 일은 박씨가 하던 일이었지만 지금은 건영이가 대신하고 있는 중이었다.

"예…… 강가에 좀 앉아 있었어요."

건영이는 밝은 모습으로 말했다. 강노인도 밝은 모습이었다.

"마침 잘 만났군! 나는 지금 건영이를 찾으러 왔어!"

"예?"

"아니…… 뭐, 별일은 아니고…… 그냥 아침 식사나 함께 하자고."

강노인은 아침 식사에 초대하기 위해 건영이 집을 찾았던 것이다. 마침 건영이가 없어서 강가로 가볼까 하던 차에 만난 것이다.

"그러지요!"

건영이는 강노인을 따라 나섰다. 두 사람은 박씨의 집을 지나 좌측으로 걸었다. 이제부터는 직선길, 몇 걸음 가지 않아서 넓게 시야가 트여 왔다. 우측에는 잡초와 바위더미들, 그리고 나무숲들이 연해 있었다. 숲을 넘어서면 바로 강가가 나오는데, 여기서는 강이 보이지 않는다.

숲에서는 싱싱한 기운이 조용히 스며 나오고 있었다. 강노인은 앞에서 걸으면서 가끔씩 먼 곳을 바라본다. 길은 곧 넓어져서 두 사람은 나란히 걷게 되었다.

건영이는 좌측으로 걸었다. 좌측은 밭이었다. 이 밭은 강노인이 정성껏 가꾸어 놓은 것인데, 지금은 푸릇푸릇한 여러 가지 채소가 자라고 있었다. 멀리 강노인의 집이 보였다. 그 뒤쪽에는 산이 보이는데 마을 사람들은 이 산을 그저 큰산이라고 불렀다.

이 큰산은 건영이가 절벽에서 떨어진 사건이 있었던 곳이다. 정마을의 정경은 언제나 봐도 평화로운 가운데 생기가 넘치고 있었다. 강노인도 지금 맑은 혈색에 아무런 근심이 없는 것 같았다.

"할아버지! 지난밤 잘 주무셨어요?"

"음? ……그래. 나야 원래 잠을 잘 자니까……."

강노인은 건영이의 안부 인사가 조금 늦었다고 생각하면서 대답했다. 건영이가 이렇게 묻는 데는 뜻이 있었다. 뒷산의 살기는 어젯밤부터 있었으니 혹시 강노인의 꿈자리에 영향을 주지 않았을까 하고 물은 것이다. 그러나 강노인에게는 아무 일도 없었다. 지금 당장만 해도 얼마나 편안한 모습인가!

'살기를 느끼지 못하고 계셨구나! ……그럴 테지!'

건영이는 이런 생각을 하며 얼굴빛을 밝게 했다. 오히려 자기의 근심이 강노인에게 보여 질까 봐 조심하였다. 강노인의 집이 가까워 왔다. 집의 우측에는 밝은 햇빛이 반사되고 있었다. 넓은 싸리담은 집 전체를 그윽하게 보이게 한다. 강노인은 싸리문 안으로 먼저 들어섰다.

"할멈! ……건영이 데려왔소!"

강씨 부인인 괴짜 할머니는 지금 마루에다 음식을 차리고 있는 중이었다.

"안녕하세요!"

건영이의 힘 있는 목소리가 들린다.

"건영이 학생 왔구먼! 어서 들어오시게……."

할머니는 반색을 하며 맞이한다. 이 할머니는 퉁명스럽고 불친절한 편인데 건영이에게만은 아주 잘 대해 준다. 하기야 근래에 들어서 이 할머니의 성격도 많이 고쳐지고 있기는 하지만…….

"어쩌나…… 작은 촌장님이 오셨는데 차린 게 없어서 어떡하나?"

작은 촌장이라면 건영이의 애칭이다. 할머니는 자주 이렇게 부른다. 명분으로 말하자면 촌장이 자신의 모든 것을 박씨에게 맡긴다고 했으니 박씨가 지금의 촌장이라고 할 수 있다. 그러나 할머니는 한사코 건영이를 촌장이라고 부른다. 어느 때는 건영이가 마을을 구하기 위해서 하늘에서 내려온 신선이라고 말하기도 한다. 물론 이 말은 강노인에게만 한 말이지만 이 마을은 원래가 평화로운 곳인데 구할 것이 뭐 있단 말인가······?

아무튼 할머니는 건영이라면 무조건 좋게만 생각한다.

"자, 여기 앉지······."

강노인은 건영이를 편한 자리에 앉히고 자기는 할머니 옆에 앉는다. 반찬은 잘 차려져 있었다. 밥에는 잡곡이 좀 섞여 있었지만 이나마 정마을에서는 흔하지 않은 것이었다. 건영이는 소식(小食)을 하는 편인데, 이제는 무엇이든지 탈 없이 잘 먹는 편이었다.

마루에는 지금 그늘이 져 있었고, 바로 앞뜰은 햇빛이 조용히 쏟아지고 있었다. 세 사람은 즐겁게 식사를 마쳤다. 건영이는 식사 중에 할머니의 기색을 살폈는데, 건강하고 마음도 편안한 것 같았다.

'아무 일 없었다니 다행이군. 할머니께서는 무언가 느끼셨을 줄 알았는데······.'

건영이가 이렇게 생각하는 데는 상당한 이유가 있었다. 할머니는 정마을에서 촌장을 제일 먼저 알아본 사람이기도 하지만 매사에 색다른 데가 좀 있었다. 뭐랄까······ 솔직 담백한 성품? ······그리고 직관이 깊은 사람인 것이다.

건영이는 할머니의 성품을 잘 알고 있었다. 그러나 현재 마을을 덮고 있는 암울한 살기는 느끼지 못하고 있는 것이다. 이렇다면 굳이 얘기를 꺼낼 필요는 없었다. 건영이는 잠시 뜰 앞을 내다보고 있는 사이 어느새 할머니는 상을 치우고 마루에 와서 앉았다.

"날씨가 참 좋구먼! 오늘은 무슨 일이 있으려나……?"

할머니는 은근히 서두를 꺼냈다. 건영이에게 말을 건네기 위한 전조이다. 건영이는 이를 무심코 들으며 앉아 있었다. 강노인은 싸리담을 바라보고 있었는데, 틈으로 가끔씩 바람이 들어오고 있다.

"건영이 학생!"

할머니가 한참 만에 불렀다.

"……."

건영이는 대답하는 뜻으로 친절히 바라봤다. 할머니는 건영이를 얼핏 보며 말했다.

"서울에 간 사람들은 언제나 올까?"

"예? ……하하, 제가 그걸 어떻게 알겠어요?"

"음? 모른다고? ……건영이 학생이 정말 몰라?"

할머니는 놀랐다는 표정을 지었다. 할머니 생각에는 그런 정도야 건영이에게 물으면 쉽게 알 수 있다고 본 것인가?

"……글쎄요, 이삼 일 내로 오겠지요!"

건영이는 마지못해 대답했다. 강노인이 옆에서 보니 건영이는 모른다고 하면서도 잘만 말하고 있다.

"이삼 일 내로 온다고? 그거 잘 됐구나……."

할머니는 건영이의 말을 아예 서울 간 사람의 기별이라도 받은 것처럼 생각하고 있는 것이다. 세상의 앞날을 아는 것이 그리 쉬운 일은 아닐 것이다. 그런데도 모르는 사람은 엉뚱한 기대를 하고 무작정 믿어버린다. 건영이는 그저 미소만 짓고 말았다.

"……그런데 말이야!"

할머니의 말투가 갑자기 심각해졌다.

"임씨는 어떻게 됐지? ……서울에도 없고, 부인을 버리고 도망을 갔나? 아니면…… 죽은 것은 아닐까?"

할머니가 이렇게 말하자 강노인은 건영이를 바라봤다. 이런 문제는 신통한 건영이가 아니면 누가 말할 수 있을 것인가? 할머니도 잔뜩 기대를 가지고 건영이를 바라봤다. 순간 건영이는 선언하듯 단호하게 말했다.

"죽지는 않았어요!"

"응? 죽지는 않았다고? ……그럼 어디 있지?"

"그건 모르겠어요!"

"뭐라고? 그럼 죽지 않았다는 것을 어떻게 알았어……?"

할머니는 의아스러운 표정을 지었지만 조심스럽게 묻는 태도였다. 건영이는 힘없이 대답했다.

"예…… 점을 쳐봤어요!"

"그래? 그럼 다행이고……."

할머니는 밝은 표정을 지었고 강노인은 심각히 고개를 끄덕였다. 건영이는 임씨 문제로 여러 날 전에 점을 쳐두었던 것이다.

점괘는 건위천(乾爲天)…… 이 괘상을 임씨의 경우에 적용해 보면 목숨에는 지장이 없는 것이다. 몸에도 별지장은 없다. 단지 상처가 있는 정도이다.

괘상으로 보면 현재 임씨는 어딘가에 건재하고 있는 것이다. 그렇다면 무엇 때문에 정마을로 돌아오지 않고 있는 것인가? 할머니 말대로 부인을 버리고 도망을 간 것일까? 아니면 일시적으로 바람이라도 나서 어디 가서 여자와 틀어박혀 있기라도 한 것일까?

건영이도 이 점에 대해서는 아무 말도 하지 않는다. 건영이는 단지 임씨가 죽지 않았다 라고만 말했을 뿐이다. 건영이의 점괘에 관해서는 할머니는 물론 강노인도 깊게 신뢰하고 있었다.

"건영아! 그럼 앞으로 임씨가 돌아오긴 하는가?"

강노인은 조심스럽게 물었다.

"······글쎄요. 잘 모르겠는데요!"

건영이는 밝지 않은 모습으로 대답했다.

"그럼······ 어떻게 하면 좋지?"

할머니는 건영이의 대답이 이미 실망스러운 것이었는데도 다시 한 번 기대를 하며 물었다. 그러나 건영이의 대답은 이번에도 마찬가지였다.

"아직은 잘 몰라요······ 어떻게 해야 할지."

건영이는 이렇게 말하면서 무엇인가 생각하는 듯 보였다. 그런 뒤 건영이가 말을 이었다.

"아무튼 서울 가신 아저씨들이 우선 돌아왔으면 좋겠어요. 그런데······."

건영이는 말에 여운을 남겼고 안색은 좋아 보이지 않았다. 강노인은 이 모습을 보고 이내 화제를 바꿨다.

"그건 그렇고······ 건영이, 요즘 공부는 잘 되어가나······."

"예? 아니요······ 꽉 막혀 있어요!"

"뭐라고? ······그럴 리가 있나!"

할머니가 건영이의 얼굴을 대견스럽다는 듯 바라보며 말했다. 건영이는 그저 쓴웃음을 지을 뿐이었다.

"술이나 한잔 할래?"

강노인이 제안했다.

"아니에요, 할아버지…… 나중에 다시 올게요. 아기 어머니한테 가 보려고요……"

아기 어머니라면 임씨 부인이다. 임씨 부인은 얼마 전 아들을 낳고 지금은 건강한 상태로 운신을 하고 있다. 마음은 여전히 슬픔에 젖어 있었지만 마을 사람들의 격려로 크게 좌절하고 있지는 않았다.

임씨 부인은 서울에 갔던 사람들이 돌아오면 무엇인가 소식을 가져오리라 믿고 있었다. 정섭이가 이미 서울을 다녀와서 임씨가 서울에 따라가지 않았다는 사실을 알고 있다. 하지만 건영이가 임씨와 관련하여 서울 간 사람을 기다리고 있다는 점에 다소 희망을 갖고 있는 것이다.

임씨 부인은 억지로 현실을 잊으려고 애쓰고 있었다. 대단한 인내심이 아닐 수 없었다. 그러나 운명은 너무 가혹하였다. 하필 아이를 낳는 그때를 택하여 그 아버지를 사라지게 하다니!

이 정마을이란 곳은 사랑하는 사람과 함께 있을 때에는 아주 행복한 곳이 되지만 사랑하는 사람을 이곳에서 잃으면 더할 수 없이 슬픈 곳으로 변해 버린다. 낙원이란 세상과 멀리 떨어져 있기 때문에 고독과 슬픔은 더욱 절실하다.

지금 정마을에서 가장 고통스런 사람이 있다면 그것은 두말 할 필요도 없이 임씨 부인이다. 여느 때 같으면 아들을 낳은 행복감에 젖어 있었을 것이다.

강노인과 할머니는 건영이가 임씨 부인을 찾아보겠다고 하니까 왠지 편안한 기분이 되었다. 이럴 때 촌장이라도 있으면 무엇인가 분명한 방도가 있으련만 그렇지 않은 지금 현실에선 오로지 건영이에게 기대를 걸어볼 뿐이다.

마을 사람들은 임씨의 영문 모를 사라짐에 대해 처음엔 실감을 않다가 요즘에 와서는 점점 불길한 쪽으로 생각하고 있었다. 단지 오늘 건영이가 임씨는 죽지 않았다고 선언하니 그게 희망이 생기는 것이다. 필경 건영이의 선언대로 임씨는 어딘가에 살아 있으리라. 건영이는 아마 그 말을 해 주기 위해 임씨 부인을 찾아왔던 것이리라.

아무튼 다행이었다. 건영이는 인사를 하고는 싸리문을 나섰다. 강 노인과 할머니는 싸리문 밖에 나와서 건영이가 멀리까지 갈 때까지 지켜보고 있었다. 지금 정마을에는 여덟 명의 주민이 있다. 그 중에 한 명은 아직 이름도 없을 뿐만 아니라, 태어난 지 백 일도 되지 않는다. 그러나 이 아이의 인생도 시작되고 있었다.

정마을은 겉으로 보기에는 여느 때와 마찬가지이다. 임씨 부인을 제외하고서는 특별한 변화가 없이 여전히 조용하고 행복한 삶을 영위하고 있다. 그런데 변화란 갑자기 찾아오는 법이다. 한적하고 평화로운 이 정마을에도 복잡할 때는 상당히 복잡해지는 것이다.

요즘이 바로 그때이다. 현재 정마을은 살기에 덮여 있고, 주민이 한 사람 행방불명되어 있으며, 주민 세 명은 출타 중이고, 앞날은 불투명한 상태이다. 정마을은 지금 어떤 운명의 무대에 올라 있는 것일까?

건영이는 정마을처럼 이런 깊은 산중 마을에도 사건이 빈번하고 다양함에 새삼 놀라고 있었다. 한 가지 사건이 지나가는가 하면 한 가지 사건이 찾아오고, 한가한 중에도 혼란은 밖에 와서 기다리는 것이다.

세상에 변화하지 않는 것은 아무것도 없다. 그러나 어떠한 인간도 변화에 익숙할 수 없다. 변화란 항상 기대하지 않은 곳에서 불쑥 나타나기 때문일까? 건영이는 요즘에 와서 문제가 점점 가중되는 것을 느끼고 있다.

마음 밖의 일, 즉 지금 살고 있는 정마을에서의 일도 그렇거니와 마음속에 일도 왠지 잘 풀려 나가지 않는 것이다. 마음의 평정 문제는 시행착오를 거듭하면서 그나마 조금씩 진전이 있는 편이지만, 주역의 도리(道理)에 관해서는 사방이 꽉 막혀 있었다.

그리고 무엇보다도 건영이에게는 읽을 만한 책이 없다는 점이 큰 문제이다. 무슨 일이든 건영이는 혼자 연구해서 애써 풀어나가야 한다. 그러나 주역의 이치는 끝이 없었다. 하나의 문제가 채 풀리기도 전에 다른 문제가 등장한다.

물론 때로는 몇 가지 문제가 동시에 풀려 시원해질 때가 있었지만 얼마 가지 않아서 문제의 숲 속을 헤매고 있게 된다. 건영이는 지난 며칠 동안은 저 하늘 세계를 생각하며 지냈다. 얼마 전 한곡선이 다녀가면서 해 준 저 먼 세계가 무척 궁금한 것이다.

'그곳에는 어떤 세계가 있을까? ……장엄하고 화려한 세계! ……행복한 세계일까? ……선(善)하고? ……인간 아닌 신선들은 얼마나 많을까? 그곳에는 세상에서 귀한 온갖 것이 있겠지! 물질의 보물과 수많은 지성(知性)들…… 그리고 상서로운 운명들…… 지복(至福)…… 그리고 오묘한 섭리가 있겠지. 주역의 이치는 어느 정도 발전해 있을까? 또 책은 어떤 것들이 있을까……?'

건영이는 지칠 때마다 이런 생각이 떠오르곤 했다. 그런데 오늘 아침에는 걱정 두 가지가 추가되었다. 하나는 강가에 나타난 빗자루를 멘 괴노인에 대해서였다. 건영이는 이 노인에게서 살기 외에도 많은 것을 느꼈다.

이 노인은 운명적으로 아주 불길한 느낌을 줄 뿐만 아니라 이미 마을에 불운을 가져다 준 사람으로 느껴졌다. 그리고 언젠가 이 괴인의 흔적이 마음속에 와 닿은 적이 있었던 것처럼 느껴진다.

'전에도 이 괴인은 마을에 온 적이 있었을까?'

건영이는 괴인이 떠나고 한참이나 지나서 이런 생각을 했었다. 그런데 저 산에서 오는 살기는 언제까지나 계속되는 것인가? 건영이의 두 번째 걱정이 바로 이것인데, 이 기운이 마을을 파멸적인 불행으로 몰아넣을까 몹시 우려하고 있는 것이었다.

산에서 내려오는 기운은 아주 생소한 것으로, 도저히 그 형태를 짐작할 수 없었다. 건영이는 산을 정면으로 바라보며 걷다가 우측으로 꺾었다. 좌측에는 맑고 정다운 개울물이 흐르는 소리가 들려오고 있었다. 길은 잠시 후 언덕으로 이어졌고, 이내 임씨의 집이 나타났다. 모자는 집에 있었다.

깊은 산골 마을에 약하디 약한 갓난아기와 그 어머니가 단둘이 있는 것이다. 건영이는 문 앞에서 잠깐 이 집의 행운을 기도했다. 아기 울음소리가 들리고 있었다. 건영이가 잠시 기다리고 있자 울음은 그쳤다.

"아주머니! 저 왔어요……."

"음? 건영이 학생……?"

임씨 부인은 급히 나왔다.

"건영이 학생이 왔군요! ……어서 와요!"

"안녕하세요? 아침 식사는 하셨어요?"

"예? 호호호…… 학생은 아침을 못 먹은 모양이지요? 내가 차려줄게요……."

임씨 부인은 건영이가 식사 안부를 붙는 것에 유쾌함을 나타냈다. 임씨 부인이 웃는 것은 출산 이후 오늘이 처음일 것이다. 건영이가 이렇게 찾아오는 것도 처음이다. 임씨 부인은 이미 아침을 먹은 뒤였으나 건영이가 식사를 못한 것으로 판단하고 자기가 차려주겠다고 한다. 그러나 건영이는 산모에 대한 안부를 물었을 뿐이다.

"아니에요…… 전 식사를 했어요."

건영이는 웃으며 말했다.

"그래요? 그럼 이쪽으로 와서 앉아요……."

임씨 부인도 웃으며 자리를 권했다.

"아기는 요즘 건강한가요?"

건영이는 이번엔 애기의 안부를 물었다.

"건강해요…… 그런데 지난밤부터 계속 울었어요. 마침 건영이 학생이 오니까 울음을 그치네요!"

임씨 부인은 약간 걱정하듯 말했다. 건영이는 무엇인가 생각하면서 고개를 끄덕였다. 그러고는 다시 물었다.

"전에는 안 울었던 모양이지요?"

"그럼요. 아기는 여간해서 잘 안 울었어요. 그런데 지난밤부터 갑자기 울어대는군요. 이제 그쳐서 다행이지만."

임씨 부인은 이렇게 말하면서 표정이 약간 밝아졌다. 건영이는 속으로 생각했다.

'애기가 어젯밤부터 갑자기 운 것은 산의 살기 때문이 아닐까? 글쎄…… 지금은 그친 것으로 봐서 그 때문에 아닐지도 모르지…….'

건영이는 이런 생각을 하면서 산 쪽을 흘끗 바라봤다. 산의 살기는 변함이 없었기 때문이었다. 이때 임씨 부인이 가만히 불렀다.

"건영이 학생! 뭐 하나 물어봐도 되겠어요……?"

"아저씨에 관한 건가요?"

건영이는 임씨 부인의 마음을 아는 듯이 반문했다.

"그래요! 아기 아버지가 어디 가서 죽지나 않았는지?"

임씨 부인은 다시 안색이 어두워졌다. 건영이는 즉시 말했다.

"아주머니, 너무 걱정 마세요. 아저씨는 살아 계세요. 전 알아요!"

"어머! 그런가요. 지금 어디 있죠……?"

임씨 부인은 건영이의 말에 크게 안도감을 느끼는 한편 남편의 행방을 알려고 매달렸다. 건영이는 난처했다. 건영이가 지금 말할 수있는 것은 임씨가 살아 있다는 것뿐이다.

임씨 부인으로서는 아무도 말하지 않는 남편에 대한 안부를 건영이가 자신 있게 말하기 때문에 당연히 그 행방도 알 것이라 생각할수밖에 없다.

"아주머니!"

건영이는 임씨 부인을 실망시키지 않으려고 조심스럽게 말했다.

"조금만 더 기다리세요. 서울에 간 사람들이 돌아오면 찾아 나설 거예요…… 서울에 가신 분들은 곧 돌아오게 돼 있어요. 아시겠지요?"

임씨 부인은 생각에 잠기며 고개를 끄덕였다. 얼굴빛은 그리 어둡지 않았다. 건영이가 이토록 위로하니 안심스럽기도 하고, 또 죽지않았다고 하니 곧 돌아올 것만 같은 생각도 들었다.

'건영 학생이 살아 있다고 하면 틀림없이 살아 있을 거야! 그렇다면 언젠가 돌아오겠지! 도대체 어디 가서 무얼 하고 계실까…… 아니, 이런 생각을 하면 안 돼…… 어지럽네.'

임씨 부인은 고개를 저으며 스스로의 마음을 달랬다.

"학생! 고마워요."

임씨 부인은 건영이가 일부러 찾아와서 남편의 생사를 확인해 준 것에 새로운 희망을 느꼈다. 남편이 살아 있다는 것! 이것만으로도 어제 와는 다른 인생이 된 것이다. 임씨 부인은 종종 남편이 죽었을지도 모른다는 생각에 미칠 것 같은 순간을 보냈었다.

그나마 이제껏 버티고 있는 것은 새로 태어난 아기에 대한 책임감과 사랑 때문이었다.

'건영 학생은 은인이야! 이토록 희망적인 소식을 전해 주다니…… 학생이 오니 아기의 울음마저도 그치지 않았나! 하늘이 보내주신 분이야…….'

임씨 부인은 밝은 표정으로 건영이를 바라봤다. 건영이는 임씨 부인이 마음의 평화를 찾은 것을 느꼈다.

"그럼, 저는 이만 가보겠어요……. 또 올게요……."

건영이는 친절히 인사를 하면서 일어났다. 임씨 부인은 문밖까지 배웅했다. 건영이는 문밖에서 다시 고개를 숙여 보이고는 빠른 걸음으로 내려갔다. 아기는 다시 울기 시작했다.

"어머!"

임씨 부인은 급히 방으로 들어갔다. 아기는 어쩌면 건영이가 떠나갔기 때문에 우는지도 몰랐다. 건영이로 인해 잠시나마 안심을 했던 것일까? 그리고 아기는 산에서 지금도 오고 있는 살기 때문에 다시 우는 것일까?

건영이는 지금 숙영이 집으로 향하고 있었다. 건영이가 걱정하는 것은 산의 살기가 마을 사람들에게 어떠한 영향을 주는가였다. 지금까지 본 사람들 중에는 살기의 영향을 받은 사람은 없었다.

바로 눈 아래 숙영이 집이 보였다. 건영이는 잠시 망설였다. 순간 한곡선이 소지선과 함께 찾아왔을 때 일이 아지랑이처럼 마음속에

피어올랐다. 당시 한곡선은 이렇게 말했었다.

"자넨 숙영이와 함께 먼 세계에서 이곳으로 온 것이지."

건영이는 이 말을 지난 며칠간 가끔씩 생각해 보았지만 도무지 이해가 되지 않았었다. 그런데 지금 무엇인가 느낌이 떠오른 것이었다. 그것은 숙영이를 어디선가 만나 본 적이 있다는 생각이었다.

'꿈속에서의 일이었을까? 아니면 한곡선께서 말씀하신 저 먼 세계에서의 일이었을까?'

건영이는 마음속에서 일어나는 환상을 잡으려고 애를 썼다.

'과연 나와 숙영이는 저 먼 세계에서 온 것일까? ……먼 세계란 도대체 어디를 말하는 것일까? 한곡선께서는 그 세계를 하늘이 끝나는 곳보다 더 먼 세계라고 하셨다. 과연 그곳은 어떤 곳일까……?'

건영이로서는 이 모든 것이 그저 막막했다. 그러나 숙영이에 대한 어떤 기억만은 지울 수가 없었다. 그 어떤 세계에서 숙영이는 아주 아름다운 옷을 입고 근심어린 얼굴로 나타난 적이 있었다.

아마도 어떤 궁전 같은 곳이었을 것이다.

'그 무렵 숙영이의 근심은 무엇이었을까……?'

건영이는 흠칫 놀랐다. 자기가 지금 현실을 생각하는 것이 아니었기 때문이었다. 건영이는 고개를 저으며 혼자 웃었다.

바로 아래에 보이는 숙영이의 집은 고요했다. 그러나 저 안에 생명의 꽃과도 같은 숙영이가 있는 것이다. 아니 어쩌면 지금 이 시간 강노인 집으로 갔을지 모른다. 건영이는 숙영이의 모습을 그리며 천천히 집으로 내려갔다.

우측에 곳간이 나타났다. 이곳은 한때 숙영이가 호랑이를 피신해 숨었던 곳이다. 당시 건영이는 숙영이를 곳간으로 밀어 넣고 밖에서 문을 걸어 잠갔었다. 이로써 숙영이는 보호되었고, 건영이는 홀로 남아 호랑이와 대적했던 것이다.

지금은 이미 지난 일이었다. 위험은 운명과 함께 흘러간 것이었다.

이제 미래는 어떠한 것일까? 그리고 두 사람의 숙명은 어떠한 것일까?

건영이는 다시 한곡선이 말한 드넓은 세계를 상상했다. 그 모든 곳은 이 세계와 얼마나 다른 곳일까?

'숙영이와 함께 있었다면 그 세계란 어떠한 곳일까? 우리는 무엇 때문에 이 세계에 온 것일까……?'

건영이는 상상에서 깨어나 급히 현실로 돌아왔다. 인기척이 들린 것이다. 싸리문에서 누가 나오고 있었다. 숙영이었다.

"어머, 오빠!"

"숙영이!"

건영이는 급히 다가섰다.

"어디서 오는 길이에요?"

숙영이는 잔잔한 목소리로 말했다.

건영이는 가볍게 웃었다.

자기가 온 곳? 임씨의 집이었을까? 아니면 상상의 세계에서 온 것일까?

숙영이의 모습은 근심이 서려 있지 않았다. 그러나 방금 전 건영이가 상상 속에서 바라본 바로 그 여인이었다. 숙영이의 눈은 깊고 신비했다.

'숙영이도 저 먼 세계를 생각하고 있는 것일까?'

건영이는 숙영이의 눈에서 이런 느낌을 받았다. 지금 숙영이를 감싸고 있는 옷은 거친 것이었다. 그것은 잡초와도 같았다. 그러나 그

것이 숙영이의 아름다움을 감출 수는 없었다.

단지 숙영이의 전체 모습은 험난함에 노출된 듯 가냘프게 보였다. 건영이는 어느새 다가가서 숙영이의 몸을 가볍게 끌어안았다. 숙영이는 고개를 약간 옆으로 돌렸을 뿐 뿌리치지 않았다.

"숙영이!"

건영이의 품에 숙영이의 어깨가 비스듬히 와 닿았다. 건영이는 숙영이를 좀 더 끌어안아 가슴을 밀착시켰다. 이때 싸리문 안에서 목소리가 들렸다.

"누가 왔어요?"

숙영이 어머니는 문밖으로 나오고 있었다. 순간 숙영이는 살짝 빠져나와 언덕으로 뛰어 내려갔다.

"안녕하세요?"

건영이는 숙영이 어머니를 바라볼 사이도 없이 급히 인사를 건넸다. 숙영이 어머니는 미소를 짓고 있었다.

"어서 와요. 들어오지 않고……."

"예…… 저…… 숙영이를 만나고 있었어요."

건영이는 이렇게 말하고는 뒤따라 들어갔다. 그러나 이곳에서도 방에는 들어가지 않고 마루에 앉았다.

"건영이 학생! 식사는 제대로 했어요?"

숙영이 어머니는 건영이가 종종 굶는 것을 알고 있었다. 전에는 아예 며칠을 굶고 쓰러져 있었던 적도 있었다. 그때 만일 숙영이가 발견하지 않았더라면 위험했을지도 모른다. 건영이는 조금 부끄러움을 타며 대답했다.

"예…… 할아버지 댁에서 먹었어요."

"그래요? 그분들은 잘 계신가요?"

정마을은 불과 열 명 미만의 주민들이 살고 있었지만 그나마 서로 보지 못하는 날이 많았다.

"예…… 잘 계세요. 여기는 어때요?"

건영이는 은근히 안부를 물었다.

"우리는 잘 지내요. 그런데 서울에 간 사람들은 어떻게 됐을까?"

숙영이 어머니는 가볍게 미소를 지으며 말했는데, 그 속에는 외로움이 깃들여 있었다. 어쩌면 남씨의 안부를 걱정하고 있는지도 몰랐다.

"수일 내로 돌아오실 것 같아요."

"그래요? ……그거 잘 됐군요."

숙영이 어머니의 얼굴이 조금 밝아졌다. 건영이는 흘끗 숙영이 어머니의 모습을 살펴봤다. 순간 건영이의 눈에는 많은 것이 비춰졌다.

갓 생기기 시작한 얼굴의 주름살, 착한 눈, 건강하기는 하지만 연약한 몸, 외로움으로 인한 인생의 체념, 보호자가 없는 방황, 선천적인 침착성, 귀인의 자태, 운명의 급변, 그리고 좋아지는 팔자, 행복해지는 인생…….

건영이는 저도 모르게 웃음을 지으며 고개를 끄덕였다.

'앞으로 좋은 일이 많겠어! 지난날에는 고생이 많았겠군. 그런데 저 귀한 자태는 어디서 오는 것일까? 저것은 필경 배움에서 나온 것은 아닐 텐데…… 그런데 아름다움이 많이 손상되셨구나…….'

건영이는 안도감을 느꼈다. 저토록 착한 사람의 앞날에 행복이 있다니 얼마나 다행한 일이냐? 그런데 조금 전 숙영이의 얼굴에서는 무엇이 보였나? 먼 곳을 동경하는 눈 속에는 무엇이 있나? 기구한 운명? 장엄한 운명? 시달림? 행복?

건영이는 보이지 않는 모습을 그려내려고 애썼다. 그런데 마음속에는 하나의 모습, 저절로 떠오르는 모습이 보이기 시작했다. 그것은 화려하고 아름다운 옷을 입은 숙영이의 모습이었다. 머리에는 예쁜 화관 같은 것이 씌워져 있었고 주위에 사람들도 많이 있었다.

장소는 장엄한 건물의 내부였다. 숙영이는 아름답게 빛나는 모습에 근심이 서려 있었다. 무엇일까?

"건영이 학생!"

숙영이 어머니가 현실을 환기시켰다.

"공부에 어려움이 많은가요?"

숙영이 어머니는 건영이가 한동안 생각에 잠기자 이렇게 말을 꺼낸 것이다.

"아니에요. 잠깐 꿈을 꿨나 봐요."

"예? ……호호호, 도인은 생시에도 꿈을 꾸나요?"

숙영이 어머니는 신기한 듯 건영이를 바라봤다. 숙영이 어머니의 눈에는 건영이가 도인으로 보이나 보다. 정마을 사람들은 저마다의 느낌대로 건영이를 부르는데, 숙영이 어머니의 생각은 오늘 처음 밝혀진 셈이다.

도인이란 과연 어떤 사람을 일컫는 것일까?

……도를 닦는 사람? 혹은 마음을 닦는 사람? 그렇다면 도는 무엇이고 마음은 무엇인가? 도는 천지자연의 최고 섭리일까? 그리고 마음이란 도와 합치할 수 있는 그 무엇일까?

건영이는 숙영이 어머니가 방금 말한 도인·생시·꿈 등이 의미심장한 말이라고 생각했다. 상상도 꿈이라고 한다면 도인이야말로 오히려 꿈을 많이 꾸는 것이 아닐까?

상상은 마음을 일으키는 것이고, 미지의 세계로 길을 넓혀 주는 것이다. 또한 상상은 고립된 현실에 희망을 주는 것이다. 어떤 사람에게 상상이 필요 없게 되었을 때는 이미 종말에 가까워진 것이리라!

건영이는 지금 숙영이네 집을 방문해서 이 집 사람들의 별 탈 없음에 평온함을 느꼈다.

"저…… 이만 갈게요."

건영이는 마루에서 일어났다.

"벌써 가려고요? ……하긴 우리 숙영이가 없으니 재미가 없나 봐요? ……호호호."

"아니에요. 저…… 그냥 지나는 길에 들려본 거예요."

건영이는 멋쩍게 말했다.

"그래요! 서울에서 사람들이 오면 우리 숙영이와 함께 모두 놀러가기로 해요!"

숙영이 어머니는 건영이를 대견한 듯 바라보며 말했다.

"예…… 안녕히 계세요."

건영이는 얼른 인사를 하고 싸리문을 나섰다. 이제 정섭이를 만나보면 마을 사람들을 다 만나는 셈이다. 현재까지는 누구 하나 잘못된 사람이 없다.

건영이는 길을 내려오면서 멀리 하늘을 바라봤다. 태양빛은 구름을 뚫고 내려오고 있었다. 우측 산에서의 살기는 강렬한 태양빛으로도 녹이지 못하고 있었다. 건영이는 개울을 건너고 우물가를 지나쳤다. 이어 박씨의 집이 나타났다.

'정섭이는 지금 어디 있을까? 방에?'

건영이는 잠시 생각해 보았다. 아니 굳이 생각이랄 것도 없이 의문을 가져본 것이다. 순간 건영이의 마음속에는 우측 멀리에 있는 채소밭의 느낌이 떠올랐다. 건영이는 다시 개울을 건너 강가 쪽으로 향했다.

개울은 우측으로 꺾어져 흐르고 있었다. 이제 좌측에 개울이 흐르고 우측으로는 숲이 우거져 있다. 조금 걷자 숲은 끝나고 밭이 나타났다. 저쪽에 정섭이가 보였다.

정섭이는 밭에 앉아서 무엇인가에 열중하고 있었다. 건영이는 이를 보고 그냥 곧장 강가 쪽으로 걸었다. 정섭이의 평화는 걸어가면서도 느낄 수 있었다.

잠시 후 정섭이도 건영이가 지나가는 줄 알고 일어나서 손을 흔들었다. 건영이도 손을 흔들어 주었다. 정섭이는 다시 앉아 하던 일로 돌아갔다. 건영이는 자기도 모르게 웃었다. 마을 사람 중에서도 정섭이가 가장 편안한가 보다!

'훌륭하게 될 거야! 대단한 인재야!'

건영이의 마음속에는 깨끗하고 총명한 정섭이의 모습이 어른거렸다. 건영이는 강가를 산책하리라 마음먹고 좌측으로 꺾어 숲길로 접어들었다. 이제 곧장 나가면 강가에 당도하게 된다.

건영이는 강가에서 오래도록 시간을 보냈다. 흐르는 강물은 변화가 없었다. 강 건너편에도 사람은 나타나지 않았다. 날이 조금씩 어두워지자 건영이는 다시 마을로 발길을 돌렸다. 들판에는 시원한 바람이 불어오고 있었다.

멀리 있는 산은 먼저 어두워졌고 마을에도 점점 어둠이 덮여 왔다. 산의 살기는 먼 어둠 속에서도 뿜어져 나오고 있었다. 마을로 돌아온 건영이는 자기 방으로 들어가 일상적인 공부를 시작했다.

건영이의 공부는 종이에 무엇인가를 그리고, 허공을 응시하며 생각하고, 곧장 누워 눈감고 생각하며, 다시 일어나 무엇을 적으면서 몸과 마음이 모두 한 문제에 매달린다. 또한 어느 때는 답을 하고 또 어느 때는 문제를 낸다. 공부가 끝나면 전신이 땀에 젖고, 정신은 혼란 속에 지쳐 있으며, 눈은 고통으로 어두워져 있었다.

건영이는 숨을 몰아쉬고는 그 자리에 쓰러져 눈을 감고 있다. 잠시 후 건영이의 맑은 정신은 다시 가지런해지고 마음속 저 깊은 곳에는 무한한 자연의 섭리가 생동하기 시작했다.

시간이 얼마나 흘렀을까? 건영이는 밖으로 나왔다. 어느새 밤은 깊어졌고 하늘에는 별이 가득 찼다. 좌측 산을 흘끗 바라봤다. 살기는 여전히 서려 있었다. 건영이는 밖으로 나와 산 쪽으로 조금 걸어갔다. 그러나 더는 갈 생각을 못하고 산을 정면으로 응시했다.

'도대체 저 산에 무엇이 있을까?'

건영이는 고개를 갸우뚱하고는 생각해 봤다. 저곳에 무엇인가 있기는 있다. 그것이 사물인지 생명체인지는 모른다. 그런데 가만히 살펴보니 하나의 특징이 발견되었다. 살기는 요동하지 않고 그 자리에 서려 있는 것이었다.

악마가 저곳에 있는 것일까? 혹은 귀신? 아니면 혹시 산이라도 무너지려는 것일까?

건영이는 난감했다. 저것이 저렇게 자리 잡고 있는 한 오늘 밤도 악몽에 시달릴 것이 틀림없다. 빨리 사라져 주었으면 좋겠다. 건영이의 눈은 깊은 계곡을 바라보는 것처럼 조심스러웠다.

살기가 갑자기 닥쳐오는 것이나 아닐까? 건영이는 이런 생각을 하며 마을 쪽을 한번 돌아봤다. 이 순간 산 쪽에서 일어나는 변화가 감지됐다. 살기가 움직이기 시작한 것이다.

드디어 위험이 마을을 덮치는 것일까?

건영이는 숨을 멈추고 잔뜩 긴장했다. 어찌하면 좋을까? 살기는 다가오는 듯했다. 그러나 이것은 건영이의 착각이었다. 너무나 긴장한 나머지 스스로가 지어낸 현상인 것이다.

오히려 살기는 멀어져 가고 있었다. 그러더니 잠깐 사이에 살기는 사라져버렸다. 이제 산은 다시 평온한 기운을 되찾았고, 정상적인 호흡을 하기 시작했다. 마을은 새로운 생기를 맞아들이고 있었다.

하늘의 별은 더욱 반짝였다. 건영이는 깊은 숨을 몰아쉬고는 고개를 끄덕였다. 얼굴빛은 어느덧 밝아졌다. 건영이는 발길을 돌려 집 쪽으로 내려왔다. 마을이 편안히 잠들어 있는 절경이 보인다.

건영이는 자기 방문을 열고 방으로 들어서고 있었다. 순간 건영이는 살기의 정체를 깨달았다.

'아, 그렇구나! 저들은 선인들이야! 마을을 감시하고 있었어! 소지선을 잡으러 온 것이야! 이제 떠나가 버렸군……'

건영이의 얼굴은 이런 생각을 하며 다시 근심이 서리고 있었다.

'소지선께서는 어떻게 되셨을까? 능인 할아버지의 스승이신 한곡선께서는 위험하지 않으셨을까?'

건영이의 이러한 생각은 적중하고 있었다. 산 위의 살기는 소지선 추적대였다. 이들은 이곳에서 소지선의 흔적을 발견했고 또한 소지선이 건영이를 만난 것도 감지했다.

이들은 혹시 소지선이 다시 오지 않을까 하고 한나절을 기다렸다. 그리고 밤이 되자 떠나기로 방침을 정한 것이었다. 이들은 다시 상계(上界)로 향했다. 이들보다 먼저 떠난 소지선과 한곡선은 이미 인연의 늪에 접근하고 있었다.

선혈(仙血)로 물든 인연의 늪

인연의 늪에는 여전히 동화궁의 대규모 선인 부대가 진을 치고 있었고, 소지선과 한곡선은 이미 이 사실을 감지했다. 그러나 동화궁의 선인 부대는 아직 소지선의 접근을 모르고 있는 것 같았다.

"도형!"

한곡선이 불렀다.

"어떻게 할까요? 어차피 부딪쳐야 할 것 같은데……."

"글쎄…… 그래야겠지. 이곳에서 무턱대고 오래 견딜 수는 없을 테니……."

한곡선은 체념한 듯 말했다. 지금 두 선인이 잠시 지체하고 있는 이곳은 공간이 심하게 요동하고 있는 곳이어서 선인의 공력으로도 오래 버틸 수는 없었다.

"그렇습니다. 공연히 기력을 허비할 필요가 없겠지요."

"음…… 자넨 어떻게 할 텐가?"

"예? 이제 와서 무슨 말씀이십니까? 저는 도형과 함께 행동할 것입니다."

한곡선은 소지선을 빤히 쳐다보며 단호하게 말했다. 소지선은 근심어린 표정으로 천천히 고개를 끄덕였다. 어쩔 수 없는 일이었다. 자신의 힘만으로는 도저히 체포대를 돌파할 수 없다. 물론 한곡선이 돕는다 해도 얼마나 버틸 수 있을는지? 지금이야말로 운이 좋아야 할 것이다. 건영이의 말에 의하면 부딪쳐서 시간을 끌면 유리하다고 했다. 어쩌면 희망이 있을지도 모른다.

"좋아! 그럼 나서 볼까?"

소지선은 이윽고 결심을 굳히고 행동을 개시했다. 두 선인은 조심스럽게 접근해 갔다. 인연의 늪에 가까워질수록 공간의 요동은 점점 줄어들었다. 이것은 두 선인에게 휴식을 주는 것이지만 그 대신 저들의 경계망에 접근하는 셈이다.

소지선과 한곡선은 버틸 수 있는 한 최대로 느리게 움직이고 있었다. 한 찰나라도 늦게 발견될수록 유리하기 때문이다. 그러나 하계를 향해 감시를 게을리 하지 않는 선인들의 경계망을 오래 피할 수는 없었다.

거리가 점차 가까워오자 마침내 두 선인의 움직임은 포착되고 말았다.

"……음? 누가 오고 있군요! 우리의 수색대일까요?"

"글쎄요. 아직 잘 모르겠는데…… 보고를 해야지요."

인연의 늪을 경계하던 선인들은 이 사실을 즉각 지휘부에 알렸다.

"누가 오고 있습니다!"

"수색대인가?"

"잘 모르겠습니다. 아주 느리게 접근해 옵니다."

"그래? 그렇다면 소지선이겠군…… 우군이라면 그렇게 움직일 필요가 없지!"

체포대 지휘 선관인 유적선은 회심의 미소를 지었다.

"전원 전투태세!"

유적선은 다시 냉엄한 얼굴로 명령을 내렸다. 선인들은 유적선의 명령이 떨어지자 즉각 위치를 이동하고 전투태세로 돌입했다. 소지선과 한곡선은 아공간(亞空間)을 벗어난 뒤 인연의 늪이 가까워질수록 천천히 움직였다.

"상당히 느리군요. 추적할까요?"

부관이 유적선에게 물었다.

"내버려두게. 다시 하계로 내려가면 번거롭기만 해."

유적선은 소지선이 느리게 움직이는 이유를 잘 모르고 있었다. 소지선으로서는 어차피 인연의 늪에서 결전을 치를 각오를 하고 있었지만 건영이의 지시에 의해 가급적 일을 지연시키고 있는 것이었다.

이것은 무슨 뜻이 있는 것일까? 건영이는 주역의 괘상을 해석하여 이런 지시를 내린 것이다. 소지선과 한곡선은 이 사실을 잘 알고 있었다. 현재 이들이 처한 운명은 뇌천대장(雷天大壯)의 괘중에서도 제4효(爻)로 흐르고 있었다.

이 효의 운수는 시간이 지날수록 충격이 완화되는 것을 뜻하고 있다. 이에 따라 소지선과 한곡선은 실낱같은 희망을 운에 걸고 있었다. 과연 이들의 운명은 어떻게 전개될 것인가?

그 단서는 이미 며칠 전에 발현되었다.

그곳은 남선부(南仙府) 본영(本營)! 현재 남선부를 총괄하고 있는 선임은 분일선으로서 남선부 대선관 대행이었다.

"대선관님! 인연의 늪 경비 책임관이 왔습니다. 만나 뵙고 싶다는데요?"

소지선이 없는 지금 분일선이 대선관이었다. 분일 대선관은 한가하게 지내던 중 보고를 접한 것이다.

"그래? 무슨 일일까? 들어오라고 하게."

분일선은 별 생각 없이 경비선을 맞아들였다. 의례적인 방문 정도로만 생각한 것이다. 그런데 인연의 늪 책임관은 굉장한 사건을 가지고 나타난 것이다.

"뭐라고?"

분일선은 그 보고를 듣자 크게 놀라면서 재차 물었다.

"예…… 사상자가 많습니다. 현재 그곳에서 치료 중이며, 인원이 모자랍니다."

"그것은 알겠네. 소지선께서는 어떻게 되셨나?"

"잘은 모르겠습니다만…… 지금쯤 하계에서 체포되었을 것입니다. 아니면 인연의 늪에서 막혀 있겠지요."

"그래? 그럼 아직 체포됐는지는 모르는 것 아닌가?"

"예, 그렇습니다. 하지만 저들의 병력이 워낙 많아서 탈출은 불가능할 것입니다."

"그럴 테지…… 알겠네. 음…….'

분일선은 눈을 지그시 감고 재빨리 생각했다.

'유적선이 너무하는군. 어쩌지? 긴급한 일인데…… 그렇지! 가만 두고 볼 수는 없어…….'

분일선의 얼굴은 순간 창백하리만치 하얗게 변했고 입을 굳게 다물었다.

"자네…… 내 말을 듣게."

"……."

"자네는 지금 당장 달려가서 그들을 공격하게!"

"예? 무슨 말씀이신지요?"

"자네는 귀가 어두운가? 다시 말하겠네. 이것은 남선부 대선관의 공식 명령일세! 자네는 지금 즉시 경비대를 이끌고 저들을 공격하게. 알겠나? 저들과 대화도 할 필요 없고 선전 포고도 할 필요 없네. 즉시 공격이야! 빨리 떠나게!"

"저…… 우리는…… 예, 명령을 받들겠습니다!"

경비선은 무엇인가 말을 하려다 분일선의 표정을 보고는 즉시 복명하고 떠나갔다.

"정현선(正玄仙)!"

분일 대선관은 경비선이 떠나가자 옆에 있는 부관을 쳐다보며 말했다.

"병력을 동원하게."

"알겠습니다. 어느 수준으로 할까요?"

정현선은 병력 동원의 규모를 물었다.

"단위 병력 이상으로 하게. 아니 내가 하지. 자넨 할 일이 있네."

"……?"

"자넨 남선부 상시열(常時列)을 이끌고 먼저 출동하게. 지금 당장!"

"예? ……아, 예…… 출발하겠습니다."

정현선은 시원스럽게 대답하고는 대선관 집무실을 떠났다. 상시열은 남선부 본궁을 경비하는 위선(衛仙)들 중 현재 근무자를 지칭한다. 이들은 인원이 얼마 되지 않고 본궁의 업무에 필요한 절대 인원인데 이들을 출동시킨 것이다.

분일선은 인연의 늪에서 벌어진 사태에 긴급히 대처하기 위해 상시열을 우선 출동시킨 것이다. 상시열은 정현선의 지휘 아래 즉각 움직일 수 있는 대기 병력이라 할 수 있었다. 분일선의 생각으로는 소지선이 체포되기 전에 구출할 수 있도록 최대한의 속도로 일을 진행하려는 것이다.

소지선이 누구인가? 바로 남선부의 대선관이 아닌가? 지금은 비록 쫓기는 몸이지만 엄연히 남선부의 최고 인물이다. 분일선은 소지선을 존경할 뿐만 아니라 자기가 지금 그를 대신하고 있지 않은가?

동화선궁에서 체포해 간다는 것은 절대 용납될 수 없는 것이다. 당치 않은 일이다. 더구나 남선부 영역인 인연의 늪까지 쳐들어와서…….

저들이 사전에 통보도 없이 인연의 늪에 진입한 자체도 불법이다. 게다가 옥황부 공식 임무를 띤 선인들을 공격하다니!

분일선은 병부(兵府)로 향했다. 긴급 구원대를 보냈으니 이제 본격적인 병력을 동원할 차례인 것이다. 먼저 출동한 구원대가 시간만 끌어주면 된다.

무엇보다도 중요한 것은 소지선이 체포되기 전에 인연의 늪에 당도해야 하는 점이다. 저들에게 추호도 사정을 둘 필요가 없다.

'궤멸시키리라…….'

분일선은 이렇게 다짐하고 행동을 전개했다. 병부는 남선부 본궁에서 멀리 떨어지지 않았다.

"어인 일이십니까?"

병부의 지휘 선관인 일측선이 미소를 지으며 인사를 건넸다. 남선부에서는 병부가 가장 한가한 곳으로 대선관이 공식 임무로 이곳을 찾는 경우는 거의 없었다.

분일선도 소지선의 대행 직책을 맡은 이래 처음 방문하는 것이었다.

"음…… 공무로 왔네. 이곳엔 별일 없는가?"

분일선은 담담하게 인사를 받으며 일부러 심각하게 말했다. 일측선은 분일선의 말투에서 심상치 않은 느낌을 받았다.

"이곳은 한가합니다. 무슨 분부가 계신지요?"

병부란 원래 한가한 곳이다. 남선부 소속 선인들은 자유 시간을 많이 갖고자 할 때 병부에 배속된다.

"일측, 긴급한 일이 발생했네."

분일선은 상대방이 충분히 긴장할 수 있도록 잠깐 틈을 두고는 말을 이었다.

"지금 당장 병력을 동원하게."

"어느 정도가 필요하신지요?"

일측선은 이렇게 말하면서도 그리 대수롭게 생각한 것은 아니었다. 기껏해야 변방에 권위 순찰 정도일 것이라 생각했다. 현재 소지선이 유고 중이므로 변방 순찰은 필요 사항이었다. 그런데 분일선의 다음 말은 그게 아니었다.

"단위 병력은 돼야 할 것일세!"

단위 병력이라면 보통 적게 잡아도 이백사십 명에서 칠백이십 명에 이르게 된다. 선인들이 이 정도로 모이게 되면 그 힘은 한 나라를 쉽게 궤멸시킬 수 있는 것이다. 일측선은 크게 놀라고 말았다.

"예? 그만한 병력이라면 시간이 좀 걸리겠는데요!"

"무어라고? 어째서 그리 시간이 걸리는가?"

분일선은 언짢은 기색이었다.

"예. 정규 병력은 멀리 나가 있습니다. 불러들이는 데 시간이 좀 걸립니다. 무슨 일이신지요?"

"할 수 없군…… 현재 이곳에 대기하고 있는 병력은 모두 얼마나 되나?"

분일선은 일측선의 말에 답변을 하지 않고 무조건 서두르기만 하는 것이었다. 일측선은 분일선의 예민한 심정을 건드리지 않으려고 재빨리 대답했다.

"몇 십 명 정도는 항상 대기하고 있습니다만!"

"알겠네! 즉각 소집하게."

"그냥 나오시면 됩니다. 그보다도 무슨 일인지나 알려주십시오……."

일측선은 앞장서 나가면서 물었다. 분일선은 다소 기색을 펴고 대답했다.

"시간이 없네. 병력은 내가 인솔하겠네. 지금 인연의 늪에서 사건이 벌어졌어. 동화궁 병력이 소지선을 체포하려고 하네. 이미 사상자가 발생했네."

"예? 사상자라니요?"

"음…… 옥황부 병력이야. 그들은 소지선을 보호하기 위해 공식 출동했던 것일세. 그런데 동화궁에서 이를 방해하기 위해 그런 일을 저질렀네."

"동화궁에서요? 그럴 수가 있습니까?"

"설명할 시간이 없어. 내가 먼저 출동해야겠어. 자네는 정규 병력을 동원하여 급히 따라 오게. 따로 집합해야 하는 일이라면 아예 현지로 집합해서 즉각 전투에 임하게……."

"예, 알겠습니다."

일측선은 걸음을 좀 더 빨리 해서 어느 건물 안으로 들어서고 있었다.

이로부터 며칠의 시간이 흐른 후 유적선은 인연의 늪에서 소지선으로 보이는 움직임을 포착, 상황을 예의 주시하고 있었고, 소지선은 한곡선과 함께 충돌 지점으로 접근하고 있는 중이었다.

"본고(本古)!"

유적선은 부관인 본고선을 불렀다.

"……."

"아무래도 큰 전투가 벌어질 것 같애!"

"예? 무슨 말씀이신지요? 저들은 두 명뿐이지 않습니까?"

"그렇긴 하네만…… 방금 심상치 않은 기분이 들었어. 실수하지 않도록 하게."

"뭐 별일 아닐 것입니다. 한곡선은 일격에 죽여 버리고 소지 대선관만 잡는 것이 아닙니까?"

"그렇게 쉽지는 않을 거야. 필경 소지 대선관은 대항을 해올 걸세…… 실력도 만만치 않아. 단순히 죽여 없애기로 한다면 그리 어려울 것 같지는 않겠지만……."

유적선은 무엇인가 걱정이 되는가 보았다. 유적선으로서는 그럴 만도 했다. 이미 옥황부 선인들을 공격하여 사상자를 낸 바 있다. 이런 마당에 소지선 마저 잡지 못한다면 문제는 더욱 커진다. 그렇게 되면 소지선과 상관없이 옥황부 선인을 공격했다는 비난을 받을 수 있다. 소지선만 잡아놓으면 이런 문제는 없다. 소지선을 잡기 위해서 부득이 발생한 일로 둘러대면 된다.

모든 문제는 평허선공의 명령에 의해 저질러진 것으로 간주 될 것이다. 유적선은 최악의 경우 소지선을 살상할 각오를 하고 있었다.

"본고!"

유적선은 생각을 그만두고 부관을 쳐다봤다.

"단단히 각오를 해 두게, 놓쳐서는 절대 안 돼! 모두들 목숨을 걸고 전투에 임하게."

"예, 최선을 다하지요. 운밀대진(雲密大陣)을 치겠습니다."

"음…… 그게 좋겠군."

유적선은 고개를 끄덕이며 혼자 잔인한 미소를 지었다. 운밀대진이란 역상(易象)으로는 수산건(水山蹇)이다. 이 진법은 후방에 강벽을 쌓고 전방에는 구름처럼 부드럽고 융통성이 있는 병력이 나가 있는 것이다.

이것은 전방의 병력이 정렬을 하지 않고 자유롭게 각개 전투에 임하고, 후방으로 갈수록 밀집되어 끝내는 금강 벽에 이르게 된다. 그리고 전방에 나가 있는 병력은 적이 돌파할 경우, 적의 퇴로를 차단하고 후면 포위의 역할을 담당한다.

따라서 적의 입장에서 보면 처음엔 진형을 돌파하기 쉽다. 그러나 앞으로 나아갈수록 철벽이 나타나고 이미 돌파하여 지나친 적은 뒤에서 다시 공격해 오게 된다. 이는 마치 안개 속에 빠져들다가 나중에는 험산을 만나는 것과도 같다.

이 진법에 대항하는 방법은 전진의 속도를 늦추고 당면한 적을 철저히 괴멸시키면서 적의 본격적인 공격을 기다려야 한다. 적을 돌파하기가 쉽다고 전진을 계속하게 되면 포위망에 걸려드는 것이다.

현재 정황을 보건대 본고선이 운밀대진을 구사하는 것은 참으로 적절했다. 소지선으로서는 한시라도 바삐 도주를 해야 할 입장이기 때문에 적의 틈이 발견되면 즉시 전진하려 할 것이 틀림없기 때문이다. 만약 적이 공격을 해 온다면 이미 금강 벽은 허물어진 것이니 이때 전진하면 된다. 그러나 이때에는 적의 대병력과 일시에 부딪쳐야 하기 때문에 전투의 밀도는 높아지고 위험 부담이 커진다.

이윽고 소지선은 인연의 늪에 도착하고 신보(身步)로 이동하기 시작했다.

"한곡! 저들이 보이지 않는군."

"예, 조금 더 가야 나타날 것입니다. 저들은 우리를 가급적 늪으로 깊게 끌어들이려 할 것입니다. 우리가 속계로 다시 도망할까 염려하는 것이지요."

"그렇겠군!"

이들은 이런 대화를 나누며 조금씩 늪으로 전진했다. 시시각각 격돌의 순간은 다가오고 긴장은 고조되고 있었다.

지금 인연의 늪을 넘어선 그리 멀지 않은 곳에서는 남선부 인연의 늪 경비 책임관인 좌여선(坐如仙)이 경비 본부에 막 도착했다.

경비대 선인들은 책임 선관 주위에 급히 모여들었다.

"어찌 되었습니까?"

이들은 인연의 늪에서 발생한 뜻밖의 사태에 대해 남선부의 대응 조치를 기다리고 있는 중이었다.

"모두들 이쪽으로 모이시오."

책임 선관은 경비선들을 모두 집합시켰다. 전체 인원이라야 열 명 남짓이었다.

"남선부의 명령을 받아왔습니다. 반가운 소식입니다."

좌여선이 이렇게 서두를 꺼내자 경비선들은 기대를 가지고 그를 주시했다. 좌여선은 부드럽게 말을 이었다.

"남선부에서는 지금의 사태를 중시하고 곧 병력을 동원하려는 모양입니다. 그리고 우리 경비대에게는 긴급 공격 명령이 하달되었습니다."

"공격 명령이라고 했습니까?"

한 경비선이 물었다.

"예, 그렇습니다."

좌여선은 웃으며 대답했다.

"우리의 인원으로 말입니까?"

경비선은 좌여선을 빤히 바라보며 물었다. 좌여선은 입을 꼭 다물고 고개를 끄덕였다. 남선부의 명령은 이제 분명했다. 경비대의 선인들은 일순 긴장한 모습을 드러냈다. 그러나 이내 얼굴빛을 밝게 하며 말했다.

"긴급 명령이라면 지금 출동해야겠군요!"

"그런 셈이지요! 갑시다."

경비대의 모든 선인들은 행동을 개시했다. 이들은 추호도 망설임이 없었다. 공무이기 때문이었다. 이들에게 공무란 곧 도덕이고 수련이기 때문에 마다할 이유가 없는 것이다. 설령 목숨을 버리는 한이 있어도 그것은 주어진 운명일 뿐 문젯거리가 되지 않는다. 선인들은 개인적 욕구에 관해서는 이미 초월해 있기 때문에 운명에 순응하는 힘이 강하다.

선인들에게는 어떤 행동을 하고 싶은가 하는 물음은 의미가 없다. 이들에게는 어떤 행동을 해야 하는가 이것만이 중요한 의미를 가질 뿐이다. 물론 이들에게도 바람은 있다. 그러나 그 바람이 운명과 부합되지 않을 때에는 오히려 자신이 부질없었다고 반성을 하는 것이다. 그래서 어떤 바람이 있다 해도 그것에 대한 미련이나 집착은 전혀 없다.

선인들이 일반적으로 바라는 것이 있다면 그것은 하늘의 근원적 운명에 응하여 거대한 섭리와 합일하는 것이다. 그런데 그것은 대개 선부의 공식 명령이나 도덕이 높은 선인들의 교시에 순응하는 데서 이룩될 수 있다.

지금 인연의 늪 경비대 선인들에게는 전장에 뛰어들라는 선부의 공식 명령이 떨어진 것이다. 선인들은 벌써 인연의 늪에 당도했다. 이들은 잠시 행동을 멈추었다.

"어디부터 달려들까요?"

경비선 하나가 효과적인 공격 방법을 물었다.

"음, 글쎄요. 일단 파고드는 데까지 파고들어가 봅시다. 우리의 공격은 소지선을 구하는 데 있으므로 뭔가 저들의 움직임이 있다면 그때가 바로 적시(適時)라고 봅니다!"

선인들은 다시 행동을 개시했다. 이와 거의 동시에 인연의 늪 저쪽 속계 쪽 입구에서도 상황이 전개되고 있었다.

"멈추시오!"

동화궁의 선인들은 앞에서 걸어오고 있는 소지선을 향해 위압적인 일성을 내질렀다.

"음? 이건 뭐야. 자네들은 누군가?"

소지선은 짐짓 태평한 척 물었다.

"우리들은 동화궁에서 나왔습니다."

"동황궁에서 나오다니? 여기엔 무슨 일로?"

"예, 대선관을 모시러 왔습니다."

"나를? 무슨 일로?"

"그것은 모르겠습니다. 우린 그저 명령을 받고 왔을 뿐입니다. 같이 가주셨으면 합니다."

동화궁 선인들은 겉으로는 예의를 차리는 듯하면서 속으로는 태세를 갖추고 있었다. 소지선은 이것을 이미 간파하고 있었다. 그러나 시치미를 떼고 말했다.

"음? 지금? 글쎄…… 나는 바쁜 일이 좀 있는데!"

"안 됩니다. 우리와 가주셔야 되겠습니다."

"허어, 자네들 무슨 말을 하는가? 느닷없이 길을 막고……."

소지선은 여전히 태평한 자세를 견지했다. 그러나 속으로는 이미 돌발 사태에 대처할 준비가 되어 있었다. 바로 옆에서 방관하고 있는 듯한 한곡선도 마찬가지이다. 한곡선은 적당한 시기가 되면 즉각 개입할 태세를 갖춰 놓고 있었다.

"대선관님, 긴 얘기는 가서 하시지요."

동화궁 선인의 말투가 거칠어지기 시작했다.

"자네들 성질이 급하군! 내가 못 가겠다면 어떻게 하겠는가?"

"그럼, 할 수 없습니다. 힘으로 데려갈 수밖에……."

"허허, 그런가? 마음대로 해 보게!"

소지선의 얼굴빛은 싸늘하게 바뀌었다.

"좋습니다! 무례를 원망 마십시오!"

동화궁 선인들은 이렇게 말함과 동시에 좌우로 갈라섰다. 공격 대형으로 전개된 것이었다. 선인들은 모두 여섯 명으로 이들은 벌써 내원(內源)의 기운을 끌어올리고 있었다.

그러나 공격은 소지선이 빨랐다. 소지선의 영혼에서 발출된 무망(无妄)의 기운은 섬광처럼 두 줄기로 뻗어 나갔다.

'으 ― 억'

선인 둘이 목을 뒤로 젖히면서 나뒹굴었다. 이들은 장구한 생애를 덧없이 마감했다. 이어 소지선의 풍력(豐力)이 부드럽게 펼쳐지자 네 명의 선인들이 무릎을 꿇었다.

이들의 얼굴은 고통으로 일그러졌고 전신이 흡사 가는 실로 한없이 친친 감은 듯한 느낌이었다. 이로 인해 몸은 전혀 움직일 수 없었고 정신의 활동도 압박을 받고 있었다.

"자네들은 이만 돌아가게!"

소지선은 기운을 풀고 냉정하게 말했다. 이들 선인은 소지선의 자비에 힘입어 목숨을 부지한 것이다. 선인들은 일어나서 두 손을 맞잡고 고마움을 표시하고는 우측 숲으로 사라졌다. 소지선은 이들이 사라지자 잠시 휴식을 취했다. 피로한 모습이 약간 보이고 있었다.

"도형! 인정을 두지 마십시오! 아무래도 도형께서 다치게 될 것 같습니다."

한곡선이 그 기색을 살피며 말했다.

원래 뇌화(雷火)의 기운, 즉 풍력이란 적을 부드럽게 감싸서 제압하는 것이어서 힘이 훨씬 더 들게 마련이다. 이에 비해 천뢰(天雷)의 공격, 즉 무망의 공격은 힘을 거칠게 내뻗는 것이니 아주 수월하다.

이는 적과 결투 중 주먹으로 치는 것과 적을 잡아 비트는 것에 비유될 수 있다. 따라서 힘이 아주 막강하지 않으면 전투 중 풍력을 사용하는 것은 위험하다. 풍력이란 다수가 소수를 제압할 때 사용하는 것이지 혼자서 여럿을 상대할 때는 적절한 방법이라 할 수 없다.

물론 이 사실은 소지선도 잘 알고 있다. 그러나 소지선의 성품이 워낙 인정이 많아서 자신의 위험을 무릅쓰고 적에 대한 살상을 자제하고 있는 것이다. 한곡선은 이를 경고한 것이다. 소지선은 허탈한 표정을 지으며 말했다.

"알겠네, 전진하세!"

두 선인은 다시 전면으로 이동해 나아갔다. 인연의 늪은 하계의 기준으로 본다면 꽤나 넓은 편이다. 그러나 아름다움이라고는 전혀 찾아볼 수 없는 삭막한 풍경이었다. 사방 수백 리의 지역에 예쁜 꽃이라든가 약이 되는 묘초(妙草) 등 신선한 풀들은 거의 찾아볼 수 없었고, 거친 거목들만 무수히 산재되어 있었을 뿐이다.

이 지역엔 흐르는 물도 없었다. 물이라곤 도처에 고여 있는 썩은 물들이 이루어 놓은 크고 작은 죽음의 연못이 고작이다.

잡초들도 유난히 거칠다. 바위들도 마찬가지이다. 바위들은 침울한 빛깔에 엉뚱한 위치에 자리 잡고 있고, 아주 예리한 돌출들이 불길한 기분을 자아내고 있다. 그리고 생물들도 있는데, 하나같이 해로운 벌레들뿐이고 산짐승들이나 아름다운 소리를 내는 새 같은 종류는 일체 없다.

바람은 가끔씩 약하게 불기는 하지만 악취를 몰고 다니는 독풍(毒風)일 뿐 만물에 생기를 주는 신선한 것은 아니었다. 게다가 기후는 일년 내내 무더위가 계속되고 어두침침하였다.

만약 세속의 연약한 인간이 이런 환경에 처해 있다면 일각(一刻)도 버티기 어려울 것이리라. 지금 이러한 죽음의 땅에 선인들이 진을 치고 작전에 임하고 있다.

소지선과 한곡선은 느린 속도로 전진을 계속하고 있었다. 어느 방향으로 가야만 쉽게 인연의 늪을 벗어날 수 있을 것인가? 그러나 그러한 방향이 있을 턱이 없다.

유적선이 이끄는 동화궁의 선인 부대는 모든 지역을 물샐틈없이 차단하고 있었다. 그 방벽은 필요한 지역으로 즉각 이동이 가능하다.

선인들의 감지 능력은 인간의 상상을 초월해 있기 때문에 이 벽을 피해 빠져 나간다는 것은 절대로 있을 수 없는 일이다.

소지선과 한곡선은 여러 방향의 기색을 탐지하면서 가급적 조용히 이동하고 있었다. 그러나 유적선 측에서는 소지선의 동작을 한시도 놓치지 않고 파악하고 있는 중이다.

드디어 또 한 무리의 선인들이 출현했다. 이번에는 십여 명이나 되는 인원이었다. 이들은 즉각적인 태세를 갖추고 한 선인이 한 걸음 걸어 나와 정중하게 읊조렸다. 그러나 언성만 정중했지 말의 내용은 분명한 검문이었다.

"소지 대선관이 아니십니까? 어찌하여 이쪽으로 오시는지요?"

"뭐? 이곳은 남선부 관할 지역일세! 그리고 나는 남선부 대선관이야. 자네들은 누구의 허락을 받고 여기에 와 있나?"

소지선의 말은 차가웠고 명분이 정확했다. 그러자 선인은 잠시 대답을 잊고 가볍게 웃고 있었다. 이미 서로가 알고 있는 내용을 주고받고 있기 때문이었다.

뒤쪽의 선인들은 서서히 공격을 펼치고 있었다. 이들은 앞의 선인이 수작을 주고받는 틈에 선제공격을 하려는 것이 분명했다. 소지선이 이런 생각을 함과 동시에 선인들의 공격이 시도되었다.

"야 — 압"

기합과 함께 다섯 줄기의 기운이 각 방향에서 소지선의 몸으로 답지했다. 이들은 소지선에게 상처를 입히고 추후 체포를 감행하려는 의도였다. 극강의 기운이 소지선의 몸을 여지없이 강타했다.

"쫘 — 꽝"

실로 위험한 기운이 소지선의 틈을 찌른 것이었다. 이러한 공격은 사전에 정밀히 계획된 것이 틀림없었다. 이로써 소지선은 상처를 입고 말 것인가? 소지선은 공격을 받은 찰나에 이미 당했다라고 생각했다. 잠깐의 방심이 부른 통한의 실수였던 것이다.

그러나 소지선은 상처를 입지 않았다.

"아니! 이게 웬일이지?"

소지선은 잠깐 동안 영문을 몰랐다. 그러나 이내 원인을 깨달았다. 그것은 한곡선 때문이었다. 한곡선은 저들의 공격에 바로 앞서 소지선의 몸을 향해 풍수환(風水渙)의 기운을 발사한 것이다. 이 기운은 부드러운 호신의 기운으로써 부딪쳐 오는 강기(剛氣)를 무산시키는 힘이 있다.

이 힘은 펼치기가 여간 힘든 것이 아니다. 상당한 경지에 있는 선인만이 가능한 일이지만 그만한 실력에 이른 선인이라 할지라도 모든 힘을 한 번에 다 쏟아내야만 확실한 방어의 효과가 있는 것이다.

한곡선은 전신의 힘을 인출하여 소지선 보호에 썼거니와 소지선은 간발의 차이로 큰 위험을 모면할 수 있었다. 그런데 이런 생각을 할 겨를도 없이 제2의 공격이 발출되려 하고 있었다. 먼저 공격을 시도했던 선인들은 옆으로 피하고 다른 선인들이 두 번째 공격을 감행하려는 것이다.

공격에 나선 선인들은 세 명이었다. 소지선은 이들의 표정에서 그것을 감지할 수 있었다. 저들은 또 한 차례의 공격을 소지선에게 퍼부을 것인가? 저들은 아예 소지선을 죽이려고 작정이라도 했단 말인가?

사실 먼저 있었던 공격만으로도 보통 선인이었다면 벌써 즉사했을 것이다. 그런데 재차의 공격은 무엇을 의미하는가? 소지선은 이 순간 하나의 생각이 번개같이 떠올랐다. 그렇다! 저들의 공격은 그 목표가 한곡선인 것이다.

한곡선은 지금 있는 기운을 다 쏟아내고 잠시 휴식을 취하고 있는 중이었다. 말하자면 무방비 상태인 것이다. 약한 공격이라 할지라도 한곡선은 치명적인 손상을 입을 것이다. 소지선은 찰나 동안 이런 생각을 해내고 즉각적인 행동을 일으켰다.

"야압 —"

육중한 기합성과 함께 섬광이 번뜩였다.

세 줄기의 기운은 소지선의 몸에서 뻗어 나와 공격을 준비 중인 선인들을 강타했다.

"악 —"

"으 —"

"억 —"

세 명의 선인들은 그 자리에서 엎어지고 나뒹굴었다. 이어 소지선은 숨 돌릴 사이도 없이 한걸음 나서면서 앞에서 말을 걸던 선인을 향해 신공(神功)을 펼쳐냈다.

"퍽 —"

소지선은 손바닥으로 선인의 가슴을 강하게 밀어 친 것이다.

"욱 —"

선인은 그 자리에서 굳은 듯하더니 울컥 피를 토하며 주저앉았다. 선인들의 결투에서는 여간해서는 신공을 사용하지 않는다. 이것은 번거로울 뿐 아니라 모양도 그리 점잖아 보이지 않는다.

더구나 심공에 비해 살상력도 약하고 근접을 해야 하는 등 시간의 소모도 많기 때문에 지금처럼 결사적으로 임해야 하는 전투에서는 신공은 효과적이지 않다.

그러나 소지선이 굳이 신공을 펼친 것은 적이 바로 앞에 있기 때문이기도 하지만 이 선인이 대화를 하는 척하면서 술수를 부렸기 때문에 이를 응징한다는 뜻이 있었다.

몸을 사용하여 공격하는 것이 비록 그 파괴력이 적을 수도 있지만 노골적으로 적을 접촉하여 공격하기 때문에 강한 적대의식이 표현된다는 의미가 있다.

따라서 공격을 받은 쪽에서 보면 그만큼 치욕을 받은 셈이 된다. 물론 선인들끼리의 결투에서 신공으로 적에게 결정적인 손상을 주기 위해서는 실력차가 상당히 있어야만 한다.

아무튼 지금 소지선의 공격을 받은 선인은 치명적인 손상을 받아서 즉시 조처하지 않으면 목숨을 구할 수 없는 지경이다. 소지선은 공격을 펼친 직후 큰 소리로 말했다.

"멈춰라!"

동화궁의 선인들은 즉시 행동을 멈추고 소지선의 기색을 살피면서 있었다. 이들은 동료 하나가 소지선의 신공을 받아서 쓰러진 것에 약간은 당황하고 있는 것이다. 선인들은 구체적인 공격에 의해 몸에 상처를 입는 것에 큰 슬픔과 수모를 느끼는 법이다.

선인들에게는 죽음이란 조용히 찾아오고, 또 몸은 평화롭고 온전하게 유지되어야 하는 것이다. 죽을 때 몸이 찢겨지고 피를 흘린다든지 하는 것은 크게 상서롭지 못한 것이다.

소지선의 말이 차분하게 들려왔다.

"자네들! 이 분을 데려가게. 빨리 치료하면 살 수도 있네."

소지선이 이렇게 말하는 데는 두 가지 뜻이 포함되어 있었다. 하나는 상처를 입은 자를 급히 치료하라는 것이고, 또 하나는 너희들도 이런 일을 당할 수 있다는 뜻이다.

선인들은 소지선을 쏘아봤지만 세(勢)가 불리하다고 느꼈는지 상처 입은 선인을 데리고 급히 사라졌다.

"한곡! 고맙네."

소지선은 선인들이 물러가자 한곡선이 방금 전 자신을 구해준 것에 대해 감사를 표했다.

"도형! 이제부터는 냉정해지셔야 되겠습니다…… 적을 믿어서는 안 돼요!"

"잘 알겠네. 그럼 또 가보세!"

소지선은 미소를 지어 보이고는 숲 속을 향해 발걸음을 옮겼다. 활로 개척을 위한 소지선의 진격은 아직은 순탄하게 이루어지고 있었다. 그러나 유적선의 진영에서는 소지선을 앞뒤에서 몰아붙이기 위해 때가 무르익기를 기다리고 있는 중이었다.

"지금 상황이 어떤가?"

유적선은 부관을 돌아보며 물었다.

"예, 소지선은 우리가 예상한 지역으로 접근하고 있습니다. 포위가 순조롭게 진행 중이지요."

"접전은 없었나?"

"두 번 있었습니다. 피해도 좀 있습니다만……."

"음…… 당연하겠지!"

유적선은 고개를 끄덕이며 마음속으로 소지선을 그려봤다. 소지선은 유적선보다 품계가 몇 단계 높다. 그러나 서로 대결을 한다면 누가 낫다고 단언할 수 없다.

유적선은 속으로 실력을 비교하면서 은근히 대결을 기대하고 있었다.

'내가 직접 나서고 싶군! 소지선의 실력을 알고 싶어⋯⋯.'

유적선은 소지선을 체포해야 하는 자신의 임무 외에도 소지선과 대결하여 자신의 실력이 그를 넘어서 있다는 것을 입증하고 싶었다. 그래서 유적선은 지금 망설이고 있는 중이었다.

소지선을 선인 부대가 무자비하게 밀어붙여 상처를 주고, 체포를 하느냐 아니면 먼저 자신과 대결을 시도해 볼 것인가를 속으로 계산하고 있었다.

유적선은 공연한 승부욕으로 번민하고 있는 것이었다. 이때 선인 하나가 유적선의 처소에 들어오고 있었다.

"⋯⋯."

"보고 드릴 일이 있습니다."

"무언가?"

"숲 속에서 이상한 동정이 발견되었습니다!"

소지선의 일이라면 이렇게 보고하지 않을 것이다. 유적선은 가슴이 뜨끔했다. 무엇인가 심상치 않은 기분이 들었기 때문이었다.

"숲 속이라면 어느 쪽 말인가?"

"후방 쪽입니다."

"무엇이라고? 후방 쪽? 규모는?"

"십여 명 정도가 되는 것 같습니다."

"그런가? 그들의 정체는?"

유적선은 이상한 동정이란 것이 겨우 십여 명 정도의 움직임이라고 하자 적이 안심하며 물었다.

"예, 확인은 안 해 봤습니다만, 아마도 경비대 같습니다. 정기 순찰이 아닐까요?"

"정기 순찰? 그럴 리가 있나?"

지금 상황에서 정기 순찰이라면 확실히 이상하다. 경비대에서는 이곳을 다녀간 바 있어서 이곳 상황이 대규모의 긴급한 작전 중이란 사실을 알 것이 아닌가?

순찰은 어떠한 것이든 연기되어야 마땅하다. 그런데 이렇게 무단으로 작전 지역에 들어오다니!

유적선은 의아스럽게 생각하며 명령을 내렸다.

"가서 알아보고 와! 아니, 그들을 데려오게!"

"예, 다녀오겠습니다."

보고를 마친 선인은 물러갔다. 그러자 또 한 선인이 들어왔다. 이 선인은 급한 걸음으로 들어왔고 다급해 보였다.

"......"

"남선부에서 사람이 왔습니다."

"음? 남선부?"

유적선은 깜짝 놀라면서 자세를 바로 했다. 드디어 우려하던 느낌이 현실로 나타난 것일까? 유적선은 소지선을 감시하면서부터 가끔씩 불길한 예감이 들었는데 이것과 관련이 있는 일일까?

선인들은 누구나 대개 길흉에 대해 사전에 어떤 느낌을 감지할 수 있다. 물론 현저하고 자연스러운 일인 경우에 한해서이지만, 선인들은 시간과 공간 그리고 생명의 근저인 심정계까지 감지가 쉽게 이루어지는 것이다.

이것은 마치 속인들의 오관 감각처럼 평상적인 것이지만 확대될 때에는 그 한계가 없다. 유적선은 근심어린 표정으로 다시 물었다.

"남선부에서 누가 왔는가?"

"정현선입니다!"

"음? 정현선?"

유적선은 가슴이 철렁했다. 정현선이라면 남선부에서 제법 지체가 높은 선인으로 남선부 위선(衛仙)을 지휘하는 책임 선관이 아닌가?

"병력을 이끌고 왔나?"

유적선은 자신의 근심을 구체적으로 드러내면서 물었다.

"병력이요? 글쎄요…… 병력이랄 것은 없고 상시열을 동원했나 봅니다. 인원은 서른 명 남짓입니다."

"그래? 그들이 왜 왔을까?"

유적선은 마음이 편안해지는 것을 느꼈다. 저들이 비록 남선부에서 왔다고는 하지만 대수로운 규모가 아니다.

유적선은 미소를 지으며 말했다.

"상시열을 이끌고 왔다면 의전 방문(儀典訪問)이군…… 가서 모시고 오게!"

이렇게 해서 선인은 또 물러갔다. 그러자 옆에 있던 부관이 말했다.

"여러 가지 일이 있군요!"

"음, 그렇군…… 징조로 봐야 할까?"

선인들의 세계에서는 일상적으로 발생하는 일들에 대해서도 미래와 관련된 어떤 징후로 해석하는 경우가 흔히 있었다. 인간의 경우에는 어떤 사물에 대해서 오직 그 구성, 혹은 인과적 내용만 파악하지만 선인들은 하나의 사물을 그 자체보다 징후적 해석을 먼저 하는 것이 습관화되어 있다.

유적선은 자신의 느낌도 심상치 않았는데 선인들이 연이어 나타나자 마음이 편치 않았다. 게다가 부관마저 나타난 선인들에 대해 여운을 두고 말하자 징후 여하를 물은 것이다.

부관은 무엇을 생각하는 듯하면서 대답했다.

"기분이 안 좋습니다. 일을 빨리 마치고 돌아갔으면 합니다."

"그래. 이 지역에 오래 있을 필요가 없지!"

두 선인이 이렇게 염려스러운 대화를 나누고 있는 사이 머지않은 숲 속에서는 경비대 선인들의 이동이 계속되고 있었다. 이들은 몹시 신경이 쓰이게도 은밀히 이동하고 있는 것이었다.

"멈추시오!"

이들 앞에 유적선 휘하의 선인들이 돌연 나타났다.

"……."

"어디로 가는 길이오?"

"예? 무슨 말씀이시오? 이곳은 우리의 관할 지역이고, 또 우리는 통상 업무를 수행 중인데……."

경비대 책임 선관인 좌여선은 일부러 과장된 의아심을 보이며 말했다. 동화궁의 선인들이 생각하기에도 좌여선이 말한 것은 명분이 정확했다. 단지 자기네들이 소지선을 체포하기 위해 대대적인 작전을 벌이고 있는 것이기 때문에 이들의 명분을 곧이곧대로 이해해 줄 수 없는 것이다.

말하자면 인연의 늪은 현재 동화선부의 점령지로 볼 수 있는 것이다. 물론 그 점령은 불법적인 것이 분명하다. 그러나 군사적인 성격을 띤 이번 작전에 크게 적법성을 논할 수는 없는 것이다.

"통상 업무라고 하셨소? 그것이 무엇인데요?"

동화궁 선인은 타이르듯 부드럽게 물었다.

"정기 순찰이오!"

"그렇겠군요! 그러나 안 됩니다. 지금은 작전 중이므로 당분간 업무는 중지해야 합니다."

"예? 누가 그것을 정했습니까? 우리는 남선부의 통제를 받고 있습니다."

"알고 있어요. 그런 말은 우리의 지휘 선관께 가서 하시지요. 갑시다!"

동화궁 선인의 말투가 다소 냉정해졌다.

"예? 가자니요? 강제로 말입니까? 우리가 순찰을 못하면 그만이지 당신네들을 따라갈 필요는 없는 것 아니오?"

경비대 책임 선관인 좌여선의 말은 아주 합당했다. 동화궁 선인은 잠시 망설이다가 말을 했다.

"좋습니다. 어서 인연의 늪을 떠나시오! 그리고 우리가 떠날 때까지 오지 마시오!"

이 말은 듣고 좌여선은 속으로 생각했다.

'이들을 처치해야겠어. 그런데 현재 소지선께서는 어떻게 되셨을까? 음, 이것부터 먼저 알아봐야겠군!'

좌여선은 한 가지 방법을 생각해 내고는 동화궁 선인을 빤히 보며 말했다.

"작전 중이라니 떠나야겠군요. 그렇지만 우리는 나중에 임무를 소홀히 했다고 남선부로부터 추궁을 받을 것이 뻔합니다. 그러니 이렇게 하면 어떻습니까?"

"……."

"우리가 지금 갈 곳은 인연의 늪 출구 쪽인데 형식적으로 잠깐 돌아보고 오면 어떻겠습니까? 지금 당신네들이 작전 중이라 해도 어차피 대기 중이 아닙니까? 그러니 그 사이에 둘러보고 나오지요."

좌여선은 이렇게 말해 놓고 동화궁 선인들의 기색을 살폈다. 대답 여하에 따라 현재의 상황을 파악할 수 있는 것이다.

"안 됩니다! 그곳은 현재 전투 중입니다."

동화궁 선인의 대답은 분명했다. 지금 소지선이 출현하여 전투가 벌어지고 있다는 뜻이다.

"음, 그렇군요! 그렇다면⋯⋯."

좌여선은 이렇게 말하며 동료 선인들을 슬쩍 바라봤다. 이 순간 좌여선의 뜻이 은밀히 전해졌다. 곧이어 차가운 기합 일성이 터져 나왔다.

"야 — 압"

이와 동시에 동화궁 선인 네 명이 쓰러졌다.

"으 — 억"

동화궁 선인들은 무방비 상태에서 공격을 받고 미처 생각할 틈도 없이 생을 잃어버렸다. 좌여선은 쓰러져 있는 선인들을 잠깐 바라보며 속으로 미안함을 느꼈다. 이들과는 개인적인 원한이 있는 것은 아니었다. 그런데도 서로 죽이고 죽임을 당하는 운명을 맞이할 수밖에 없었던 것이다.

이러한 운명은 수십억 겁 누적된 자연의 섭리에 의한 것이었을까? 좌여선의 마음속에는 잠시 이러한 생각이 떠올랐는지도 모른다.

"가시지요!"

옆에 서 있던 선인이 좌여선을 일깨워주었다. 지금의 상황으로 감상에 젖어 있을 수가 없는 것이다. 어쩌면 이들 선인들도 머지않아 같은 운명을 맞이할지 알 수 없었다.

선계(仙界)의 전쟁

남선부 경비대는 처음으로 조우한 동화궁 선인들을 물리치고 다시 진격을 시작했다. 이제 이들의 방향은 확실히 정해졌다. 인연의 늪이 끝나는 곳에 소지선이 있는 것이다.

한시라도 빨리 소지선과 접촉을 해야 한다는 생각으로 경비대 선인들은 행군의 속도를 높이고 있었다. 이들은 자신들의 움직임이 노출될 때까지 최대한 깊숙이 돌파해 나갈 작정이었다. 만일 소지선과 만날 수만 있다면 소지선에게 남선부의 소식을 전할 수 있을 뿐만 아니라, 자신들의 힘이 시간을 끄는데 다소나마 도움을 줄 수 있을 것이다. 요는 시간이 문제였다. 남선부의 대군이 도착할 때까지 시간을 끌고 있어야 한다.

그런데 소지선은 자신에게 우군이 오고 있다는 것을 알고 있을까?

소지선의 앞길에 또 한 차례의 장애가 출현했다.

"멈추시오!"

나타난 선인들은 세 명으로 그 중 하나가 이미 공격을 개시했다.

"야 — 압"

한 줄기의 섬광이 한곡선을 향해 번쩍였다. 이들은 처음부터 아예 한곡선을 처치하기로 작정을 해 둔 것 같았다. 뒤이은 공격도 바로 한곡선을 향해 날아왔다.

"얍 —"

"얍 —"

두 선인의 몸에서 발출된 무망의 힘이 하나로 합쳐지면서 한곡선의 몸을 강타했다.

"꽝 — 꽈앙"

한곡선은 세 명의 선인으로부터 거의 동시에 공격을 받은 것이다. 한곡선이 무방비 상태였는지 어떤지는 모르겠지만 소지선은 크게 놀라고 말았다.

"한곡!"

공격을 가한 선인들도 한곡선을 바라봤다. 이들 선인이 한곡선을 바라보는 것은 특별한 의미가 있는 것이 아니고 단순히 죽음의 확인 절차였는데, 이 순간 이상한 일이 발생했다. 마땅히 쓰러져 있어야 할 한곡선이 태평히 서 있는 것이 아닌가!

'아니? 저럴 수가!'

이번에는 오히려 공격한 선인들이 놀라고 있었다. 이때 소지선이 한곡선을 흘끗 바라보고는 한 걸음 앞으로 나섰다. 소지선의 얼굴은 안도의 미소가 순간적으로 나타났다 사라지면서 차갑게 변했다.

"자네들, 이 무슨 짓인가? 아무 상관없는 사람을 공격하다니!"

소지선의 목소리는 살기를 가득 담고 있었다.

"……"

세 명의 선인들은 두려움으로 잠시 할 말을 잊고 있었다. 다시 소지선의 말이 차갑게 떨어졌다.

"어서 대답을 하게! 묻고 있지 않은가!"

그러자 한 선인이 마지못해 대답했다.

"저희들은 명령을 받고 있습니다."

"명령이라니? 무슨 명령인가?"

"예. 한곡선을 처치하라는 명령입니다."

"이유가 뭔가?"

"소지 대선관님과 함께 다니기 때문입니다."

"무어? 나와 함께 다니기 때문에? 자네들 정신이 나갔군! 안 그런가?"

소지선은 다분히 설득조로 물었는데 다른 선인이 대답했다.

"모르겠습니다. 우리는 생각할 권리가 없습니다. 우리에게는 오직 명령에 따르는 것이 도덕입니다."

"음? 도덕? 허참……."

소지선은 잠시 말문이 막혔다. 어쩌면 이들의 말이 맞는지 모른다. 선부의 작전 부대에 소속되어 있는 선인은 명령 복종이 전제되어 있는 것이다. 명령에 불복하려면 애당초 부대에 배속되는 것을 거부했어야 한다. 선악을 분별하는 등의 판단권은 이미 양보된 사항이다.

소지선은 고개를 끄덕이며 말했다.

"알겠네. 자네들은 물러가게!"

"물러가겠습니다!"

선인들은 가볍게 읍을 하고 신속히 물러갔다. 이들은 한곡선에게 공격을 해 본 것으로 이미 패배가 결정 나 있었다. 그런 것을 소지선이 관대하게 보내 준 것이니 고마움을 표시하고 사라진 것이다. 선인들의 전투는 종종 이런 식으로 되는 수가 있다.

물론 한쪽에서 관용을 베풀지 않으면 사생결단을 내야 할 것이다.

소지선은 선인들이 떠나가자 한곡선을 바라보며 물었다.

"한곡! 다친 곳은 없나?"

"괜찮습니다."

한곡선은 밝은 표정을 지어보였다.

"그래? 대단하군! 세 명의 공격을 몸으로 받아 내다니……."

"저들이 약했나 보지요!"

"아니야. 자네는 공력이 나보다 높은 것 같애……."

"하하하, 무슨 말씀을 그리하십니까? 갈 길이나 가시지요!"

한곡선은 소지선의 말을 긍정도 부정도 하지 않았다. 소지선은 웃으며 고개를 끄덕이더니 이내 앞장서 갈 길을 재촉했다. 이들은 탈출을 위해 적을 향해 나아가는 것이다. 일의 성패는 운명에 맡겨져 있었다.

당초 이들의 운수는 뇌천대장(雷天大壯)으로서 건영이가 점지해 준 바 있거니와, 이 괘상은 시간이 지날수록 일이 잘 풀리는 것으로 되어 있다. 이는 갇혀 있는 양의 기운은 결국 풀려 나갈 수밖에 없는 자연의 이치를 말한 것이지만 그렇게 단순할 수만은 없다.

우선, 뇌천대장의 괘에서 위에 있는 우레는 심한 압박을 받는다. 이것이 오래되면 수괘(水卦)로 바뀌어 전체상이 수천수(水天需:☵☰)로 바뀌지만 이 괘상도 여전히 험난한 것이다. 지금 소지선이 감당하고 있는 운수가 바로 이 괘상이다.

이는 험난한 바다를 건너는 것과도 같은 일을 맞이한다는 뜻이 있다. 소지선의 바로 앞길에는 적이 험한 바다를 이루고 있는 것이다. 건영이는 괘상을 통해 시간이 지날수록 적이 약해진다는 것을 시사

해 주었다. 소지선의 마음은 이러한 기대를 가지고 험난함에 대항을 하고 있는 것이다.

소지선을 잡으려 하는 유적선은 지금 또 다른 국면을 맞이하고 있었다.

"정현선이 왔습니다!"

한 선인이 유적선의 군막으로 들어와서 보고를 했다.

"모셔오게!"

유적선은 짐짓 위엄을 갖추며 지시했다. 잠시 후 정현선이 들어섰다.

"어서 오시오!"

유적선은 자리에서 일어나면서 친절한 인사를 건넸다.

"안녕하시오?"

정현선도 태연히 인사를 건넸다. 두 선인의 전투는 보이지 않게 이미 시작되고 있었다.

"먼 길을 오시었군요! 무슨 일로 여기 오셨는지는 모르겠지만……."

유적선이 먼저 남선부에서 이곳까지 찾아 온 정현선을 꼬집어 말했다. 이는 자신은 누가 뭐라고 하든지 거리낌이 없다는 표현이었다. 옥황부에서 나왔든, 남선부에서 나왔든 간에……. 정현선은 유적선의 태연자약한 말투에 반감을 느끼면서 대꾸했다.

"유적선이야말로 먼 곳에서 오신 것이 아닙니까? 이곳은 우리의 관할 지역인데……."

정현선은 인연의 늪이 남선부 관할이란 것을 넌지시 비치면서 유적선의 기색을 살폈다. 그러자 유적선은 웃음을 띠며 말했다.

"당신은 그것을 밝히기 위해서 이곳까지 오셨군요? 우리가 이곳을 영구히 차지하기라도 할까 봐…… 그렇지요?"

유적선의 말투는 깔보는 태도가 역력했다. 정현선은 속으로 불쾌함을 느꼈지만 태연하게 외교적으로 말했다.

"바로 맞혔습니다. 하하하…… 우린 당신네들이 이곳에서 떠나주기를 바랍니다."

"그런가요? 우린 이곳에 일이 좀 있는데요……."

유적선은 상대방이 뜻밖에도 부드럽게 나오자 잠시 머뭇거렸다. 그러자 정현선은 더욱 목소리를 낮추면서 은근하게 말했다.

"알고 있습니다. 이미 한 차례 사건이 있었더군요. 그러나 내 입장이 곤란합니다."

정현선은 얼굴을 조금 찡그리면서 아주 난처하다는 표정을 지었다. 어떻게 보면 사정하는 듯 보이기도 했다. 책임자인 자신을 생각해서 좀 봐달라는 것이다. 유적선은 난감했다. 정현선이 저토록 약하게 나오니 큰소리치기가 민망했다. 그러나 소지선을 거의 체포한 것과 마찬가지인 현 상태에서 물러날 수는 없는 것이니 최대한 부드럽게 말할 뿐이었다.

"정현선! 당신의 입장을 모르는 바는 아니오. 그러나 우리도 입장이 곤란합니다. 평허선공의 명이시니 오죽하겠습니까? 부득이 우리는 하던 일을 마저 계속할 수밖에 없어요. 이해를 바랍니다."

유적선은 평허선공을 거론해 명분을 내세우고 말투도 아주 공손하게 해서 거절하기 힘들게 만들었다. 두 선인은 지금 팽팽하게 대결하고 있는 것이다. 정현선이 말했다.

"평허선공의 명이시란 말씀이지요? 곤란하겠군요! 그럼 어떻게 하나? 나는 이해할 수 있지만 대선관이 문제로군요!"

"대선관이라니요?"

"예. 분일선을 말합니다. 지금 대군을 이끌고 이곳으로 오시고 계십니다. 남선부에 총동원령이 내려졌습니다. 그래서 내가 먼저 와서 충돌을 방지하려는 것인데……"

정현선은 고개를 저으며 마치 유적선을 생각해 주는 척했다. 실로 고도의 협박이 아닐 수 없었다.

"……"

유적선은 속으로 가볍게 놀라는 한편 상황을 다시 점검해봤다.

'대군이 온다고? 필경 그런 것 같군! 큰일이 일어나겠는데! 우리가 불리할 거야.'

유적선은 옆에 있는 부관의 얼굴을 흘끗 쳐다보고는 다시 생각했다.

'그렇다고 물러날 수는 없지. 일은 곧 종결될 텐데…… 어떻게 하나? 그렇지! 시간을 좀 얻을 수밖에……'

유적선은 여기까지 생각하고는 밝은 얼굴로 정현선을 돌아봤다.

"잘 알겠습니다. 우리가 물러가지요. 오늘 안으로 철수하겠습니다. 그러니 하루만 시간을 주시지요."

유적선의 생각은 일을 재빨리 처리하고 떠나면 그만이라는 계산이었다. 그러나 정현선이 재촉했다. 이번에도 협박이다.

"오늘 안으로 떠나신다고요? 글쎄요, 저로서는 충분히 이해하겠습니다. 그런데 분일선께서는 오늘 안에 당도하실 것입니다. 그분은 철수를 원하는 게 아니십니다. 절대로 그냥 보내지 않으실 것입니다. 그러니 서로 부딪치지 않으려면 당장 떠나는 게 좋을 것 같군요."

"……"

유적선은 할 말을 잊고 잠시 또 생각해 봤다.

'그럴 테지! 분일선의 성격은 보통이 아니야. 서둘러야겠군.'

이렇게 생각한 유적선은 정현선을 다정히 바라보며 말했다.

"알겠습니다. 충돌을 방지하려는 정현선의 마음에 감복했습니다. 곧 떠나지요. 그러나 시간이 약간 걸리겠군요. 지금 휘하 선인들은 인연의 늪 전 지역에 퍼져 있기 때문에……. 모두가 집합할 때까지만이라도 시간을 주십시오."

"좋습니다. 유적선께서 이해를 해 주시니 고맙습니다. 그럼, 저는 분일선께서 오시는 것을 지체시키고 있겠습니다. 모든 일을 한 시간 안에 끝내주십시오."

이렇게 말하고 정현선은 떠나갔다. 그러자 유적선은 부관을 돌아보며 말했다.

"본고! 지금 즉시 일전을 벌여야겠군! 운밀대진을 풀고 소지선을 향해 일제히 쇄도해 가야겠어. 소지선이 하계 쪽으로 피하지는 않겠지?"

"그 점이 염려됩니다. 아직 출구 쪽의 봉쇄가 완결되지 않았습니다. 그러나 상당수의 선인들이 그쪽으로 이동해 있습니다. 계속 밀어붙여 보지요!"

"음, 어서 가보게!"

"예. 즉시 시행하겠습니다."

본고선은 급히 떠나갔다. 부관이 떠나가자 유적선은 자리에서 일어나 군막 밖으로 나왔다. 밖에는 많은 선인들이 대기하고 있었다.

"저쪽은 어떻게 됐나?"

유적선은 숲 속을 거닐고 있는 경비대 소속선인들에 대해 물었다. 그들은 정현선이 다녀가기 전에 출현하여 무단으로 행군하고 있는 중이었다.

"예. 데리러 갔습니다. 곧 올 것입니다."

옆에 있는 선인이 이렇게 말하자마자 작전 지역에 나가 있던 한 선인이 나타났다.

"일이 생겼습니다!"

"음? 일이라니?"

"경비대의 공격을 받았습니다. 네 명이 죽었습니다."

"무어? 그들이 공격했단 말이야?"

"그렇습니다!"

"허어, 일이 이상해지는군! 빨리 출동해서 없애버려! 아니, 내가 직접 가야겠군!"

유적선은 이렇게 말하고는 즉시 행동을 개시했다. 군막 밖에 서 있던 선인들도 유적선을 뒤따라 사라졌다. 잠시 후 이들이 나타난 곳은 조그마한 연못이 있는 지역이었다. 연못의 둘레에는 거친 잡초가 아무렇게나 자라 있었고 물은 혼탁해서 내면이 보이지 않았다.

한편에는 메마른 듯한 거목들이 스산하게 서 있었다. 저쪽 숲 속에서 기척이 나더니 이내 선인들이 나타났다. 세 명의 경비대 선인들이었다. 유적선은 가만히 서서 그들을 지켜보고 만 있었다.

"……."

유적선과 마주친 경비대 선인들은 흠칫 놀라며 제자리에 멈추었다. 이와 동시에 육중한 기합 일성이 숲을 흔들었다.

"얍 —"

"으 — 억, 악."

유적선의 공격은 세 명의 선인들을 그 자리에서 즉사시켰다. 이들 선인들은 분산하여 인연의 늪 출구로 향하던 중 강적을 만난 것이었다.

유적선은 쓰러진 선인들을 잠시 바라보더니 휘하 선인들에게 말했다.

"흩어져서 가는 것 같은데…… 필경, 소지선에게 무슨 연락을 하러 가는 것일 거야. 자네들이 흩어져서 찾아보게! 찾는 즉시 없애버리면 되는 거야. 나는 본대(本隊)에 합류해야 되네."

"예. 어서 가보십시오. 이곳 일은 저희가 하겠습니다."

유적선을 숲을 향해 뛰어들었다. 동화선궁의 본대는 이미 움직이고 있었다. 이들 대병력은 간진(艮陳)을 치고 있다가 진진(震陣)으로 바꾼 것이다. 그리고 인연의 늪 출구에 나가 있는 선인들도 감진(坎陣)을 간진으로 바꾸었다.

전체적인 형상은 산뢰이(山雷頤:☶☳)로서 적의 퇴로를 차단함과 동시에 포위망을 압축하기 시작한 것이다.

소지선은 화뢰서합(火雷噬嗑:☲☳)과 산화비(山火賁:☶☲)의 이괘(離卦)를 이루면서 시시각각 운명의 시간으로 다가서고 있었다. 화뢰서합의 상괘(上卦)인 이괘(離卦)는 입 속에 들어 있는 음식물에 해당되고, 산화비의 하괘인 이괘(離卦)는 산어귀에 붙어서 넘지 못하는 상이니, 둘 다 위태로운 지경이 풍전등화와 같은 것이다. 유적선이 본대에 합류했을 때는 소지선과 조우를 바로 앞두고 있었다.

"현재 상황은?"

유적선은 뇌괘진형(雷卦陣形)의 선두에 도착하자마자 부관인 본고선에게 물었다.

"예. 그들이 드디어 포위망 속에 들어왔습니다. 지금 압축 중입니다만…… 퇴로 쪽이 좀 약합니다. 보강하자면 시간이 걸릴 텐데요!"

본고선은 의미 있게 유적선을 바라봤다. 본고선이 유적선을 바라본 뜻은 현재 퇴로 쪽, 즉 인연의 늪 출구 쪽이 조금 미비하지만 즉각 공격을 시도할 것이냐, 아니면 보강될 때까지 공격을 늦출 것이냐를 묻는 것이다.

"음……."

유적선은 잠시 생각에 잠겼다.

이 시각에도 소지선과 한곡선은 조심스럽게 전진하고 있었다. 이들은 이미 전면에 대군이 진을 치고 있다는 것을 감지하고 충분히 경계 태세를 갖추었다. 그러나 물러날 생각은 추호도 없었다. 어차피 넘어야 할 운명인 것이다. 당장을 회피하기 위해 하계로 도망한다면 미래는 없다. 막연히 현실만을 생각하다가는 평허선공을 만나게 되는 수가 있었다. 그렇게 되면 모든 것이 끝나는 것이다.

소지선은 자신의 운명을 부딪쳐서 극복하려고 오래 전부터 작정해 왔다. 이제 최후의 결전이 임박해 오고 있었다. 인연의 늪은 긴장이 흐르는 가운데 갑자기 바람이 불어 닥쳤다.

"도형, 바람이 붑니다. 길조인데요!"

한곡선이 심각하게 말했다.

"음? 천풍구(天風姤:☰☴)인가?"

소지선은 막연한 표정으로 물었다. 그들은 지금의 상황이 매우 급박하게 전개되었기 때문에 몸 가까이에서 일어나는 현상을 오히려 간과하고 있었다. 소지선의 마음은 온통 전면의 적에 집중되어 있는 것이다.

천풍구 괘는 역행이고 기회를 뜻한다. 소지선으로서는 징조를 따져본 것도 아니고 단순히 현재 환경에서 일어나는 자연현상을 괘상으로 표현한 것뿐이다. 이럴 경우 괘상으로 알 수 있는 것은 아무것도 없고 단지 주변의 일을 격을 높여 표현한 것이다. 한곡선은 미소를 지으며 말했다.

"아닙니다. 군풍(軍風)인 것 같은데요."

군풍이란 선계의 전쟁에 있어서 병력이 도달하기 전에 전투 지역의 기후를 인위적으로 조작하는 것을 말한다. 대개는 긴박한 상황을 잠시나마 완화시킬 목적으로 폭풍우와 번개 등을 발생시킨다. 이것으로 인해 전투가 지연되거나 공격의 효과가 감소될 수 있다.

이러한 방법은 구원대보다 먼저 도착하여 응원을 보낸다는 뜻도 될 수 있고 적에 대한 경고를 주는 의미도 있다.

소지선은 기대를 가지고 물었다.

"군풍이라니?"

"예. 전쟁이 일어난 것 같습니다. 대군이 오고 있습니다."

"대군이라면 어디서 오는 것일까?"

소지선은 자신이 감지하지 못한 군풍을 확인하기 위해 한곡선에게 물었다.

"근방에 있는 선부라면 남선부밖에 더 있겠습니까? 남선부에서 오고 있는 것 같습니다!"

"그래? 그렇다면 다행인데……."

소지선은 한곡선을 보며 말했다.

"도형! 틀림없습니다. 소규모 구원대는 이미 도착했거나 속속 당도하고 있을 것입니다."

"음…… 글쎄, 우린 어떻게 하지?"

"전진을 멈추고 상황 변화를 봅시다. 슬슬 뒤로 물러나도 좋고! 아, 그런데…… 그렇지!"

한곡선은 말하다 말고 갑자기 놀란 표정을 지었다.

"……."

"도형! 우린 이미 포위된 것 같습니다. 그동안 적이 쇄도하지 않은 이유가 바로 그것입니다. 적은 운밀대진을 치고 있었습니다."

"음? 그렇군! 야단났는데!"

"그렇습니다. 그러나 응원군이 오고 있으니 최대한 접전을 늦춰봅시다."

한곡선이 이렇게 말하고 있는 사이 하늘은 순식간에 어두워지고 소나기가 퍼붓기 시작했다.

'쏴 — 아'

"아니! 흉우(凶雨)가 아닌가?"

"그렇습니다. 군후(軍候)가 본격적으로 도래하고 있군요!"

흉우라는 것은 군풍처럼 군후의 일종으로 전투 지역에 인위적으로 발생시키는 폭우로, 저주의 뜻이 있지만 실제적으로 전투를 방해하는 것이다. 물론 선인들의 전투에 물리적인 영향력은 그리 크지 않다 해도 심리적인 영향은 가히 위력적이라 할 수 있다.

그것은 공격하는 쪽의 사기를 저하시키고 초조하게 만든다. 반대로 약세에 있는 쪽에서는 시간만 끌면 된다는 안도감에 전투를 요리조리 피할 수가 있게 된다. 대군은 확실히 오고 있는 것이다. 유적선 측에서도 지금 쏟아지고 있는 폭우를 흉우로 판별했다.

"걱정할 것 없어, 오히려 늦게 도착한다는 뜻이야!"

유적선은 휘하 선인들을 독려했다. 어쩌면 유적선의 생각이 정확한지도 몰랐다.

"전진하라!"

폭우로 앞이 보이지 않는 상황에서 유적선의 명령 일성은 숲을 뒤흔들었다.

'쏴 — 아'

흉우는 쉬지 않고 쏟아졌다.

'번쩍 —'

'우르르 꽝'

번개와 우레 소리도 요란했다. 이런 와중에 인연의 늪 입구에는 분일선이 막 도착했다. 휘하에 이끌고 온 선인은 오십 여명, 위용이 당당했다.

"오셨습니까? 기다렸습니다."

정현선이 맞이했다.

"음? 자넨 왜 여기 있나?"

"예?"

"전투에 임하지 않고 뭐하고 있느냐 말일세."

"아, 예…… 전투의 효과가 없을 것 같아서…… 그보다도 몇 가지 알아놓은 사항이 있습니다."

"……."

"지금 저쪽에는 긴급 상황인 것 같습니다. 잔뜩 겁을 줘놨습니다."

"음?"

"대군이 오고 있다고 해줬지요. 다급히 움직이더군요. 소지선께서 출현하신 모양입니다."

"뭐? 그렇다면 이렇게 한가히 말할 시간이 있나? 빨리 가봐야지!"

분일선은 놀란 눈으로 재촉했다.

"알고 있습니다. 그동안 저들을 관찰해 두었습니다."

정현선은 분일선이 서두르는 것에 상관하지 않고 천천히 보고를 해나갔다.

"현재 저들의 본진은 동쪽에 집결해 있습니다. 앞으로 전진하고 있더군요."

"무슨 뜻인가?"

"예, 소지선께서는 동쪽으로 나오고 계실 것입니다. 우리는 부대를 둘로 나누어야 할 것 같습니다."

"……"

"일대(一隊)는 동쪽으로 나아가 유적선의 본대를 치는 것이지요. 저들의 전진을 막는 것입니다. 그리고 또 다른 한 부대는 서쪽으로 우회하여 소지선과 접촉을 시도하거나 인연의 늪 출구 쪽으로 나아가지요. 필경 소지선께서는 퇴로를 차단당하셨을 것입니다."

"음, 알겠네. 부대를 둘로 나누잔 말이지!"

"예, 저는 공격을 맡겠습니다. 대선관께서는 우회를 하시지요. 그런데 후속 부대는 오고 있습니까?"

"그렇다네. 대규모로 동원했네. 그리고 이 비바람은 뭔가?"

"좀 전부터 갑자기 불어 닥쳤습니다. 군풍이 틀림없습니다. 본격적인 부대 작전이 시작된 것이겠지요."

"그렇다면 잘 됐어. 일측선은 기민하군!"

분일선은 회심의 미소를 지었다. 일측선은 남선부 병부를 지휘하는 책임 선관으로 분일선을 떠나보낸 직후 인연의 늪에 기후전을 전개하기 시작한 것이다.

"출동하세! 나는 우회하겠네."

남부선의 병력은 둘로 나뉘어져 각각 출발했다.

이 시각 유적선의 지휘부에는 한 무리의 선인들이 나타났다.

"……"

유적선은 나타난 선인들을 말없이 쳐다보고 있었다. 선인들은 조용히 보고했다.

"남선부 경비대를 궤멸시켰습니다!"

"잘했네! 자네들은 우회해서 진격하게! 소지선의 퇴로를 보강해야겠어."

선인들은 신속히 사라졌다. 이어 유적선은 부관을 날카롭게 돌아봤다.

"본고! 총공격을 개시해야겠어. 전면 부대에 음공(音攻)을 시작하라고 하게. 그리고……"

음공이란 감음내진신법(坎音內震神法)을 말한다. 이 공격은 음성 속에 살기를 주입시켜 영혼과 육체를 동시에 압살시키는 방법이다.

이는 선인들의 대규모 전투에 흔히 등장하는 조직적인 공격으로 원거리에서 은밀한 공격이 가능하고 다수의 이점을 최대한 이용할 수 있다.

유적선은 명령을 내리면서 얼굴이 굳어졌다. 각오를 다지고 있는 것이다.

"……바로 뒤에 천뢰무망(天雷无妄:☰☳) 진을 펼쳐놓게. 뇌화풍(雷火豊:☳☲) 진은 측면, 적의 후면은 내가 직접 가보겠네! 시작하게!"

유적선은 마지막 명령을 내렸다. 본고선은 말없이 사라졌다. 이제 소지선과의 최후의 일전이 벌어지는 것이다.

날은 시시각각 어두워져 밤을 방불케 했다. 폭우는 쉬지 않고 내리쏟는다.

'쏴 — 아 —'

'번쩍 번쩍'

번개는 나무숲에 사정없이 떨어져 거목들을 여지없이 꺾어버렸다.

'뻑 — 우직 —'

유적선은 이 정경을 잠시 바라보며 고개를 설레설레 흔들었다.

전쟁이란 참으로 아름답지 못하다. 유적선이 무엇보다도 참을 수 없는 것은 천둥 소리였다. 선인들은 누구나 조용한 것을 좋아하지만 유적선은 하늘이 시끄러운 것을 특히 싫어했다.

'우릉 — 쾅'

천둥소리는 유적선을 저주하듯 심하게 울어댔다.

'굉장히 시끄럽군! 일을 빨리 끝내야지, 이거야 원!'

유적선은 이런 생각을 하며 막 출동하려는데 두 명의 선인이 연이어 들어왔다. 그 중 한 선인이 먼저 말했다. 다급한 목소리였다.

"큰일 났습니다!"

"큰일 났다니? 무언가?"

유적선은 얼굴을 찡그리며 날카롭게 반문했다.

"분일선이 왔습니다!"

"무어? 지금 어디 있나?"

유적선도 다소 긴장하며 물었다. 분일선이 왔다면 필시 대군을 데려 왔으리라!

"우회하고 있습니다. 서쪽입니다."

"병력은 얼마나 되나?"

"오십 여명입니다…… 신속히 움직이고 있습니다."

"음…… 소지선을 만나려 하는군! 빨리 예비대를 이끌고 추적하게!"

"예, 곧바로 시행하겠습니다."

선인은 큰 소리로 복명하고 떠나갔다. 한 선인은 기다리고 있었다.

"자네는?"

유적선은 조바심을 내며 물었다.

"적의 공격이 개시되었습니다…… 지금 접전 중입니다."

"어느 쪽인가?"

"본대의 후미 쪽입니다."

"병력 수는?"

"삼십여 명 정도로 보입니다만…… 뒤를 이은 병력이 있을 것 같습니다."

선인은 지금 과잉 보고를 하고 있었다.

사실 전투 중 추측 사항을 사실처럼 보고하는 것은 군법에 저촉되는 일로서 작전에 크나큰 차질을 줄 수가 있다. 이는 현재 상황이 불안스럽기 때문에 자연스럽게 발생하는 억측인 것이다.

그렇다면 남선부 병부 책임관인 일측선의 기후 작전은 성공을 거둔 셈이었다. 유적선도 보고 내용을 곧이곧대로 받아들였다.

"음…… 문제가 커지는군!"

유적선은 눈을 가늘게 뜨고는 잠시 생각하듯 하더니 이윽고 방침을 정했다.

"알겠네! 나는 지금 분일선을 추적해야겠어! 아무래도 그쪽이 더 급한 것 같네! 자네는 본고선에게 이르게. 본대의 일부를 후진시켜 그들을 저지하라고."

"예! 시행하겠습니다."

선인은 복명하고 사라졌다.

유적선은 빗속을 뛰어들어 서쪽으로 향했다.

'쏴 — 아'

'번쩍 번쩍'

'우직 — 꽝!'

전장은 아수라장이었다.

인연의 늪은 땅이나 하늘이나 온통 물바다를 이루고 태양빛은 완전히 가려졌다. 컴컴한 본고선의 진영에서는 드디어 한줄기의 고요한 음성이 발출되고 있었다. 이 음성은 천둥과 바람으로도 흔들리지 않은 채 혼란 속에서도 분명한 파문을 일으키고 있었다.

노군(老君)께서 한가히 거(居)하며 칠언시(七言詩)를 지었나니
몸의 형체를 초월하고 모든 신을 말하였도다.
위에는 황정(黃庭)이 있고 아래에는 관원(關元)이 있으며
뒤로는 유궐(幽闕)이 있고, 앞으로는 명문(命門)이 있음이라.

수많은 선인들이 읊어대는 태상황정외경옥경(太上黃庭外景玉經) 소리는 하나로 합쳐지고, 그 내면에 실려 있는 극강의 기운은 순식간에 공명(共鳴)을 일으켰다. 이는 마치 실개울이 모여 개천을 이루듯 서서히 힘의 증강을 가져왔다.

여간(廬間)으로 호흡하며 단전으로 들어가고
옥지(玉池)의 맑은 물로 영근(靈根)을 적시느니
살펴서 닦으면 장구할 것이리라.

경문 읽는 소리는 평화롭고 일정했다. 인연의 늪 전역에서 일고 있는 비바람 소리와 천둥소리는 선인들이 읊고 있는 경문 소리와는 별개로 존재했다. 경문 소리는 흔들리지 않고 허공 속을 운행하는 것일

까? 경문 소리에 실려 있는 기운은 물질을 초월했다.

이 힘은 잠시 맴돌고 있었으며 임계량(臨界量)이 넘어서자 가벼운 바람처럼 조금씩 흘러가기 시작했다.

감음내진신법!

이러한 공격은 선인들이 가진 공력을 한 곳에 모아 목표 지점으로 발출하는 신기막측(神奇莫則)한 방법인 것이다. 이 방법으로 아무리 공력이 강한 선인이라도 물리칠 수 있다. 한 선인이 수많은 선인들의 합친 공력을 능가하는 것은 있을 수 없기 때문이다.

감음내진신법으로 공격하는 쪽에서는 수시로 병력을 증강해서 공력을 높일 수도 있다. 지금 본고선의 진영에서 발음하는 선인들은 칠십이 명, 이들은 폭우 속에서도 정좌를 하고 일정한 음성으로 경문을 읊고 있다.

　

> …… 관원(關元)에 드나드는 기운은 합하고
> 그윽한 밀처(密處)에 쌓여 높게 빼어났네.
> 단전 가운데 기운으로 그것을 기를지니……

　

선인들의 영혼에서 소리를 통하여 발출되는 기운은 파도처럼 뻗어 나갔다. 이 기운의 파도는 소지선과 한곡선의 호신벽에 부딪치며 흩어지고 뒤이어 또 다른 기운이 쉬지 않고 부딪쳐 온다.

"도형! 기운이 증강되고 있습니다."

"음…… 돌파해볼까?"

"안 됩니다. 바로 뒤에 무망충진(无妄衝陣)이 기다리고 있습니다."

무망충진이라 함은 천뢰무망의 기운을 동시에 발사할 수 있는 진형으로 칠십이 명의 선인이 정좌한 선인 바로 뒤에 서서 전면에 나타나는 적을 향해 무차별 공격을 가하는 것이다. 이는 감음대진(坎音大陣)을 엄호하며 대기하다가 때로는 급격히 나서기도 하는 동정개비(動靜皆備)의 진법이다.

소지선과 한곡선은 조금씩 뒤로 물러서고 있었다. 그러나 감음내진력은 거리가 멀어져도 그 힘이 급격히 감소하는 것은 아니다. 이 힘은 부드럽고 멀리 가는 한편 서서히 엄습하는 힘이다.

　　　……신령한 뿌리가 견고하면 늙어도 쇠하지 않고
　　　근원을 닦는 도인은 밝게 살아 있나니……

경문 읽는 소리는 추호도 흔들림이 없었다.

'쏴 — 아'

빗소리도 쉬지 않고 들려왔다.

'번쩍 꽝'

거대한 나무가 경 읽는 선인을 향해서 쓰러졌으나 몸에 닿기 전에 튕겨 나갔다.

'타 — 앙'

'번쩍 번쩍'

밝은 번갯불에 선인들의 얼굴이 잠깐 보였는데 모두들 눈을 감고 온화한 모습이었다.

　　　근원 아래에 신령이 거하며
　　　밖으로 외면하여 굳게 닫혔나니……

평화로운 경문 속에 쌓여가는 기운은 목표를 향해 잔인하게 몰려들었다. 소지선과 한곡선은 서서히 밀리고 있었다. 그러나 어디까지 피할 수 있으랴! 인연의 늪 출구 쪽에서도 적의 진격이 시작되었다.

"한곡! 뒤에서도 움직이는군!"

소지선은 절망적으로 한 마디를 내뱉었다.

'쏴 — 하'

'번쩍 꽝!'

폭우와 번개는 소지선을 쉬지 않고 격려해 주고 있지만 현실적 위기는 점점 증대하고 있었다. 국면의 타개는 우군이 당도하는 것뿐이다. 구원대는 그리 먼 곳에 있는 것은 아니련만 쉽게 손이 닿는 곳에 있는 것도 아니었다. 지금 구원대라면 오직 남선부에서 긴급 출동한 오십여 명의 선인 부대이지만 총지휘관인 분일선은 투란(投卵)의 위기로부터 소지선을 구하기 위해 그야말로 최선을 다하고 있었다.

분일선의 현재 위치는 소지선이 향하고 있는 좌측, 이미 두 차례의 접전을 치르고 진격하여 목표 지점을 지척에 두고 있었다. 그러나 마지막 단계에서 난적을 만난 것이다.

"멈추시오!"

뒤쪽에서 나타난 유적선은 일성을 내뱉고 위협적으로 접근했다. 순간 분일선은 뒤를 돌아섬과 동시에 무망 일격(无妄一擊)을 발출시켰다.

'번쩍!'

극강의 살기가 실린 섬광이 숨 쉴 사이 없이 유적선을 덮친 것이다.

'까 — 앙 —'

유적선은 제자리에 선 채로 날아오는 기운을 맞받아쳤다. 두 기운은 허공에서 부딪쳐 무산되었다. 소리 없이 날아든 분일선의 위험한 공격을 유적선은 막아낸 것이었다.

양측의 선인들은 극강의 두 선인이 격돌하는 것을 잠시 관망했다. 추호도 여유가 없는 긴장의 국면을 구경하는 선인들은 자신들의 처지를 완전히 잊고 있었다. 분일선의 표정은 무심한 듯 보였다.

"음…… 제법이군!"

분일선은 저절로 감탄하면서 제2의 공격을 준비했다. 분일선의 얼굴은 붉어지면서 약간의 떨림이 있었다. 이때 이미 한 가닥의 은밀한 기운이 유적선을 덮쳤다.

'퍼 — 벅'

분일선이 발출한 기운은 수지비(水地比:☵☷)의 공격으로 유적선을 강하게 잡아끄는 것이었다. 그러나 유적선은 요지부동, 태산처럼 우뚝 서서 분일선을 노려볼 뿐이었다. 분일선은 제3의 공격을 시도했다.

이번에는 밀어붙이는 뇌화풍(雷火豐:☳☲)의 공격, 분일선의 공격은 연이어서 세 번으로 치고, 당기고 밀어붙인 것이다. 세 번 모두 극강의 공력이 실려 있었다.

그렇건만 이번 공격도 무용(無用), 분일선은 가볍게 놀라는 한편 급히 기운을 가다듬었다. 겉으로 보기에도 피로의 기색이 역력하였다. 그러나 유적선도 안간힘을 다해 버티고 있는 것이었다. 분일선은 한 걸음 다가섰다. 제4의 공격을 시도하려는 참이었다.

긴장은 한층 더 고조되었다. 분일선의 공격은 이제 사생을 결정짓기 위해 모든 힘을 쏟아 부을 것이다. 주위의 선인들도 그렇게 느끼고 있었다. 유적선도 분일선의 필사적인 살기를 느끼고 얼굴빛이 창백해졌다.

선인들의 결투에 있어 대개는 어느 정도 기운을 남겨두는 법이다. 그러나 분일선의 경우는 모든 기운을 한꺼번에 내쏟아 적을 죽이지 못하면 자신이 죽겠다는 각오로 임하고 있는 것이다. 실로 처절한 각오가 아닐 수 없다.

유적선은 분일선의 이러한 기상을 보면서 자신이 고대했던 순간이 왔다는 것을 느꼈다. 유적선으로서는 언제나 최강의 적과 맞부딪쳐 자신의 능력을 시험해 보고 싶었던 것이다.

이제 유적선도 단번에 모든 힘을 끌어낼 각오를 굳혔다. 두 선인은 서로 한 걸음씩 다가섰다. 조금이라도 더 강한 힘으로 부딪치기 위해 거리를 좁히는 것이다. 현재 비바람이 심하게 불고 있는 환경에서는 기운이 낭비될 수 있었다.

'쏴 — 아'

폭우는 여전했다. 그러나 두 선인은 관여치 않고 근원의 힘을 끌어 올리고 있었다. 두 선인들이 근원에서 끌어내는 힘은 이제 영혼과 육체에 가득 찼다. 격돌의 순간은 찰나지간, 이때 극미(極美)의 상황을 깬 난폭한 선인들이 있었다.

갑자기 나타난 선인들은 동화궁 편으로서 증원 부대였다. 이들은 일촉즉발의 상태에 뛰어들어 절묘한 결투의 예술을 짓밟았다.

"누구냐?"

유적선은 냉엄하게 소리쳤다. 유적선의 얼굴은 찡그려졌고, 나타난 선인들을 무섭게 노려봤다.

"소지선이 물러서고 있습니다."

나타난 선인들은 다급히 소리쳤다.

"무어? 그게 그리 급한가?"

유적선은 화난 투로 말했다.

"급히 막아야 합니다. 속계로 빠져나갈지도 모릅니다."

"음? 속계로?"

"예. 후미가 약합니다."

나타난 선인들은 유적선을 의아스럽게 바라보며 말했다. 그러자 유적선도 현실로 돌아와 상황을 이해했다.

"알겠네. 진격하라!"

유적선은 이렇게 명령하고는 분일선과의 싸움도 잊은 채 자신이 먼저 인연의 늪 출구 쪽으로 급히 사라졌다. 상황이 이상하게 변해 버린 것이다. 분일선은 물러가는 적을 잠시 바라보고는 휘하 선인들에게 명령했다.

"동쪽으로!"

양측은 전투를 중단하고 서로 급한 쪽으로 향해 갔다. 분일선으로서도 소지선을 만나는 것이 무엇보다 급선무이기 때문에 저들이 후미 쪽으로 가든 말든 상관없이 동쪽으로 방향을 잡은 것이다.

분일선이 정황을 자세히 판단할 경황은 없었다. 단지 자신이 서둘러 출동한 것이 적중했다는 느낌이 들 뿐이다. 분일선과 휘하의 선인들은 얼마 동안은 아무런 장애도 없이 전진할 수 있었다.

숲은 끊임없이 이어져 있었고, 바닥에는 물이 일정한 방향 없이 흐르거나 또는 괴어 있었다. 하늘은 온통 칠흑, 먼 하늘에서 보면 주변의 모든 구름은 인연의 늪으로 빨려들고 있는 것처럼 보인다.

'쏴 — 아'

쏟아지는 폭우는 남선부 선인들의 진군을 환영했고, 천둥소리는 진군의 위용을 과시하는 듯했다.

'꽈르릉 — 꽝'

그러나 오랫동안 진군이 평탄할 수는 없었다. 분일선이 나아가는 전면에 한 선인 부대가 나타났다. 이 부대는 소지선의 측면을 봉쇄하고 기다리는 중이었다.

"돌파하라!"

분일선은 명령을 내리고 가차 없이 뛰어들었다.

"적이다!"

동화궁의 선인 누군가가 소리침과 동시에 수없이 많은 섬광이 여기저기서 뻗어 나왔다.

'번쩍 번쩍'

이들은 후미 쪽도 경계를 하고 있었던 것이다. 남선부 선인들도 즉각적으로 대응했다.

'번쩍 번쩍'

전장은 순식간에 아수라장으로 변하고, 살기가 숲을 온통 에워쌌다.

"야압!"

"으억!"

선인들의 기합 소리와 비명 소리가 빗소리와 범벅됐다.

'쏴 — 아'

"압!"

"으악!"

'번쩍 — 꽝'

하늘에서 내린 번개에 맞은 거목들은 거세게 꺾어지고 무망의 기운을 맞은 선인들의 쓰러짐은 부드러웠다.

'뻑 — 우직'

'퍽 — 풀썩'

이런 와중에도 남선부 선인들은 전진을 계속했다. 전투가 목적이 아니고 한시라도 빨리 소지선을 만나야 하기 때문이었다. 분일선은 몇 차례 가격을 당했다. 그러나 상처를 돌볼 사이도 없이 필사적으로 밀집 지역을 파헤쳤다. 드디어 성과가 나타났다.

"뚫렸습니다!"

"음, 전진하세!"

어느새 적의 진형에는 틈이 생겼고, 남선부 선인들은 그곳으로 쇄도했다.

"야압!"

'번 — 쩍'

"아악!"

양측의 사상자는 속출했다. 드디어 동화선의 진형은 양분되고 분일선과 휘하 선인들은 포위망을 돌파할 수 있었다. 그러나 포위망을 빠져나온 것이 아니라 오히려 포위망 안으로 스스로 파고든 것이다. 어쩔 수 없는 일이다. 포위망 속에 갇혀 있는 소지선을 접촉하는 것이 우선 과제였기 때문이었다. 전투는 중단되고 분일선은 전면의 숲을 향해 진군을 계속했다.

"봉쇄하라!"

잠시 동안 뚫려 있던 포위망은 다시 연결되고 그 속에는 새로운 먹이가 갇히게 된 것이다. 이 시각 동화선의 주력 부대인 본고 진영에 보고가 답지했다.

"적을 궤멸시켰습니다. 후속 부대는 보이지 않습니다."

이들은 정현선이 이끄는 선인 부대를 격멸시키고 본대에 보고를 한 것이다.

"음, 후속 부대가 없다고? 잘됐군! 서쪽을 지원하게!"

"예. 떠나겠습니다."

정현선의 부대를 전멸시킨 이들은 다시 서쪽으로 진군하여 방금 전 분일선이 통과한 지역에 투입되었다.

이와 때를 같이하여 유적선은 인연의 늪 출구 쪽에서 명령을 내렸다.

"무망충진(无妄衝陣)을 전개하라! 앞에 나타나는 적을 무차별 살상하라!"

유적선의 명령은 소지선이든 누구이든 속계 쪽으로 오는 적은 죽여 없애라는 것이다. 선인들의 전투에서 가장 잔인하면서도 손쉽고 강력한 진법은 무망충진이다. 이 진법은 오직 적을 살상하는 것이 목적이기 때문에 밀집 대형으로 진을 치고 무엇이든 나타나면 무조건 공격을 퍼부으면 되는 것이다.

유적선은 병력 모두를 세 겹으로 늘어서게 하여 진형을 구성했다. 제1선은 무망충진으로 앞에 나타나는 적을 무차별 공격하는 것이고, 제2선은 오운산진(烏雲散陣)으로 제1선에 결손이 생기면 즉시 보강하는 것이고, 제3선은 다시 무망충진으로 만약의 사태에 대비하는 것이다.

이로써 인연의 늪 출구 쪽은 철벽이 완성되었다. 이 방향으로 오는 적은 견딜 수 없을 것이다. 유적선은 진형이 완벽하게 설치되어 있는 것에 만족을 느꼈다.

'음, 이만하면 누구도 빠져나가지 못할 거야. ……단지 소지선이 죽을 수도 있을 텐데…… 그러나 이제는 어쩔 수 없어! 놓치는 것보다는 나을 테니…… 다른 쪽이나 돌아봐야겠군…….'

유적선은 이렇게 생각하며 다른 진형을 살피기 위해 움직였다. 현재 소지선은 삼각형 모양으로 갇혀 있었고 포위망은 처음보다 더욱 강력히 밀집되어 있었다. 이러한 상황을 모르는 분일선은 무작정 전진하여 마침내 소지선과 조우했다.

저쪽 그리 멀지 않은 곳에는 고군분투하는 소지선의 모습이 보였다. 소지선은 숲의 저쪽에서 밀려드는 감음신공을 피해 조금씩 뒤로 움직이고 있었다. 그 앞에는 한곡선이 가로막고 있는데 분일선으로서는 누군지 잘 알지 못했다.

'쏴 — 아'

억수같이 쏟아지는 빗물에 가려 소지선의 모습은 확실히 보이지 않았다.

'번쩍 —'

'우르르 꽝'

번갯불에 얼핏 보인 소지선의 얼굴은 근심과 피로의 기색이 역력했다. 분일선은 이 모습을 잠시 바라보고는 조용히 소지선을 불렀다.

"대선관님!"

분일선의 음성은 애처로운 여운이 깃들어 있었다.

"음, 분일…… 자네가 왔나?"

소지선은 놀라지도 않고 흘끗 보며 미소를 지었다. 그러나 그 모습은 어둠에 가려 분명하게 보인 것은 아니다. 분일선은 몇 걸음 다가서서 물었다.

"대선관님! 다치신 데는 없습니까?"

"괜찮아, 자네는 좀 다친 것 같군!"

소지선은 어둠 속에서도 분일선의 기색을 살펴보고 있었다.

"대단한 것은 아닙니다."

"음, 우선 인사부터 나누게…… 여기는 나의 사제인 한곡선일세……."

"아, 그러신가요. 인사를 드립니다. 분일입니다."

분일선은 두 손을 맞잡고 한곡선을 향해 공손히 예의를 갖추었다.

"예. 처음 뵙습니다. 이런 자리라 송구스럽군요."

한곡선도 두 손을 맞잡아 보이며 다정한 표정을 지었다. 분일선 휘하 선인들은 이 모습을 가만히 지켜보고 있었다.

'번쩍!'

'우직 — 꽝!'

이때 바로 앞에 있는 거목이 꺾이면서 심한 바람이 몰아쳐 왔다.

'휘 — 익'

군풍은 구원대가 당도한 것을 확인하는 것일까? 소지선은 고개를 들어 하늘을 잠깐 바라보고는 가만히 불렀다.

"분일!"

"예?"

"많이 오지는 못했나 보군!"

소지선은 웃고 있는 듯했다.

"오면서 조금 줄었습니다. 그러나 곧 대군이 올 것입니다."

분일선은 멋쩍은 듯이 말하고는 뒤를 돌아봤다. 그리고 힘 있게 다시 말했다.

"대선관님, 이쪽으로 가시지요."

"자네가 온 쪽이지? 그러지!"

소지선은 분일선이 치고 들어온 서쪽 방향으로 움직이기로 했다. 이제 소지선 휘하에는 분일선 이하 이십여 명의 병력이 있었다. 당초 분일선이 이끌고 온 선인들은 오십여 명 정도였으나 오는 동안 치른 전투에서 삼십여 명이 죽거나 부상으로 낙오하고 지금의 인원만 남아 있는 것이었다.

그러나 남선부 선인들은 소지선을 만나자마자 사기가 충천했음은 더 말할 나위 없었다. 소지선도 오랜 도피 생활 중에 자신의 고향인 남선부 선인들을 만나니 감개가 무량했다. 이들이 구원대로서 나타났든 어쨌든 상관이 없다. 잠시 후 어떤 운명이 닥칠 것이냐 하는 문제도 잊고 있었다.

지금은 탈출일로(脫出一路)를 향해 가볍게 전진하고 있을 뿐이다. 분일선이 기대하기는 지금 나아가는 방향이 적의 취약점으로 무난히 돌파할 수 있으리라는 것이다.

그러나 현실은 가혹했다. 이들이 목표로 하려는 지점에는 조금 전 이미 유적선이 출현해서 진형을 강화하고 있었다. 유적선은 적극 전법을 구사했다.

제1대는 각개 전진으로 적을 탐색시키고,

제2대는 정렬하여 횡대 진형을 유지한 채 저속으로 전진하고,

제3대는 제2대를 보충하거나 더 앞으로 나아가 제1대를 지원할 수 있게 하고,

제4대는 충진을 치고 포위망을 단속하고,

제5대는 예비대로서 제1, 2, 3, 4대의 변화에 대응시켰다.

그리고 제2대는 제1대가 멈추지 않는 한 행군을 계속하고, 제4대의 충진도 제3대의 전진 엄호 아래 안쪽으로 이동, 포위망의 압축을 한시라도 더 서두르기로 했다.

이와 때를 같이하여 본고선의 진형에서도 전진을 개시, 포위망의

압축을 적극 시도했다. 먼저 횡대로 나아가 무망충진을 치고, 이것이 완성되면 후속 부대가 충진의 앞으로 전진하여 다시 충진을 치고, 그 뒤의 충진이 앞으로 굴러가듯 신중하게 밀고 나아가는 것이다.

그동안 쉬지 않고 힘을 발출시켰던 감음내진신법은 일시 중단, 충진의 뒤를 따라 이동하여 전진 배치하기로 했다. 현재 소지선이 본고진형으로 후퇴하여 서쪽으로 돌파하기 위한 이동을 진행 중이므로 본고선의 부대는 진격이 수월했다.

이제 포위망은 시시각각 압축이 되는 것이므로 동화선군(東花仙軍)의 병력 밀도는 쉬지 않고 증강되고 있었다. 소지선은 이러한 전세를 파악할 겨를이 없이 서쪽으로 이동, 마침내 유적선이 보낸 수색 선발대인 제1대와 조우했다.

"멈추시오!"

억수같이 퍼붓는 빗속에서도 수색대 선인의 음성은 냉엄하게 울려 퍼졌다.

'쏴 — 아'

선인의 말소리는 빗소리에 의해 즉시 지워지고 잠시 긴장이 흐르는 듯했다. 순간 한 줄기의 섬광이 번뜩였다.

'번쩍!'

이와 동시에 가벼운 비명 소리와 함께 한 선인이 쓰러졌다.

'윽 —'

풀썩, 방금 전 멈추라고 소리를 지른 선인이었다. 분일선은 전방에 나타난 적에 대해 가차 없이 공격을 가한 것이다. 유적선 측에서도 즉각 반격을 개시하고 한 차례 치열한 전투가 시작되었다.

'번쩍 번쩍'

"야압, 엽!"

"으악!"

양측은 서로 일정한 간격을 두고 사정없이 살기를 분출시켰다. 사상자는 속출했다. 포위망을 뚫으려는 소지선 측에서는 필사적이었고, 이를 저지하려는 유적선 측은 결사적이었다. 유적선 측에서는 소지선이 죽든 말든 상관없이 아무런 주의를 기울이지 않고 무차별 공격을 감행하는 것이다.

'번쩍 번쩍 번쩍'

"으윽!"

전투는 사상자를 늘려가면서 잠시 소강상태를 유지했다. 그러나 유적선 측의 병력은 줄어들지 않았다. 계속 보강을 하고 있었기 때문이었다. 유적선은 전면에서 벌어지고 있는 전투에 병력을 재투입했다.

"제2대는 전진! 제3대는 엄호 자세!"

유적선의 능숙한 지휘는 전투를 완전히 압도했다.

"제4대는 앞으로 이동 대형을 유지하라!"

유적선 자신은 제5대와 함께 대기하며 상황의 추이를 예의 주시하고 있었다.

'번쩍 번쩍'

병력이 순식간에 늘어난 유적선 측의 공격은 강화되었다.

"아악!"

"윽!"

"억 —"

소지선 측은 속속 사상자를 내면서 전력이 급격히 약화되었고, 마침내는 저항이 중지되었다.

"풍력을 발사하라!"

곧이어 유적선은 득의의 체포전을 시작했다. 소지선 측은 거의가 전멸했다. 분일선은 탈출구를 잘못 선택한 것이다. 서쪽의 벽은 넘을 수 없었다.

'음…… 이제 모든 것이 끝난 것이구나! 공연히 부하들만 희생시켰어……'

분일선은 아직도 포기하지 않고 뒤로 물러서고 있었다. 유적선 측에서 발사하고 있는 풍력이 서서히 밀려들었다.

소지선은 본고선의 진형 쪽으로 움직여 봤으나 그쪽도 사정은 마찬가지였다.

진퇴양난, 가까운 적을 피하여 임시 행동만 반복할 뿐 결정적인 대책이 나올 수가 없었다. 그러는 사이 유적선과 본고선의 진형은 더욱 접근해 왔으므로 소지선의 입지는 점점 더 오그라들 뿐이었다.

이에 따라 포위망의 강도는 더욱 높아만 갔다. 이윽고 본고선의 진영에서는 최후의 공격을 전개했다.

"충진은 뒤로 이동! 감음대진을 엄호하라!"

본고선은 전면에 감음내진신법을 시전할 부대를 배치하고 바로 뒤에 무망의 진을 구성했다. 본고선의 부대가 조금 더 전진해서 감음의 공격을 시도한다면 그 힘은 소지선이 있는 지역을 넘어서 자기편인 유적선의 진영에 영향을 미칠 것이므로 더 이상의 진격은 필요 없었다.

이에 비해 유적선이 전개하는 풍력에 의한 공격은 거리에 민감하고 그리 멀리 영향이 미치는 것이 아니므로 최대한 전진할 수 있다. 본고선은 부대의 일부를 북쪽 측면으로 이동시켜 유적선의 부대와 연결을 꾀하는 한편, 예비대를 모두 감음대진에 편입시켰다.

이제 본고선의 부대는 전면에 대규모 감음진 바로 뒤에 무망진, 측면은 이동을 개시 유적선의 부대와 연결을 눈앞에 두고 있었다.

"발음을 시작하라!"

본고선은 힘차게 명령했다. 이어 수많은 선인들은 태상노군이 저술한 《태상황정외경옥경》을 낭송하기 시작했다.

여간으로 호흡하여 스스로 보상받을지니
완전히 견고하게 보존하면 몸에 경사가 생기고……

평화로운 경문 소리는 거칠게 쏟아지는 폭우 소리를 파고들어 하나의 음막(音幕)을 형성하고 일정한 방향을 잡았다. 이 음막은 폭우 소리에도 섞이지 않았고, 바람에도 흔들리지 않았다.

'쏴 — 아'

'번쩍 — 꽝'

'휘 — 익'

번개에 맞아 거목이 쓰러지고 바람이 숲을 꽉 메웠어도 경문 읊는 소리는 잔잔하기만 했다.

은밀한 가운데 삼가 덮어 감추면
정신은 자리를 찾고 늙음은 역전시키나니

감음의 기운은 소지선 등의 영혼과 몸에 영향을 나타내기 시작했다.

"음…… 이제 최후가 온 것 같군!"

소지선은 조용히 독백하듯 말하고 분일선을 바라봤다.

"……."

분일선은 잠시 말없이 주위를 한 번 더 둘러봤다. 한곡선은 본고선의 진영 쪽을 바라보며 생각에 잠겨 있었다. 분일선은 혼자 고개를 가로젓고는 소지선을 향해 물었다.

"대선관님! 항복하실 겁니까?"

"항복? ……아닐세, 항복은 할 수가 없어!"

"그럼 어떡하실 겁니까?"

분일선은 소지선을 측은하게 바라보며 다시 물었다. 그러자 소지선은 웃음을 지었다.

"분일! 자넨 내 마음을 알고 있는가?"

"……."

분일선이 말없이 민망한 표정을 짓자 소지선은 다정한 음성으로 설명을 시작했다.

"나는 연진인의 천 일 근신령을 지키기 위해 탈출을 하려는 것뿐일세. 만약 항복을 한다면 명령 실행을 포기하겠다는 뜻이 되네…… 나는 죽음을 선택할 것이네. 연진인의 명을 수행하지 못해 죄송하지만 나는 죽는 순간까지 마음은 꺾이지 않았다는 것을 나 자신에게 보이고 싶네. 모순된 일이겠지! 연진인께서는 실행을 원하셨지 마음을 보자는 것이 아니었어. 그러나 어떡하겠나? 나의 능력이 이것뿐이니……."

소지선은 유적선의 진영 쪽을 흘끗 한번 바라보고는 다시 말했다.

"분일! 우린 여기서 작별하세! 자네가 병력을 이끌고 와서 나를 구하려고 애쓴 것은 고맙게 생각하네! 내가 죽거든…… 죽음을 확인하고는…… 자네들은 항복하게! 그리고 대선관직을 충실히 수행하게!

자, 나는 가겠네……."

소지선은 비장한 표정으로 최후의 말을 마치고 유적선의 진영 쪽으로 한 걸음 옮겼다. 이때 한곡선이 급히 돌아보며 소지선을 불렀다.

"도형! 저하고도 작별 인사를 해야지요."

"음? ……허허허, 그렇군! 자네한테야말로 미안하군! 자넨 필경 용서받지 못할 거야. 속계의 야선이 천상의 일에 관여했으니…… 자네는 재판도 없이 오늘 이 자리에서 죽임을 당하겠지……."

소지선은 웃는 듯 말했지만 그 속에 있는 슬픔을 감추지 못했다.

"한곡! 이만 가보려네! 자네에게 미안함을 이루 다 말할 수 없다네…… 지금 속계의 그때의 술자리가 생각나는구먼! 또 자네의 동굴도……."

"도형! 잠깐만 제가 먼저 작별해야겠습니다."

한곡선은 다정한 표정으로 소지선을 빤히 바라보더니 말을 이었다.

"한 가지 시도를 해 봐야겠어요."

"……"

소지선은 심상치 않음을 느끼고 잠시 머뭇거렸다. 한곡선이 다시 말하기 시작했다.

"도형! 우리 모두 함께 죽읍시다. 하하하…… 그렇지만 죽기 전에 한번 싸워봐야지요. 그런데 제가 관찰한 것이 있습니다. 싸울 장소를 말입니다."

"……"

소지선은 여전히 침묵하고 있는데, 한곡선은 웃음을 싹 지우고 조용히 말했다.

"도형! 저쪽 진형 말입니다만…… 약간의 틈이 있습니다."

"음? 무슨 말인가?"

"예. 이쪽으로 와 보소서."

한곡선은 소지선을 한쪽으로 데리고 왔다. 이 순간에도 경문 읊는 소리는 쉬지 않고 들려왔다.

마음은 그윽한 곳에 연결되고 극저에 이르니
몸을 닦아 항상 굳건하게 할지라.

유적선의 진영에서도 풍력은 여전했다. 이들은 더 이상 진격하지 않고도 소지선을 좌절시켜 체포할 수 있다고 확신하고 있었다.

분일선의 몸에는 피로의 기색이 나타나기 시작했다. 이 현상은 몸과 영혼에 무엇인가 끈적끈적 달라붙는 느낌이었다.

소지선과 한곡선에게도 같은 현상이 일어나고 있었다. 그러나 한곡선의 겉모습은 세 선인 중 가장 태연했다. 이는 공력이 가장 강하기 때문일 것이리라.

한곡선은 손으로 가리키면서 설명하고 있었다.

"저기를 보소서. 서 있는 선인! 저 선인은 뒤를 한 번 돌아봤어요! 돌아볼 일도 없고 돌아볼 때도 아닌데 돌아본 것은 집중력이 약한 것입니다. 게다가 표정을 보십시오. 공력이 제일 약합니다."

"허, 그래? 글쎄 나는 잘 모르겠는데…… 아무튼……."

소지선은 한곡선이 하는 말이 납득이 잘 안 되는 모양이었다. 집중력이 없다든지 공력이 조금 약하다든지 하는 것이 확실한지도 모르겠고, 그렇다고 하여도 무슨 의미가 있는지 알 수가 없었다.

"도형! 잘 들으소서. 제가 먼저 나갑니다."

한곡선은 최후가 곧 도래할 순간인데도 열심히 설명하고 있었다. 소지선과 분일선은 서로 한 번 쳐다보고는 한곡선의 말에 귀를 기울였다. 그러나 감음이 실려 있는 경문 소리가 한곡선의 말과 섞여서 들리고 있었다.

지극한 도는 번잡하지 않고 오고 감도 없어라……

"도형! 저는 저곳으로 파고들 것입니다. 감음진(坎音陣)을 넘는다는 말입니다. 그러면 무망력이 제게 집중될 것이니, 저는 전진하여 우측으로 향합니다. 따라서 우측 진형에서 공격이 날아오겠지요."

마음의 틀은 하늘로 통하여 근원에 이르니

"분일선은 제 뒤에 바싹 붙어 있다가 저를 공격하는 우측 진형을 돌연 공격하십시오. 그때 약간의 틈이 생길 것입니다. 도형은 그 틈으로 돌파하십시오. 제가 만일 그때까지 살아 있다면 우측에 있다가 좌측으로 다시 뛰어들 것입니다. 좌측 진형마저 교란시키기 위해서입니다."

……그윽한 곳에 내려와 머물고 그 사이에 신령한 기운이 출입할지라……

"도형께서는 무조건 우측으로만 향하십시오. 도형을 뒤에서 겨누는 자가 있으면 저와 분일선이 최대한 공격할 것입니다."
한곡선의 생각은 자신을 미끼로 해서 작은 틈이나마 만들어 보겠다는 것이다. 즉 한곡선이 먼저 적진으로 뛰어든다, 그러면 당연히 공격을 해 올 것이다, 그때 분일선이 한곡선을 공격하는 적을 공격한다, 이렇게 되면 일시적이나마 틈이 생길 수 있다. 이 틈을 소지선이 빠져나가면 되는 것이다.

그런데 이 작전에는 몇 가지 문제점이 있다. 첫째, 미끼인 한곡선이 그 수많은 공격을 받으며 얼마나 버텨주느냐이다. 한곡선이 일격에 죽어버리면 미끼 노릇이 되지 못한다. 둘째, 분일선이 얼마나 공격을 잘 하느냐이다. 적의 신경이 일시적으로 한곡선의 움직임에 쏠려 있을 때 그들을 폭넓게 공격해야 하는 것이다. 셋째, 소지선이 틈을 발견하고 얼마나 신속하게 행동하느냐이다. 이는 물론 틈이 발생했을 경우를 말하지만……. 넷째, 소지선이 틈을 돌파할 때 뒤에서 공격하는 적을 한곡선과 분일선이 다시 공격해 줄 수 있어야 한다. 그때까지 한곡선과 분일선이 살아 있을 가능성은 거의 없다. 다섯째, 이렇게 틈을 돌파하고 났을 때 막아서는 적이 없어야 하는 것이다. 소지선은 한곡선의 작전에 이런 난관이 있다는 것 외에도 한곡선이 무조건 목숨을 잃게 된다는 점이 괴로웠다.

소지선이 고개를 가로 저으며 잠시 망설이는 중에 앞뒤의 적이 측면 방향에서 연결되었다. 적은 이제 경첩 모양을 이루고 더욱더 강하게 목을 조여오고 있었다. 감음의 위력은 현저하게 나타났다.

　　　명당은 사방에 통하여 근원을 본받았고
　　　진인의 결실이 맺어지도다.

적은 측면이 연결되자 빈번하게 병력이 이동하여 약점이 될 만한 곳을 보완하고 소지선의 동태를 예의 주시하며 공격의 강도를 높이고 있었다.

"풍진은 십 보 전진! 무망진 공격 준비!"

유적선의 잔인한 명령은 이제 소지선의 바로 앞에서 들려왔다. 소지선 일행에게 닥쳐오는 힘도 점점 견디기 힘들게 되고 있었다.

삼관 가운데 정기가 깊으니
불사를 원하면 근원을 닦으라.

한곡선은 소지선과 분일선에게 말했다.

"두 분은 제 등 뒤에 차례대로 서십시오. 돌파합시다."

한곡선이 행동 개시를 종용했다. 그러자 소지선이 막아섰다.

"안 돼! 한곡, 나는 자네를 희생시킬 수 없네……."

"도형! 필요 없는 말씀 마소서. 항복하실 겁니까?"

"음? 안 돼! 항복은 있을 수 없지……."

"그럼 시작합시다!"

"글쎄…… 자네를 희생시키면서까지 내가 탈출하다니!"

소지선은 여전히 망설이며 결단을 못 내렸다. 다급한 지금 상황으로 적의 공격을 얼마 동안 버틸 수 있을지! 감음의 힘은 더욱 강하게 육체를 압박하고 영혼을 흔들어 어지럽히고 있었다.

장생하려면 방중에 급함을 삼갈지니
음란을 제하고 정기를 보존하라……

"도형! 제 말을 들으소서."

한곡선은 애타게 소리쳤다.

"어차피 저는 죽을 몸입니다. 생각해 보소서. 도형이 죽으면 저들이 저를 살려둘 것 같습니까? 도형이 항복해도 마찬가지입니다. 그리고 도형이 탈출해도 저는 죽습니다. 어차피 죽을 몸이에요. 그러니 도형을 탈출이라도 시켜야 제 죽음이 보람 되잖겠습니까? 시간이 없습니다. 어서 준비하소서."

한곡선의 애처로운 설득에 소지선은 마침내 결심을 굳혔다.

"한곡, 알겠네."

소지선이 고개를 끄덕이며 이렇게 말하자 분일선은 즉시 한곡의 뒤에 섰다.

"자, 이제 나갑니다. 저와 분일선이 풍진을 넘어서면 도형께서 움직이소서. 방향은 우측입니다."

한곡선과 분일선은 달려 나가기 시작했다. 이와 동시에 억수같은 비바람으로 앞에 서 있던 거목이 쓰러졌다.

'우르르 꽝'

'우직!'

한곡선은 어느새 풍진 앞에 당도했다. 분일선도 가까이 다다르고 있었다.

"적이다! 공격하라!"

본고선의 음성이 들려오고 이어서 무망의 섬광이 번뜩이기 시작했다.

'번쩍 번쩍'

'번쩍 번쩍'

"이얍!"

혼란의 와중에 기합 일성이 터지며 한곡선은 풍진 너머로 두 줄기의 기운을 발사했다.

'번쩍 번쩍'

"으악!"

무망의 진을 치고 있는 선인 두 명이 연이어 쓰러졌다. 이때 소지선이 진격을 개시했다. 무망의 진에서는 당장 눈앞의 적에 신경 쓰느라 소지선의 움직임을 잠깐 놓치고 있었다. 그러나 유적선은 이 광경을 처음부터 예의 주시하고 있다가 추상같은 명령을 내렸다.

"풍진을 풀고 진격하라! 전 부대 진격!"

감음의 진을 치고 있는 선인들은 소지선이 달려와도 태산처럼 굳건히 앉아 발음만 하고 있었다.

'퍽 —'

한곡선은 적이 발사한 무망의 기운을 맞았다. 그러나 쓰러지지 않고 풍진을 돌파했다. 이 순간 우측에서 무망의 기운이 쇄도하기 시작했다.

'번쩍 번쩍 번쩍'

'퍽 —'

한곡선은 또 한 번 살기를 몸으로 받아냈다. 이때 분일선이 공격을 개시했다.

"야압!"

'번쩍'

'윽 —'

'풀썩!'

우측의 선인이 죽음을 맞이하며 주저앉았다. 분일선의 공격은 연이어졌다.

'번쩍 번쩍'

"어억!"

또다시 두 명의 선인이 쓰러졌다. 이때 소지선은 풍진을 넘어섰다. 우측에는 이미 틈이 생기고 있었다. 한곡선은 무망의 진에 몸을 부딪치며 끊임없이 혼란을 유발시키고 있었다.

'번쩍'

'퍽!'

또 한 번의 기운이 한곡선을 강타했다. 뒤이어 그 기운을 발사한 선인은 즉사했다. 바로 뒤쪽에서 분일선이 공격한 것이었다. 소지선은 분일선 바로 옆에 당도했다.

"저쪽입니다!"

한곡선이 소지선을 돌아보며 말했다. 소지선은 그 방향으로 신속하게 움직였다.

"막아라!"

소지선이 가는 진형 저 뒤쪽에는 수많은 선인이 집결하고 있었다. 포위망은 급격히 압축되면서 바깥쪽에는 예비진이 순식간에 만들어졌다. 소지선은 이런 것을 살필 겨를이 없었다. 무작정 앞만 보고 달려갈 뿐이다.

뒤쪽의 공격은 잠시 멈춰지는 듯했다. 한곡선과 분일선이 소지선을 향해 공격하는 선인들을 여지없이 가격을 하고 있는 것이다.

'번쩍 번쩍'

'퍽 —'

'윽!'

한곡선은 방향을 좌측으로 틀었다. 분일선은 소지선이 가는 쪽을 바라보며 전진했다. 그러나 소지선은 바로 앞에 멈춰서고 있었다. 저쪽에 대부대가 막아서고 있었기 때문이었다. 더 이상 달려들 수 없는 상황이었다. 이때 뒤쪽에서는 유적선의 부대가 감음진형에 당도했다. 한곡선은 즉시 상황을 파악하고 소지선이 있는 쪽으로 달려갔다.

"도형! 어찌 되었습니까?"

한곡선은 어느새 다가와서 소지선에게 물었지만 상황은 확연했다. 적의 진형은 바로 앞에 압축되어 금강 철벽을 이루고 있었다.

"공격 중지!"

본고선이 조용히 명령했다. 이와 때를 같이하여 유적선이 바로 뒤에 막아섰다.

"무망의 진을 전개하라!"

유적선은 휘하 선인에게 명령하고는 소지선을 향해 한 걸음 나서며 말했다.

"대선관님! 안녕하신가요?"

유적선은 우선 예의를 차렸다.

"유적, 자네가 왔는가!"

소지선은 에워싼 적을 둘러보며 건성으로 대답했다. 둘러싼 적은 추호도 틈이 없었다.

"이제 그만 항복하시지요!"

유적선은 소지선을 빤히 바라보며 말했다. 얼굴에는 회심의 미소가 서려 있었다. 드디어 소지선을 체포할 수 있게 되었기 때문이다. 동화궁의 선인들은 유적선의 명령 한 마디면 단숨에 소지선 이하 두 선인까지 죽여 버릴 수 있는 그리 멀지 않은 곳에 흡사 나무 기둥처럼 무심히 서 있었다.

"음......."

소지선은 잠시 머뭇거리며 한곡선을 돌아봤다. 어찌했으면 좋겠느냐는 뜻이다. 그러자 한곡선이 가까이 다가와서 말했다.

"저들을 잠시 물러서 있게 하십시오."

한곡선은 유적선과 그 부관들을 가리키며 말했다.

"음? 자네들 조금 물러서 있지 않겠나? 우리끼리 할 얘기가 있네."

소지선이 이렇게 말하자 유적선 이하 몇 명의 선인들이 뒤로 물러가 자기 진형 앞으로 갔다.

"......."

소지선은 유적선이 물러가자 한곡선을 바라봤다. 한곡선이 조용히 물었다.

"도형! 항복하실 겁니까?"

"항복? 그런 말은 하지도 말게!"

"좋습니다. 그렇다면 길은 여전히 하나군요! 싸우다 죽는 수밖에......."

"음, 그렇군. 시작할까?"

소지선이 이렇게 말하면 분일선을 돌아봤는데, 분일선은 웃으며 고개를 끄덕였다. 그런데 이때 갑자기 기후가 변했다. 비가 갑자기 멈춘 것이다. 하늘은 순식간에 밝아지고 있었다.

"죽기에 좋은 날씨로군!"

소지선이 이렇게 말하며 적진으로 돌입하려는데 한곡선이 만류했다.

"도형! 돌격을 해도 아까와 똑같은 방법으로 해야 합니다. 그건 그렇고, 왜 갑자기 비가 멈추었을까요?"

한곡선은 최후의 결행을 잠시 제지하고는 화제를 바꾸었다.

"글쎄 별 의미가 있을까?"

소지선은 날씨에 관해서는 크게 관심 둘 것이 없다는 투로 말했다.

"하하, 도형! 모든 변화에는 의미가 존재하는 법이지요. 더구나 군풍이 멈추었다는 것은 상당한 의미가 있게 마련입니다. 조금 기다려 보소서."

한곡선은 웃으며 말했지만 진지한 느낌을 주었다.

"음? 그래? 저들이 기다려줄까?"

소지선은 한곡선의 말에 간접적으로 수긍하면서 유적선이 서 있는 쪽을 슬쩍 바라봤다. 유적선은 지금 본고선에게 말하고 있는 중이었다.

"저 자는 위험한 자야! 공력이 대단해. 그토록 심한 공격을 받고도 끄떡없다니…… 피곤한 기색도 보이지 않는군!"

본고선은 유적선의 얘기를 들으면서 한곡선을 바라봤다. 과연 한곡선은 태평한 모습이었다. 유적선의 말이 계속됐다.

"저 자가 있으면 일에 차질이 있을 수도 있어. 그러니까 이렇게 하지…… 내가 소지 대선관과 말을 걸고 있을 테니 그 사이 갑작스레 공격해서 저 자부터 없애버리게. 자네와 수십 명이 동시에 공격하면 그 순간 나도 일격을 가하겠네. 어차피 저 자는 죽어야 할 몸이니 미리 처리하는 게 좋을 거야!"

"알겠습니다! 잠깐만요!"

본고선은 뒤로 돌아와서 자신의 부하에게 유적선의 뜻을 은밀히 전달했고, 이 소식은 잠깐 사이에 여러 선인들에게도 전해졌다. 이윽고 습격을 준비해 놓고는 회심의 미소를 지으며 말했다.

"시작할까요? 소지 대선관을 떼어놓으소서! 단번에 없애버리지요!"

본고선이 이렇게 말하자 유적선은 고개를 끄덕이며 몇 걸음 걸어 나왔다. 이어 소지선을 은근히 불러냈다.

"대선관님!"

"……."

소지선은 유적선이 자신을 부르며 걸어오자 앞으로 나서려고 했다. 이때였다. 인연의 늪 쪽에서 갑자기 진형의 한가운데로 뛰어드는 무리가 있었다.

"아니? 저들은……?"

유적선은 깜짝 놀라며 그들을 바라봤는데, 이들은 어느새 소지선이 있는 쪽으로 다가왔다.

"어! 당신들은……?"

소지선도 나타난 무리들을 보고 매우 놀랐다. 나타난 무리들은 뜻밖에도 선녀들이 아닌가? 모두들 영문을 몰라 바라보고만 있었다. 잠시 후 인연의 늪 쪽에서 다시 선인들이 나타났는데, 이들은 유적선의 휘하 부대였다.

유적선은 그들에게 상황을 물으려는데 지휘자인 듯한 한 선녀가 소지선을 보고 먼저 인사를 올렸다.

"인사드리옵니다. 대선관님께서는 평안하시온지요?"

"……."

소지선은 갑자기 나타난 선녀들에 대해 영문을 모르니 잠시 미소를 짓고 있을 뿐이었다.

선녀는 소지선에게 평안하시냐고 안부를 물었는데 얼토당토않은 물음이다. 단지 선녀가 나타난 것으로 인해 전투는 일시 중지될 수밖에 없었다.

선녀는 유적선에게도 인사를 올렸다.

"지휘 선관님께 인사를 올리옵니다."

"당신은 누구요?"

유적선은 밝지 않은 목소리로 물었다. 지금 유적선의 마음은 몹시 불쾌했다. 이들 선녀는 필경 인연의 늪 쪽에서 들어왔겠지만 막무가 내로 포위망을 뚫고 들어온 것이 분명했다.

아름다움의 힘

이 선녀들이 전장에 갑자기 뛰어든 것은 필시 전투를 방해하기 위해서일 것이다. 이 선녀 무리들은 소지선을 에워싸고 있지 않은가! 그리고 옷차림을 보라! 저토록 요염하고 연약한 차림으로 나타나 무얼 어쩌자는 것인가?

"저는 상유(常幽)이옵니다."

선녀는 유적선의 물음에 상냥한 표정을 지으며 대답했다.

"이름을 묻는 것이 아니오!"

유적선은 조급한 듯 다소 언성을 높였다.

"그럼 물으시는 게 무엇이시온지?"

"당신이 어디서 왔으며 무엇 때문에 이곳에 뛰어들었느냐 말이오?"

"예, 저희들은 남선부에서 왔사온데 이곳에 온 이유는 상처 입은 선인들을 치료하기 위해서이옵니다."

상유선은 이렇게 말하고는 유적선을 빤히 쳐다봤다. 상유선의 표정은 요염하기 그지없었다. 이 선녀의 나이는 속계의 기준으로 보면 갓 이십 세를 넘었을까 말까 할 정도로 어려 보였는데, 옷차림을 보면 상의는 녹색의 망사로 되어 있어 속이 들여다보였고, 안에는 부드러운 천으로 가슴 부위를 겨우 가려서 맨살이 보일 듯했다.

하의는 역시 녹색 망사로 길게 내려져 있는데, 그 속에는 하얀 천으로 된 짧은 치마를 입고 있어서 무릎까지 나타나 보였고, 허리 부분은 몸으로 착 달라붙어 있어 둔부의 커다란 곡선이 강조되고 있었다.

피부의 빛깔을 보면 팔과 다리가 옥처럼 하얗다. 그리고 얼굴은 하얀 피부에 가볍게 화장을 하고 있었다. 머리 위에는 빨간 리본이 꽂혀 있었고, 머리칼의 일부는 단정히 묶어 올렸으며, 나머지는 좌우로 흘러내려져 있었다.

이 모든 차림들은 궁중 연회에서 춤이나 추면 적당할 뿐 결코 치료를 하기 위해 전장에 뛰어들 차림은 아니었다. 더구나 선인들의 상처는 본인들이 치료하거나 공력 높은 선인들이 도와주면 된다.

선인들의 치료를 선녀들이 하는 경우는 몹시 드물다. 물론 선녀들을 치료하는 경우도 대개는 선인들이 치료하지 않는다. 이렇게 하는 이유는 선인들의 치료가 부드러움을 필요로 하는 것이 아니라 실질적인 작용이 필요한 것이고, 선녀들의 경우에는 흔히 옷을 벗어야 하기 때문에 가급적이면 선녀들끼리 치료를 하는 것이 간편하다. 그리고 선인이든 선녀이든 인체에 대해 깊게 통달해 있기 때문에 아주 특이한 경우가 아니라면 전문가의 도움이 필요가 없었다.

유적선은 상유선의 시선을 피하며 말했다.

"아직 전투가 끝난 것이 아니오!"

유적선의 말은 치료를 하려면 나중에 전투가 끝나면 하라는 것이었다.

"그러시온가요? 그렇다면 우리가 온 것이 더욱 잘된 것이로군요!"

"그 무슨 말이오?"

"예, 저희는 싸움을 말리러 왔사옵니다. 명분 없는 싸움은 속인들의 짓이 아니옵니까?"

"뭐요? 명분이 없다니! 우리는……."

유적선은 말을 하려다 그만두었다. 여인에게 전쟁의 이유를 설명할 필요가 없었기 때문이었다. 그러나 선녀는 고운 목소리로 천진하게 물었다.

"그럼 명분이 무엇이온지요?"

"당신이 알 바 아니오. 어서들 물러가시오."

"예? 물러가라고요? 죄송하옵지만 그 명에 따를 수가 없사옵니다."

"뭐요? 당신은 도대체……."

유적선은 말문이 막혔다. 이제 이 선녀들의 저의는 분명하게 드러났다. 이 여인들은 자신의 몸을 볼모로 해서 전투를 강제로 중지시키겠다는 것이다. 말하자면 소지선을 결사적으로 구해 가겠다는 것이다. 선녀가 다시 말했다.

"유적선께서는 명분보다 힘을 앞세우는 분이신가요?"

유적선이 들어보니 난감했다. 여인을 상대로 명분 논쟁을 해서는 도저히 끝이 나지 않는 법이다. 그러나 이토록 따지고 있으니 어쩌면 좋단 말인가? 유적선은 겨우 한 마디를 생각해냈다.

"우리가 하는 일은 다 이유가 있소. 당신들이 관여할 바가 아니오. 어서들 물러가시오."

"싫사옵니다! 여기는 분명히 우리 땅이옵니다. 물러갈 사람은 당신이에요. 그렇지 않사옵니까?"

선녀의 말은 다소 억지가 있어 보이지만 명분에 어긋나 있지는 않았다. 이 여인에게 군사적 상황을 이해시키는 것은 사실상 불가능했다.

선녀는 오히려 말끝에, '그렇지 않사옵니까?'하고 반문을 덧붙였는데, 어쩌면 맞는 말인지도 몰랐다. 아무튼 유적선으로서는 여인과 대화를 나눠본 적이 거의 없지만 지금처럼 달려드는 여인은 딱 질색이었다.

유적선은 대답을 기다리고 있는 선녀를 힘들게 외면하면서 속으로 생각했다.

'일이 어렵게 됐군. 어떻게 따돌리지? ……그나저나 저렇게 소지선을 에워싸고 있으니 무슨 수로 물리치나! 어디 엄포를 놓아볼까?'

유적선은 겨우 생각한 것이 이것이었다. 그러고는 말했다.

"얘기하자면 기오. 여기는 전장이오…… 빨리 물러가지 않으면 곤란을 당할 것이오."

"예? 곤란이라니요? 이제 위협을 하시는군요! 오히려 남의 선부의 땅에 와서……."

"그런 뜻이 아니오…… 전장에 여인이 있어서는 안 된다는 뜻이오."

"그게 같은 뜻이 아니겠사옵니까! 안 물러가면 어떻게 하시겠다는 것이온지요?"

선녀는 무작정 유적선의 말을 물고 늘어졌다. 그러나 선녀의 음성은 여전히 고왔고 표정은 깨끗했다. 단지 유적선을 빤히 바라보고 있는 것이 여간 불편한 게 아니었다.

그것을 피하자니 이쪽 말이 잘 먹혀 들어가지가 않고 마주 보자니 어리고 아름다운 모습에 말문이 막히는 것이었다.

유적선의 뒤쪽에는 군선(軍仙)들이 엄격하게 서서 기다리고 있는 중이었다. 시간은 알게 모르게 조금씩 흘러가고 있었다. 유적선은 초조한 기분을 느꼈다.

"당신들은 빨리 물러가시오. 시간이 없소!"

유적선이 한 말은 같은 말을 반복한 것뿐이다.

"저희는 싫다고 이미 말씀 드렸사옵니다. 유적선께서 물러가시는 것이 도리예요."

"허 참…… 정 그러시다면 강제로 밀고 나가겠소! 우리는 지금 전투 중이란 말이오."

"전투라고요? 이게 어째서 전투이옵니까? 명분도 없고, 예의도 없이! 더구나 남의 선부에 군사를 몰고 와서 약자를 괴롭히는 것은 폭력이에요!"

서로의 말이 길어지고 있었다. 이것은 선녀가 바라는 바이지만 이래서는 일이 풀리지 않는다. 여인과 말이 길어졌다는 그 자체가 이미 패배나 마찬가지였다. 여인이란 원래 모를 때 말이 길어지는 게 예사이다.

유적선은 낙심하면서 또 말했다.

"상유선! 제발 물러가시오. 정 이렇게 나오시면 나중에 후회하게 됩니다."

"후회는 안 하옵니다! 후회는 당신네들이 할 거예요. 우리는 여기서 모두 죽겠사옵니다."

"뭐요? 죽다니, 그 무슨 말이오?"

유적선은 놀라서 물었다. 그러자 선녀는 원망하는 표정을 지으며 즉시 대답했다.

"당신네들이 우리를 다 죽인다고 했잖사옵니까!"

"아니? ……그 무슨 말이오?"

"모르겠사옵니다. 마음대로 하시옵소서…… 우리는 싸움을 말리러 왔을 뿐인데, 당신들이 힘으로 밀어붙여 우리를 다치게 한다면 할 수 없지 않겠사옵니까? 그러나 한 마디 분명히 해 두겠사옵니다. 이 말은 저 하늘을 두고 맹세코 하는 말이옵니다."

선녀는 단호한 표정을 지으며 가냘프게 말하고 있는데 눈에는 눈물이 글썽했다. 선녀의 눈물은 진정 서글퍼서 나오는 것일까? 아니면 잔인한 속임수일까?

유적선은 전자(前者)라고 생각했다. 여자의 눈물은 절대로 그 잔인성을 입증할 수 없는 법이다. 이것은 선인이라도 마찬가지이다. 오히려 선인들이야말로 여자의 눈물에 약한 것이 아닌가!

유적선은 어쩔 줄 몰라 마음 졸이는데 선녀의 말이 다시 들려오고 있었다.

"저희들은 모두 죽을 때까지 소지선을 해치게 놔두지 않을 것이옵니다. 이것은 절대적이옵니다. 그리고 당신들은 우리의 고마움도 모르는 체 폭력을 휘두르겠지요!"

선녀의 말은 연약하게 들렸지만 그 속에 담긴 의지는 태산보다 무거웠다. 그런데 뜻 모를 말이 섞여 있었다.

고마움……? 이건 또 무슨 말인가? 말끝마다 폭력, 폭력 하는 것은 여인의 좁은 가슴에서 나온 말이지만, 고마움이란 무엇을 두고 하는 말일까?

유적선은 의아스러운 표정을 지으며 물었다.

"고마움이라니 무슨 뜻이오? 내가 보기엔 당신네들은 방해꾼인데!"

"예? 방해꾼이요? 아직 모르시겠사옵니까? 지금 열 개 군단이 급히 달려오고 있사옵니다. 잠시 후면 이 지역 천리, 모든 곳이 포위될 것이옵니다. 우리는 그것을 잠시 제지시켜 놓고 일을 평화적으로 해결하러 먼저 온 것뿐이옵니다. 그러니 우리가 고맙지 않겠사옵니까? 물론 당신들께서는 우리마저 다 죽이겠지만……."

선녀의 말 속에는 묘한 여운이 있었다. 군단이 곧 들이닥친다는 말은 사실일까? 사실일 것이다. 그리고 이 여인들이 싸움을 말리러 왔다 하는데 사실일까? 글쎄, 여인의 말이니 곧이곧대로 믿을 수는 없다. 그런데 이 여인들이 결사적으로 막아서면 과연 소지선을 끌어낼 수 있을까?

유적선은 소지선이 있는 쪽을 슬쩍 바라봤다. 선녀들은 한 치의 틈도 없이 소지선을 에워싸고 있었다. 소지선을 끌어내거나 제압시키려면 필경 여인들이 다칠 것이다.

그렇다고 무작정 말싸움만 하고 있을 수는 없었다. 대군단은 오고 있는 것이 틀림없을 것이다. 유적선은 이런 다급한 사정을 감안하여 냉엄한 투로 말했다.

"다시 말하겠소! 이곳은 위험하니 물러가시오."

"싫사옵니다. 저도 다시 말하겠사옵니다. 우리는 모두 죽을 때까지 한 발자국도 물러가지 않사옵니다. 어서 마음대로 하시옵소서."

선녀는 이렇게 말하고는 소지선 앞으로 걸어갔다. 그리고는 유적선에게 들으라는 듯 큰 소리로 말했다.

"얘들아! 빨리 연환진을 쳐라. 죽을 때까지 물러서서는 안 돼!"

"예, 염려 마세요. 죽음은 두렵진 않아요!"

몇 명의 선녀가 단호히 대답했다. 유적선이 듣기에는 어린 여자들의 철없는 용기처럼 보였다. 그러나 죽음을 각오한 것은 움직일 수 없는 사실이었다.

이제 와서 방법은 저 여인들이 다치든 말든 상관없이 밀어 붙이는 것이거나 교묘히 여인들의 방어벽을 뚫고 들어가 소지선만 공격하는 것이다.

그러나 후자의 방법은 전혀 희망이 없다. 선녀들이 비록 연약한 여인이라 할지라도 만만히 볼 수 없는 상대이다. 속계의 방식으로 본다면 이 여인들은 모두들 무성(武聖)의 경지이다. 게다가 저들은 목숨을 걸고 대항할 것이고, 우리의 공격을 몸으로 막아설 것이다.

말하자면 죽음으로써 항전하는 것인데, 이는 여인의 몸을 희롱하는 것이 된다. 어찌 힘없는 여인을 희롱하면서까지 싸움을 벌여야 한단 말인가!

유적선은 다시 한 번 선녀들을 돌아봤다. 이 여인들은 완전히 무심하고 천진한 모습들이었다. 그리고 전체가 하나의 아름다운 꽃을 이루고 있었다. 싸움을 하려면 먼저 저 여인들을 물리쳐야 하는 것이다.

유적선은 고개를 가로저으며 본고선에게 돌아왔다. 무엇인가 대책을 의논하기 위함이었다. 그러나 본고선이라고 해서 무슨 방법이 있으랴? 세상에 칼보다 무서운 것이 있다면 그것은 꽃이리라!

"본고! 저 여인들은 결사적이군!"

"그렇습니다! 그대로 밀어붙이면 필경 여인들이 다칠 것입니다……."

"음…… 그러니 어쩌면 좋은가?"

유적선은 한숨을 쉬면서 물었다.

"이미 일은 틀린 것 같습니다. 처음부터 징조가 이상했습니다……."

본고선은 속으로 이미 체념한 것 같았다. 그러나 유적선은 미련을 버리지 못했다.

"징조라니……?"

"예, 무엇인가 억지로 되는 것이 있었습니다. 일이 이토록 안 풀려 나가면 물러나야지요. 더 이상 추구하려 들면 자연스러울 것 같지가 않습니다."

"음, 그런가? 그래도 소지선을……."

본고선은 유적선의 말을 도중에 막고 단호하게 설명했다.

"아닙니다. 소지선을 잡을 수는 없을 것입니다. 여인들도 죽고 소지선 마저 죽을 것 같군요. 그 외에 또 다른 일이 발생할 수도 있고……."

"다른 일이라니……?"

"글쎄요, 그저 기분이 좀 나쁩니다…… 저 여인들을 해치는 것은 상서롭지가 않습니다."

"이 사람아…… 누가 여인들을 해친다고 했나?"

"그럼 방법이 있습니까?"

"……."

유적선은 잠시 말없이 있었다. 그러나 이윽고 결심을 굳히고 말았다.

"알겠네. 물러가야지. 천명이 따르지를 않는군…… 진을 풀고 철수를 하게. 나는 소지 대선관께 인사나 하고 오겠네!"

"예! 다녀오십시오."

유적선은 고개를 끄덕이고는 다시 소지선이 있는 곳으로 걸어왔다. 본고선은 즉시 전투태세를 풀었다.

"해진(解陣)! 전 부대 행군 대형으로!"

인연의 늪 쪽에서 와 있던 지휘선도 철수를 하기 위해 자기 진영으로 돌아갔다. 유적선은 선녀들이 쳐놓은 인(人)의 장벽 앞으로 왔다.

"비켜주시오! 대선관께 인사를 드리러 왔소!"

유적선이 이렇게 말하는데도 선녀들은 의심의 눈초리를 띠며 잠시 머뭇거렸다. 유적선은 웃으며 다시 말했다.

"저쪽을 보시오. 우리는 철수할 것이오!"

상유선은 유적선이 가리킨 쪽은 보지 않고 오히려 유적선을 빤히 보더니 휘하 선녀들에게 명령했다.

"얘들아, 비켜 드려라!"

이어 소지선이 밖으로 한 걸음 나왔다. 유적선은 그 광경을 미소를 지으며 바라보고 있었다. 소지선은 태연했다. 그러나 소지선도 속으로는 민망할 것이다. 여인들에 의해 구해진 입장이 당당할 수는 없었기 때문이다. 유적선은 웃음을 지우고 말했다.

"대선관님, 저희는 물러가렵니다."

"음…… 수고가 많았네. 훗날 또 보기로 하세!"

"예. 그럼…… 대선관님께서는 평안하십시오."

유적선은 두 손을 맞잡아 보이고 고개를 가볍게 숙인 후 돌아섰다.

"출발!"

본고선은 유적선이 돌아오는 것을 보고 즉시 부대 이동을 명령했다. 선인들은 대형을 유지한 채 서서히 사라져 갔다. 인연의 늪 쪽에서도 신속히 철수가 이루어졌다. 선녀들은 전투 대형을 풀었지만 여전히 의심의 눈초리로 동화궁 선인들을 경계하고 있었다.

소지선은 망연히 서 있을 뿐이었다. 천계의 전쟁은 이렇게 끝났다. 전쟁의 유형은 여러 형태가 있지만 대체로 이익을 다투는 속계의 전쟁과 명분과 의리를 논하는 천계의 전쟁이 크게 다르다.

전쟁의 결말에 있어서는 속계나 천계가 으레 누군가 이겼을 때 끝이 나는 것이지만 서로가 이길 수 없이 끝날 때는 속계와 천계가 엄연히 다른 형태를 취한다. 속계에 있어서는 오로지 강자의 논리만 통하는 법이다.

그러나 천계는 약자의 논리도 통할 수 있다. 사실 논리에는 옳고 그름이 있을 뿐 강자와 약자가 있을 수 없다. 그러나 속계에는 오직 강자만이 합리적일 수 있다. 따라서 강자의 주장은 으레 옳은 것으로 인정될 수밖에 없는 것이다.

이에 비해 천계에는 옳고 그름이 약자에게도 인정될 수 있을 뿐 아니라 아름다움마저도 논리와 대등할 수 있다. 이는 아름다움이 선이나 진리와 통하기 때문일까? 아무튼 오늘 일어났던 선계의 전쟁은 아름다움이 지켜지기 위해 끝난 것이나 다름없다.

집요한 유적선마저도 아름답고 연약한 선녀들이 몸으로 항전하려는 것을 감당할 수 없었다. 아름다움에 굴복하는 것은 또한 아름다움이 아닐까? 혹은 선인들에게 있어서 아름다움을 추구하는 것을 일컬어 상서롭다고 말하는 것은 아닐는지?

많은 희생자를 낸 전쟁을 끝내고 유적선이 어떤 마음으로 떠났는지 알 길이 없다. 그러나 신속하게 떠나간 것으로 보면 아쉬움보다 아름다움을 남기고 떠나간 것이 틀림없다. 선녀군을 지휘했던 상유선은 침략군이 완전히 물러가자 밝은 표정을 지으며 소지선을 향해 말했다.

"대선관님! 적들은 다 떠나갔사옵니다."

"그렇군요…… 그런데 그대들은 누구요?"

소지선은 혼란의 와중이라 선녀들의 신분조차 묻지 못하다가 이제야 숨을 돌리고 물어보는 것이다.

"예. 저희는 남선부의 병부 소속이옵니다."

"병부 소속이라면 전투원이란 말이오?"

"아니옵니다. 저희는 모두 병부에 속해 있지만 후방 근무자들이옵니다."

"허, 그런가요? 그럼 어떻게 알고 그대들이 이곳에 온 것이오?"

소지선으로서는 이토록 연약하고 아름다운 선녀들이 위험한 전장에 뛰어든 것을 이해할 수 없었다. 선녀는 소지선의 마음을 아는지 모르는지 천진한 모습으로 말하고 있었다.

"저희는 병부의 공식 작전 명령에 따라 선발대로 투입되었사옵니다. 병부의 책임 선관인 일측선께서는 저희에게 남선부 대선관님을 구하라는 명령을 내렸사옵니다."

"나를 구하러? ……허허, 목숨을 구해주어서 고맙소. 그대들이 아니었으면 지금쯤 나는 죽었을 것이오!"

"아니옵니다. 대선관님 같은 분이 난적(亂賊)에게 목숨을 잃을 리 있겠사옵니까? 저희는 천명에 따랐을 뿐이옵니다."

선녀의 고운 목소리는 참으로 듣기 좋았다. 소지선은 다시 물었다.

"그런데…… 선발대라면 특히 위험한 일인데 군선(軍仙)들이 오지 않고 어째서 그대들이 온 것이오?"

"호호호, 그것이 바로 허실역용전법(虛實逆用戰法)이라는 것이옵니다. 일측선께서 구사한 작전이옵니다. 만일 군선이 먼저 왔다면 필경 포위망을 돌파할 수 없었을 것이옵니다. 그보다 먼저 대선관님께서 당하셨겠지요!"

"허허, 그렇군요!"

소지선은 선녀를 흘끗 보고는 웃음을 지었다. 속으로는 선녀들이 기특하기 그지없다고 생각하고 있었다. 이번 작전에 있어 병부의 책임 선관인 일측선의 구상이 맞아 떨어졌지만 여기에 동원되었던 선녀들의 용기와 기민한 행동은 가히 절묘했다고 할 수 있다.

그러나 선녀가 용감했는지 혹은 철이 없는지를 떠나서 일측선의 구상은 다소 위험한 것이었다. 만일 선녀들이 다치기라도 했다면 이는 옥황부 전체에 큰 논란을 일으켰을 것이다. 소지선이 구해졌기 때문에 이번 작전 구상은 합리적이었다고 봐야 할 것인가?

결과로 원인의 선악을 판단할 수 있는 것일까? 어쨌든 간에 소지선은 이 문제를 잠깐 떠올렸을 뿐, 이내 잊어버리고 화제를 현실로 돌렸다.

"그대의 이름이 상유라고 했소?"

"예. 그렇사옵니다."

선녀는 다정한 미소와 함께 소지선을 똑바로 보며 대답했다. 소지선도 미소를 짓고 말했다.

"수고가 많았소. 이제 나를 구했으니 사상자를 살펴보는 것이 어떻겠소?"

"예? 아, 예. 아직은 안 되옵니다. 저희는 병부의 정규군이 도착할 때까지 대선관님을 곁에서 지키고 있어야 하옵니다. 사상자는 정규군이 와서 곧 수습할 것이옵니다."

선녀는 이렇게 말하면서 아직도 못 미덥다는 듯이 잠깐 주위를 경계하는 모습을 보였다. 소지선으로서는 이 모습이 어여쁠 뿐이었다.

"알겠소. 그 일은 그대들이 알아서 하시오. 나는 갈 길이 바빠서……."

소지선이 여기까지 말했는데 분일선이 불렀다.

"대선관님! 부대가 오고 있는 모양입니다."

분일선은 한곡선과 함께 좀 떨어진 곳에 서서 숲의 입구 쪽을 바라보고 있었다.

"음…… 그런 것 같군!"

소지선도 먼 곳의 기색을 살피며 고개를 끄덕였다. 드디어 남선부 정규군이 도착한 것이다. 부대는 소지선이 있는 곳에서 멀리 떨어진 좌측으로 진입하고 있었다. 막 도착하고 있는 정규군은 규모가 상당히 큰 것 같았다. 저쪽 숲에서 발산되고 있는 기운은 주변을 완전히 압도하면서 한동안 기척을 남기고 있었다.

곧이어 우측 진영에서도 부대가 진입하기 시작했다. 이들은 우선 소지선의 좌우측을 호위하듯 원거리에서 연환진을 치고 있는 것 같았다. 남선부의 정규군은 각 부대로 나뉘어 속속 도착하고 있는 것이다.

제1대는 육백오십여 명의 인원으로 물러간 유적선의 부대와 비슷한 병력 수준이고, 제2대는 삼백여 명, 제3대는 칠백이십여 명, 제4대는 육백여 명으로 각 부대는 소지선을 중심으로 겹겹이 진을 치고 있었다.

이어 제5대 이백오십여 명과 제6대 오백여 명이 좌우측에 도착하여 진형을 완료하자 드디어 본대인 제7대 삼백여 명이 소지선의 정면으로 들어오기 시작했다. 인연의 늪은 이미 남선부의 정규군으로 완전히 뒤덮였다. 방금 들어온 제7대 역시 일정한 거리에서 멈추고 그 뒤쪽에서 제8대, 제9대, 제10대가 연이어 들어와 멈춰서고 있었다.

잠시 후 본대인 제7대 진영에서 몇 명의 선인이 걸어 나왔다. 그 중의 한 선인은 남선부 정규군 전 부대를 통솔하는 지휘 선관인 일측선이었다. 일측선은 부관 몇 명을 거느리고 소지선이 있는 쪽으로 당당히 걸어왔다.

남선부 정규군은 싸움을 하지도 않고 승리를 이끌어내어 전장인 인연의 늪에 무혈입성, 일측선의 영예를 한껏 높이고 있었다. 전쟁이란 원래 승리를 귀히 여기고 그 방법은 다음의 문제이다.

그리고 계략으로 적을 물리친 것은 더욱이나 그 공이 빛나는 것이다. 전쟁에 있어서 최하책은 쟁투에 의해서 승리를 얻어내는 것이다. 이럴 경우 작전의 뜻은 거의 없고, 병력의 대소(大小)나 운 등이 승리의 관건이 되어 용군(用軍)의 질은 최하로 떨어지게 된다.

일측선의 작전이 선악을 떠나서 자군(自軍)의 피해 없이 소지선을 확실히 구해냈다는 것만으로도 상책이었다고 일컬어질 만했다. 당초 전쟁의 목표는 소지선을 구하는 것이었지 동화선인들을 응징하는 것은 아니었다.

소지선은 일측선이 걸어오고 있는 모습을 바라보고 있었다. 일측선의 치장은 정식 군복으로 붉은 도사건을 쓰고, 손에는 지휘관의 상징인 채봉을 들었으며, 옷은 도포를 길지 않게 늘어뜨린 상태에서 단단히 매어져 있었다.

얼굴 표정은 심각하고 조심스러운 모습. 일측선은 소지선의 앞에 오자 한쪽 무릎을 꿇고 두 손을 맞잡아 보이며 정중히 예를 올렸다.

"대선관님께서는 평안하십니까?"

"허허, 나는 이렇게 건재하다네. 어서 일어나게!"

소지선은 밝은 표정으로 승장(勝將)인 일측선을 맞이해 주었다.

"감사합니다. 사상자가 많습니까?"

일측선은 일어나서는 선병(仙兵)들의 안부를 물었다. 이렇게 하는 것이 전장에서의 예법이고 상정(常情)이었다. 소지선은 침울하게 대답했다.

"음…… 먼저 온 부대는 전멸했네!"

"안됐습니다. 천명이라 생각해야겠지요."

일측선은 이렇게 말하고는 부관을 돌아보며 명령했다.

"사상자를 수습하게!"

이어 소지선을 향해 말했다.

"대선관님! 부대를 사열하시겠습니까?"

이것도 전장에서의 군례(軍禮)에 해당된다.

"아닐세. 나는 지금 몹시 바쁘다네. 우린 여기서 이만 작별해야겠네!"

"예? 그토록 급하신가요? 저하고는 아주 오랜만이지 않습니까?"

소지선이 일측선을 만나본 지는 몇 년이나 되었다. 이는 소지선이 연진인으로부터 근신령을 받기 훨씬 전으로 선계에 있어서는 병부에 속한 선인들은 자주 볼 기회가 없다.

사실, 이번 인연의 늪에서 쟁투가 없었으면 소지선이 일측선과 대면할 일도 없었을 것이다. 일측선은 이런 점도 은근히 지적하고 있었다. 그러나 소지선은 민망한 표정으로 천천히 고개를 저었다.

"자네한테는 미안하구먼, 나의 신변을 구해 주기까지 했는데……."

"대선관님, 저는 공치사를 듣고자 하는 것이 아닙니다. 모두들 대선관님을 뵙기를 바랍니다."

"알겠네. 하지만 시간이 없어. 나는 도피중일 뿐만 아니라 근신 중이야……."

소지선이 도피 중이라 하는 것은 평허선공으로부터의 도피이다. 물론 근신 중이라는 것은 현재 연진인의 명을 수용하고 있다는 뜻이다. 그러자 일측선은 알겠다는 듯이 고개를 끄덕이고는 다시 힘차게 말했다.

"좋습니다. 이러실 줄 알고 준비를 해 둔 것이 있습니다."

"……."

소지선은 잠시 일측선을 바라보고 있는데, 일측선은 품속에서 어떤 물건을 꺼내 소지선에게 건네주었다.

"음? 이게 무언가?"

"군례(軍禮)로 하시겠습니다."

일측선은 이렇게 말하면서 품속에서 또 하나의 물건을 꺼냈다.

"아니!"

소지선의 얼굴빛이 환하게 변했다. 일측선이 품에서 꺼낸 물건은 처음 것이 술잔이고 두 번째 것이 술병이었다. 일측선은 거병(擧兵)의 와중에서도 이런 준비를 해둔 것이었다.

"자, 받으십시오."

일측선은 잔을 소지선에게 넘겨주고 즉시 그 잔에 술을 채웠다. 소지선은 다소 진지한 표정으로 술을 받았다. 속으로는 일측선의 선견지명에 감명을 받고 있었다. 일측선의 말은 이어졌다.

"대선관님께서 바쁘시니까 이 정도로써 아쉬움을 달래겠습니다."

"고맙네, 근간에 다시 보기로 하세!"

소지선은 술을 단숨에 비고 술잔을 일측선에 돌렸다.

"자네도 한 잔 받게!"

"예? 제게도 주시렵니까?"

"자네의 공이 제일 컸어. 상이 너무 작구먼."

"아닙니다. 큰일은 선녀들이 다 한 것이지요."

"음? 허허, 그렇구먼……."

소지선은 이렇게 말하며 선녀들을 돌아봤다. 선녀들은 조금 떨어진 거리에서 아직도 정숙한 자세를 유지하고 있었다. 소지선은 고개를 끄덕이고는 다시 일측선을 돌아보며 말했다.

"일측, 저들에게는 나중에 인사를 하겠네. 그런데 자네, 군사를 너무 많이 몰고 온 것은 아닌가?"

"아닙니다. 조만간 옥황부에서 동원령이 내릴 것 같습니다. 그래서 미리 준비를 해둔 것이 있습니다. 부대는 이 근방에 오래 주둔할 것입니다. 물론 그 전에 대선관님을 구출하는 문제는 충분히 승산이 서 있었습니다."

"그런가? 자네는 참으로 치밀하군!"

소지선의 말은 진실이었다. 일측선은 선녀군을 파견하였고, 석별의 술을 준비하였으며, 앞으로 있을 옥황부 동원령에 대비하는 등 일의 처리가 비범했다. 이러한 모든 것은 슬기롭다하거니와 슬기로움이란 참으로 아름답다.

세상에 아름다움이란 여러 종류가 있다. 산천 경계의 아름다움, 여인의 아름다움, 인격의 아름다움 등, 그 중에서도 여인의 아름다움은 특별한 것인가?

소지선은 여인의 아름다움에 힘입어 구출되었고, 그것은 일측선의 슬기로움에 의해 예견되었던 것이다. 소지선은 일측선의 슬기가 아름답게 느껴졌다. 일측선은 소지선이 치밀하다고 칭찬해 주는 말에 겸허하게 대답하고 있었다.

"과찬이십니다. 저는 허점투성이옵니다."

일측선은 이렇게 말하면서 다정한 미소를 지었다. 지금 소지선 근방에 있는 여러 선인들은 모두 다정한 표정을 짓고 있었다. 이러한 모습을 보고 있는 소지선의 마음속에는 좀 전에 물러간 적들에게서는 결코 느낄 수 없었던 우정의 보호감이 느껴지고 있었다. 그러나 소지선은 이제 또 홀로 떠나야 하는 고독감도 느끼고 있었다.

"모두들 고맙네. 이제 가봐야겠네!"

"어디로 가시게 됩니까?"

일측선은 안색을 고치며 물었다.

"글쎄…… 바람이 안내하는 곳일까?"

소지선은 이렇게 말하며 옆에 있는 한곡선을 바라봤다. 한곡선은 다정한 미소를 지으며 조용히 말했다.

"도형! 떠나시렵니까?"

"음, 건영이에게 안부를 전해 주게!"

소지선의 운수는 산천대축(山天大畜:☶☰)에서 화택규(火澤暌:☲☱)로 바뀌고 있었다. 산천대축은 의욕과 사연을 한껏 담고 있는 것이고, 화택규는 보금자리를 떠나가는 상이다. 자연의 흐름은 원래 산천대축에서 화택규로 흘러가게 되어 있었다.

소지선은 속계 쪽을 한 번 바라보고는 서서히 걸음을 옮겼다. 모두들 소지선이 떠나가는 모습을 지켜보고 있었다. 소지선이 나아가는 방향은 일측선의 본진이 있는 쪽으로 진형은 좌우로 갈라서고 선인들은 모두 엄숙한 표정이었다.

소지선은 우군의 진형을 통과하자 속도를 높이기 시작했다. 소지선이 가는 방향은 어느 곳일까? 지금 우주에서 그것을 아는 사람은 건영이와 소지선 자신뿐이다. 그러나 소지선이 이 세상 어느 곳으로 간다 해도 평허선공은 찾아 나설 것이다. 소지선이 숨을 곳은 건영이가 지시해 준 것이지만 그 장소는 과연 평허선공의 추적을 피할 수 있는 곳일까?

아무튼 이제 평허선공과 건영이의 대결이 시작된 셈이다. 소지선이 떠나가자 선녀군도 떠나갔다. 그러자 일측선이 분일선에게 말했다.

"대선관님, 편안한 곳으로 옮기시지요!"

소지선이 없는 지금부터는 분일선이 남선부 대선관이었다. 분일선은 고개를 끄덕이고는 한곡선을 바라봤다.

"함께 가시지요."

"아닙니다. 저는 이만 집으로 가봐야겠습니다."

한곡선이 말한 집이란 속계에 있는 덕유산 동굴을 말한다.

"그러시겠습니까? 피로하실 텐데……."

분일선은 한곡선의 기색을 살피며 말했다. 두 선인은 사선(死線)을 함께 넘은 동지로서 이별 또한 아쉬운 것이다.

"괜찮습니다. 가서 쉬지요."

한곡선은 미소를 보이며 말했다.

"그럼, 여기서 작별해야겠군요. 언제 남선부에 한번 오시지 않겠습니까?"

"예. 가겠습니다. 근간에 이루어질 것 같군요."

한곡선은 이렇게 말하고는 인연의 늪 출구 쪽인 속계를 향해 떠나갔다. 분일선은 한곡선이 떠나가는 모습을 바라보며 속으로 생각했다.

'대단한 분이야. 저런 분이 속계에서 그냥 야선(野仙)으로 있다니…… 공력으로 말하자면 남선부를 통틀어도 없겠군. 묵정선에 버금갈 거야……'

분일선이 잠시 상념에 잠겨 있는 동안 한곡선은 이미 인연의 늪을 빠져나가 속계를 향해 신족을 운행하기 시작했다. 천지의 작용은 바람처럼 움직여 이제 천계에서 속계로 이동하고 있었다.

자연에서 일어나는 사건은 작은 것은 한 곳에서 일어나 그 곳에서 사라지지만 큰 것은 나서 커지며 이동하고 다른 곳에 영향을 주는 등 큰 변화를 이룩한다. 오늘날 인연의 늪에서 일어난 커다란 사건은 아직도 그 파급이 종점에 달한 것은 아니지만 그 기원은 터무니없이 작은 것에서 시작한 것이다.

지고(至高)한 인격을 가진 선인들의 견해가 엇갈리고 급기야는 전쟁까지 일으켰던 사건의 발단은 이십여 년 전 우주 밖 천계에서 온 평허선공이 속계의 인간인 건영이를 죽이려는 데서부터 비롯되었다. 평허선공은 남선부 선인인 성유선을 시켜 건영이를 죽이라고 명령했고, 성유선은 이를 실행에 옮기다가 실패한 바 있다.

성유선의 실패는 정마을의 촌장인 풍곡선으로 인한 것이었지만, 후에 성유선의 살인 시도를 방치했던 성유선의 상관인 소지 대선관은 연진인으로부터 벌을 받게 되었다. 이로부터 사태의 흐름은 역전하기 시작했다.

또다시 평허선공이 등장해서 오히려 소지 대선관을 사면하려 들었는데, 소지선은 이를 마다하고 연진인의 벌을 끝까지 받겠다며 집요한 도피 행각을 벌인 것이다. 그래서 평허선공은 기필코 소지선을 찾으라고 동화궁 선인들에게 명령했다.

그런데 그것을 실행하는 과정에서 이번에는 정마을의 건영이가 나서서 소지선의 도피를 돕고 평허선공을 방해한 것이다. 건영이와 평허선공은 무슨 숙명적 관계인가? 평허선공은 당초 건영이를 죽이려는 장본인이었다.

그러나 그것을 건영이의 스승격인 촌장이 막아섰고, 평허선공이 다시 자신의 실패를 만회하려고 소지선에게 선의를 베풀려고 하자 그것을 건영이가 막아섰다. 말하자면 극한적인 능력을 가진 평허선공이 건영이의 일에 맞부딪쳐 두 번이나 실패를 거듭한 것이다.

이제 평허선공이 어떻게 나설지는 알 수가 없다. 지금 소지선은 건영이가 지시해 준 대로 어디론가 떠나가고 있을 것이다. 그리고 이러한 것이 성립되는 과정에서 선인들의 대규모 전쟁이 벌어지기도 했다.

건영이와 평허선공, 동화선부와 옥황부, 그리고 남선부 속계의 야선인 한곡선 등이 모두 이 인연의 늪에서 숙명적인 대결의 절정을 이룬 것이었다. 과연 인연의 늪은 이름 그대로 사연을 일으키는 저주의 땅인가? 지금 인연의 늪은 잠잠하기만 했다.

이곳으로부터 멀고 먼 속계인 서울에서는 조용히 아침이 밝아오고 있었다. 오늘은 남씨와 박씨가 고향인 정마을로 돌아가는 날이다. 물론 인규도 정마을로 갈 것이다.

돌아오는 사람들

인규는 서울에서 남씨가 일하는 동안 많은 일을 감당해 주었을 뿐만 아니라, 그동안 부모님을 설득하여 자신이 정마을에서 사는 것이 사회에 진출하는 것보다 더욱 큰 가치가 있음을 인식시켰다.

이제 정마을로 돌아가면 인규는 새로운 인생을 시작할 작정이었다. 그동안 정마을이 단순히 현실 도피처였다면 이제부터는 적극적인 수행의 장소가 되는 것이다. 말하자면 인규는 입산수도를 하는 셈인데, 몸과 마음을 닦고 주역의 이치를 공부하는 등 본격적인 도인 수업을 시작할 생각이었다. 이것은 인규 자신의 깨달음에 의한 것이었다.

인규는 정마을 사람들과 늘 함께 생활하는 마음의 세계가 무한히 넓어져서 속세에서 그 무엇이 주어진다 하더라도 도(道)의 세계와 비교될 수는 없다는 사실을 알았다. 물론 몸이 속세를 떠나서 산다고 당장 도인이 되는 것은 아닐 것이다. 그리고 몸이 속세에 있다고 해서 반드시 속인이라고 볼 수도 없다. 그러나 이것을 깨달을 만한 경지에 아직 인규에게는 도달하지 못한 것이다. 인규는 지금 새로운 꿈에 가득 차 있다. 그것은 정마을이라는 절대의 도량(道場)에 입문하여, 무한대의 세계와 접하는 것이다. 정마을에는 이 세계를 넘어선 천계와 통하는 길이 있고, 우주 자연을 깨달을 수 있는 지고(至高)의 학문이 있으며, 인격과 아름다운 생활이 있다.

정마을은 그 자체로 이미 하나의 천계인 것이다. 인생이 무엇이냐 하는 것은 사람마다 서로 다른 견해가 있겠지만 사람들이 행동하는 바를 보며 뚜렷한 특징을 살펴볼 수 있다. 그 중에서도 가장 일반적인 경우는 재산 증식을 목표로 사는 인생이 있다. 어떤 사람은 예술을 위해서 살기도 하고, 또 어떤 사람은 자연을 탐구하거나 명예를 추구하면서 살기도 한다.

인규가 인생의 목표를 완전히 도를 닦고 인격을 수양하며 자연의 진리를 발견하기 위해 살기로 정했는지는 좀 더 두고 봐야겠지만, 어떤 인생이 가장 가치 있는 인생이냐 하는 문제는 단적으로 말할 수는 없을 것이다. 단지 인규 자신은 속계를 아주 떠나서 수도의 길로 들어서기로 한 자신의 결정에 큰 행복을 느끼고 있었다.

인규는 오늘 아침에 깨어나서도 이미 도인의 마음을 습득하려는 노력을 기울이기 시작했다. 어떻게 하는 것이 도인의 마음을 습득하는 것인지를 인규가 배운 바는 없다.

그러나 생활에서 닥치는 대로 탈인간화(脫人間化)를 시도할 생각이다. 공부 자료는 주변에 얼마든지 있다. 이를테면 거(居)함에 있어 편안함을 구하지 않는다든지, 단정히 앉는 법을 배운다든지, 선(善)한 마음을 가지려고 노력한다든지, 음식을 먹을 때 맛을 탐하지 않는다든지, 여색을 보고도 무덤덤한 마음을 갖는다든지 하는 등등과 나태하지 않으며, 강인한 정신력이나 용기를 갖추기도 하고, 또 지치지 않는 초인이 되려고 애쓰는 등, 무수히 많은 덕목을 구할 수 있다.

사람이 일단 도의 마음을 가지면 그 순간부터는 어느 정도 도인의 면모가 갖추어지는 법이다. 길을 가듯 눈앞의 옳은 방향으로 한 걸음씩이라도 나아가면 어느덧 상당한 진전이 있게 마련인 것이다.

인규가 일찍 깨어나 보니 박씨는 벌써 일어나서 면벽을 하고 있었다. 박씨가 벽을 보고 앉아서 무엇을 하는지, 어떠한 상태인지는 정확히 알 수가 없다.

단지 박씨 나름대로는 마음을 고요하게 가라앉히는 공부를 한다고, 벽을 바라보며 명상을 하고는 있는 것이다. 박씨가 어쩌면 그저 앉아서 눈만 감고 시간만 보내고 있는지도 모를 일이다. 아니면 저렇게 하고 있는 순간 범인(凡人)의 세계를 떠나 어떤 비경(秘境)을 접하고 있는지는 더욱 모를 일이다.

인규는 자신도 장차는 저렇게 앉아서 하는 수련도 해야 될 것이라며 조용히 문을 열고 밖으로 나왔다. 남씨는 방 한 구석에서 돌아누운 채로 아직 자고 있는 중이었다. 남씨는 어제 하루, 그동안에 서울 생활 중에서 특히 바쁜 하루를 보냈다. 새벽에 인왕산을 내려와서 잠시 쉬고는 일송 선생을 만났으며, 이어서 최사장, 즉 건영이 아버지를 만났고, 오후에는 조합장이 마련한 송별연에 참석했다. 저녁에 되어서는 물건을 몇 가지 더 사고 무작정 거리를 헤매면서 서울에서의 마지막 밤을 보냈다.

남씨는 긴 서울 생활에서 어떤 의미를 부여받았을까?

필경 일생일대에 중대한 자극을 받았을 것이다. 이는 서울에서 태어나고 자란 인규가 정마을이라는 산골에 가서 느꼈던 자극과는 상당히 비교가 되는 것이다. 그런데 얼핏 생각하기에는 서울 생활이 다양하고 폭이 넓은 것처럼 보이지만, 그 의미를 살펴보면 실은 시골 생활과 거의 같거나 생각의 폭은 더 좁을 수도 있다.

서울에서 직장을 다닌다거나, 장사를 한다거나, 공장을 운영한다거나, 회사를 경영한다든지 하는 것은 다 무엇일까? 한마디로 돈을 벌기 위함이리라. 이는 생명의 근저에 깔려 있는 원시적 의미로 보면 먹이를 구하는 행위에 해당된다.

시골에 사는 사람은 이것을 땅으로부터 구하지만 그 의미는 당연히 같다. 이를 비유하자면 그릇과 연못이 비슷하고, 또 연못과 바다가 비슷하듯이, 농사를 짓는 것이나 회사를 경영하는 것이나 그 크기만 다를 뿐 근본적인 뜻은 같다는 것이다.

그러나 서울 생활에는 치명적인 약점이 하나 있다. 시골 생활에 비해 서울 생활은 규모가 크기 때문에 많은 것을 창출해 낼 것 같지만 사람의 의식이 주어진 환경에 몰두하게 되는 게 흠이었다.

그만큼 서울 생활은 정신적으로나 육체적으로 바쁘다는 뜻인데, 그렇기 때문에 서울 사람은 의식의 자유가 거의 없다. 무엇인가 일에 매달려서 평생 이어져 간다. 이것은 하나의 틀로써 빠져나올 방법은 거의 없다.

이에 비해 시골 생활은 비록 먹이를 생산해 내는 양이 부족하긴 하지만 의식의 자유가 많다. 할 일을 다 마치고 나면 아무래도 서울보다는 생각할 시간이 많다는 것이다. 이 시간은 바로 자유 시간인데, 이 시간을 잘 활용하여 인생을 탐구할 수도 있고, 순수 자연과 화합할 수도 있을 것이다. 즉 한가해야 생각할 수 있고, 생각해야 얻을 수 있다는 말이다.

서울 생활은 사람이 만들어 놓은 틀 속에서 대부분 서로 얽히고설켜 동일색(同一色)으로 변화한다. 생의 의미를 탐구하고 영혼을 맑게 하는 생활은 영위하기가 어렵다. 서울 사람들은 많이 생산하고 죽는다.

인생의 의미는 과연 생산과 관련이 있을까?

인규는 요즘에 와서 이를 단호히 거부했다. 인규에게 있어서 인생의 의미란 태어나기 전부터 있었던 영혼 그 자체의 발전이었다. 그것은 인격이나 지혜·아름다움, 혹은 깨달음 등일지는 모르지만, 결코 세상에 무엇을 남겨놓는다는 데 인생의 모든 의미를 둘 수는 없는 것이다. 그러나 인생의 의미를 찾는 데 서울의 이점이 하나 있다.

그것은 책이다. 서울이야말로 인간이 존재한 이래 갖가지의 모든 책이 있다. 인규도 이것을 잘 알고 있었다. 그래서 인규는 많은 책을 준비했다. 책이 더 필요하면 수시로 서울에 와서 운반하면 되었다. 그렇다고 해서 서울에 모든 책이 다 있는 것은 아니었다. 특히 도사들의 비서(秘書) 같은 것은 서울보다는 산골에 있기 십상이다. 아무튼 서울에서 구할 수 있는 데까지 구하여 배우고난 뒤, 한적한 정마을에서는 인간의 바쁘고 속된 생활을 떠나 의식의 자유를 얻어 생명의 본질을 향상시키자는 것이다.

인규의 아버지는 제법 사리가 밝은 사람이지만 어쩌면 인규의 이어리석기도 한 생각을 수긍해 주었다. 다른 아버지처럼 '얘야, 공부가 밥 먹여주니?'하고 힐책하지도 않고, '도니, 깨달음이니 하는 것은 다 미친 짓이야……'하고 비웃지도 않았다.

오늘 날씨는 참 맑았다. 하늘은 점점 밝아오는데 구름은 몹시도 하얗고 부드러웠다. 그리 넓지 않은 마당 안은 조용히 아침 기운이 서리고 있었다. 인규는 마당 끝에 돋아나 있는 잡초를 바라보며 잠시 상념에 잠겼다.

'이제 정마을로 돌아갈 텐데…… 그곳은 정녕 평화로운 곳이야. 평화……?'

인규는 정마을을 생각하다 문득 임씨를 떠올렸다.

'임씨 아저씨는 어디에 가 계실까? 정마을에도 사건이 있었구나……
전에는 호랑이도 나타났었지! 그렇지! 그리고 얼마 전에는 빗자루를
든 괴인이 나타났었어…… 앞으로 정마을은 괜찮을까?'

인규는 생각이 빗자루 괴인에까지 이르게 되자 얼굴을 찡그리며
근심 어린 빛이 되었다. 그 무서운 빗자루 괴인이 아직 그 숲 속에 있
는지는 모르지만 몹시 꺼림칙했다.

단지 인규의 마음이 이제는 도를 추구하는 사람이 되려고 하기 때
문에 무서운 문제에 대해서도 침착함을 유지할 수 있었다. 인규는 흥
분된 마음을 가라앉히는 한편 위험이 닥쳤을 때의 대처 방안을 생각
해 봤다.

그러나 아무리 생각해도 좋은 방법이 떠오르지 않았다. 인규는 지
금 마음만은 침착하게 유지할 수 있을지언정 그 위험 자체는 여전히
존재했다.

정마을로 가는 길에 그런 위험이 있다는 것은 생각할수록 난감했
다. 인규는 방 쪽을 흘끗 쳐다보면서 박씨를 마음속에 떠올렸다.

'박씨 아저씨께서 그 괴인을 감당하실 수 있을까? 안 될 거야……
어림없어!'

인규는 낙심을 하며 고개를 저었다.

'남씨 아저씨께서 좋은 방법을 생각해 내실까? 아니야, 이 괴인을
물리칠 수는 없으실 거야…… 그럼, 어떻게 하지? 이대로 있으면 위험
할 텐데……'

인규는 남씨에 대해서도 기대할 수 없음을 알고 더욱 낙심했다. 빗
자루 괴인에 대해서는 현재 아무런 대책이 없는 것이다. 다만 이번

정마을로 들어갈 때에 부딪치지나 말았으면 하는 바람뿐이었다.

인규는 빗자루 괴인에 대해 아직 남씨에게 말하지 않고 있었다. 그것은 남씨가 서울 일 만으로도 머리가 복잡한데 멀리 떨어져 있는 정마을 근방 숲 속의 일까지 알려주어서 근심을 주고 싶지 않았기 때문이었다. 그 문제는 정마을로 돌아가게 될 때 기회를 봐서 얘기하려 했던 것이다. 물론 이제는 정마을로 돌아가야 할 때가 되었기 때문에 당장의 문제로 대두되었다. 그것은 춘천으로 가는 기차 안에서 말하거나, 춘천에 도착해서 말해도 상관없다. 우선은 서울을 떠날 오늘이 아무 탈 없게 넘어가야 한다.

인규는 서울을 빨리 떠나고 싶었기 때문에 아무런 문제없이 기차에 오르고 싶을 뿐이었다. 자칫해서 빗자루 괴인 문제로 정마을로 향하는 것이 연기될 수도 있다. 인규로서는 무작정 서울을 떠나놓고 다시 문제를 제기하고 싶었던 것이다. 현재 서울의 일은 말끔하게 정리되어 있는 상태이다.

건영이 아버지는 벌써 오래 전부터 사업이 회복되어 있었으며, 생활도 피신처인 용산 공업 지구를 떠나 본가(本家)로 다시 들어갔다. 건영이가 남씨를 파견한 이유가 아버지를 구하는 문제뿐이라면 그 일은 확실하게 처리된 셈이다.

그리고 땅벌파 쪽에서도 자기들이 쫓겨나는 등 우여곡절을 겪은 것을 조합장 외에 어떤 사람하고도 결부시키지 않고 있었다. 그 점은 크게 다행한 일이었다. 건영이 아버지도 아무런 근심 없이 사업에 임하고 있었고, 또 날로 발전하는 모양이었다. 게다가 이번 일을 계기로 자신의 외아들인 건영이가 그토록 대단한 존재인 줄을 알게 되어 몹시 행복해했다. 건영이 아버지는 얼마 전 인규에게 이렇게 말한 적이 있다.

"내 사업이 문제가 아니야! 건영이가 그렇게 되었다니 이젠 죽어도 여한이 없어! 서울 일은 힘닿는 데까지 하면 되는 거야. 건영이 공부나 더욱더 발전해 나가길 바랄 뿐이지."

건영이 아버지는 그야말로 행복에 겨운 모습을 인규에게 보여주었다. 아들이 신선 같은 사람이 되었다니 어느 아버지인들 기뻐하지 않을 것인가!

건영이 아버지는 건영이의 효심에도 크게 감명을 받았다. 사고뭉치였던 건영이가 어느 날 산 속 정마을이란 곳에 들어가서 갑자기 훌륭한 사람이 되었을 뿐만 아니라 멀리 있는 아버지까지 구하다니!

건영이의 얼굴을 본 지는 상당히 오래되었다. 그러나 잘 자라고 있다니 급히 정마을까지 따라가서 보지 않아도 되었다. 요즘 건영이 아버지는 인생의 행복을 더할 수 없이 느꼈다.

인규는 건영이 아버지를 생각하는 동안 어느덧 빗자루 괴인에 대한 근심을 잊고 밝은 얼굴이 되었다. 날은 더욱 밝아졌다. 시간도 어느 정도 흘러 이젠 일어날 때가 된 것 같다.

인규는 자고 있는 남씨를 깨우려고 방문 쪽으로 걸어갔다. 그러자 방문이 살그머니 열리면서 남씨가 나왔다.

"일찍 일어났구나!"

남씨는 인규에게로 걸어와서 밝은 표정으로 말했다. 마음이 편안한가 보다.

"잘 주무셨어요?"

인규도 다정하게 말을 건넸다.

"슬슬 준비해야지! 박씨를 깨울까?"

박씨를 깨운다는 것은 잠에서 깨운다는 것이 아니다. 바로 명상 상태에서 깨운다는 것인데, 그러고 보니 사람의 정신 상태는 세 가지가 있는가 보다. 하나는 잠자고 있는 상태, 그리고 깨어 있는 상태, 그 다음은 명상 상태!

명상 상태는 깨어 있는 정신을 더욱 깨어 있게 하는 것은 아닐까? 아무튼 박씨를 일어나게 해서 떠날 준비를 시켜야 했다. 그러나 곧 박씨가 혼자 일어나 방문을 열었다.

"형님, 나가시려고요?"

박씨는 웃는 얼굴로 물었다.

"그래. 일어날 시간이야. 어서 준비하라고."

세 사람은 이로부터 십여 분 후 떠날 채비를 다 챙겼다. 신속한 것을 보니 모두들 기분이 좋은가 보다. 각자의 마음속에는 정마을로 돌아간다는 일이 상당히 기분을 들뜨게 만드는 모양이었다.

"아침 식사는 어떻게 할까?"

"밥 생각은 없는데요. 역전에 가서 먹든지 하지요."

남씨의 물음에 박씨는 급히 대답했다. 이들은 원래 아침에 깨면 근처 식당에서 정해 놓고 식사를 하는데 오늘은 출발만을 서두르고 있다. 남씨는 애초부터 서울 생활에 큰 흥미를 못 느끼고 있었지만, 박씨마저 서울을 떠나는 일에 흥분을 감추지 못하는 것은 재미있는 일이다.

박씨는 근래에 와서 정마을로 돌아가는 일을 재촉했지만, 사실 그동안은 서울 생활을 너무나 좋아했었다. 박씨에게는 서울에 있는 문물이 너무나 신기해서 그것을 구경하느라고 시간 가는 줄 몰랐다.

그러나 이제는 구경도 다 했고 싫증이 났는가 보다. 어쩌면 서울의 문물이 신기하기는 하지만 특별히 의미가 있는 것을 발견하지 못했는지도 모른다. 예를 들어 자동차란 발의 연장이고, 전깃불은 등잔불의 연장에 지나지 않는다.

그리고 라디오나 텔레비전, 전화 등은 귀나 눈의 연장이고, 기구는 손의 연장이요, 연탄불은 장작불의 연장이다. 이러한 모든 것들은 편리하다는 것 외에 다른 의미가 있는 것은 아니다. 서울 생활이라 해서 인생의 뜻이 달라지는 것도 아니다. 오히려 편리한 문물 속에 젖어들어 인생의 본질 자체를 망각해 버릴 수도 있는 것이다.

박씨는 이러한 이치를 이미 터득한 것인가? 남씨는 아예 서울의 문물, 이를테면 문명의 이기(利器) 등에는 미동도 하지 않았다. 단지 남씨는 서울 여자와 여자의 옷가지 등에 대해서는 상당히 관심이 있어 보였는데, 그 이유를 다른 사람들은 알 길이 없었다. 인규로서는 전혀 상상도 할 수 없는 일이겠지만 어쩌면 남씨가 서울 여자들이나 옷가지 종류를 천상의 그것과 비교했는지도 모른다.

세 사람은 집을 나섰다. 길거리에 사람은 많이 다니지는 않았지만 바쁜 걸음으로 지나다니는 사람들이 보인다. 주변의 거대한 건축물들은 서울의 생산력을 보여주는 공장들이었지만 언제 봐도 아름다워 보이지 않는다. 오히려 기름때가 묻어 있는 쇠붙이 등은 보는 사람의 마음을 차라리 암담하게 만든다. 저러한 것들은 용도만 있고 의미는 적다. 저런 물건들이 모여서 인간의 혼을 빼앗고 있다면 편리함의 고마움보다는 사람을 오도하고 있는 병폐를 먼저 생각해야 할 것 같다.

인생이 만일 산다는 그 자체만으로 역할을 다한 것이라면 생을 편안하게 해주는 저러한 물건들이 최고의 가치가 될 것이다. 그러나 인생의 뜻이 들판의 풀잎처럼 그저 살아간다는 것뿐이 아니라 무엇인가 추구하는 것이 있다면 문명의 이기는 인생의 미기(迷器)도 될 수 있을 것이다.

남씨는 길만 보고 걸어갈 뿐 서울 사람들의 물건에 대한 관심은 보이고 있지 않았다. 박씨만은 무엇이든 살피며 걷고 있는데, 몸에 붙어 있는 짐이 우스꽝스럽게 보인다. 박씨의 양손에 각각 커다란 보따리가 들려 있었고 등에도 한짐 얹혀 있었다. 박씨는 자신의 몸보다 큰 보따리를 운반하고 있었지만, 그러면서도 구경할 것은 다 하면서 걷고 있다.

"무겁지 않아?"

남씨는 박씨의 짐을 걱정스레 바라보며 물었다.

"아니요. 가벼운데요!"

힘이 장사인 박씨는 큰 짐에 대해 전혀 감각을 못 느끼나보다. 힘들어 하는 편은 오히려 남씨였다. 남씨의 보따리는 세 사람 중 제일 작았지만 걸음걸이는 부자연스러웠다.

이들의 짐은 워낙 많았다. 정마을로 가져갈 물건이 점점 불어났기 때문이었다. 건영이 아버지는 이 짐을 역전까지 날라다 준다고 했으나 남씨는 극구 사양했다. 그뿐만 아니라 건영이 아버지가 역전에 배웅 나오는 것조차 금지시켰다. 이는 혹시 있을지도 모를 땅벌파 사람들에게 건영이 아버지가 정마을 사람들과 함께 있었다는 것을 보이기 싫었기 때문이었다. 그동안 남씨와 건영이 아버지와의 관계는 철저히 비밀에 붙여졌었다.

건영이 아버지는 남씨 등이 서울을 떠날 때 필요한 물건을 챙겨주는 일은 그동안 충분히 해 두었고, 어제 이미 작별의 인사도 나누었던 것이다. 굳이 역전까지 따라 나와 볼 필요는 없었다. 물론 땅벌파에서 남씨의 거동을 살펴보고 있을 것 같지는 않았다. 그러나 언제까지나 철저히 해두는 것이 남씨의 방식이다.

세 사람은 전차를 탔다. 전차에는 마침 승객이 적어서 세 사람 모두 좌석에 앉을 수가 있었다. 전차가 곧 출발하자 남씨는 눈을 감았고, 인규는 눈을 가늘게 뜬 채 상념에 잠기기 시작했다.

박씨만은 창밖을 보고 있었는데, 무엇이든 흥미 있게 바라보고 있었다. 박씨의 눈에는 서울 거리에 아직도 새로운 것이 남아 있는 것일까? 박씨가 고개를 돌려가면서까지 지나치는 어떤 것에 시선을 고정시키는 것을 보면 서울에는 기이한 것이 여전히 많이 있는가 보다. 그러나 그러한 것들이 종류의 다양성(多樣性)만큼 풍부한 뜻이 있는 것일까? 만일 인규가 그러한 사물들을 바라본다면 박씨처럼 신기해할 것이 전혀 없을 것이다. 서울에 있는 모든 사물들은 거의가 다 생활에 필요한 어떤 것일 뿐이다.

생활!

이것은 지나고 나면 무엇이 남는 것일까? ……역사인가? 아니면 영원한 가치를 생활하는 과정에서 만들어 놓는 것일까?

인규로서는 아직 이러한 구체적 질문을 할 능력이 없다. 지금 인규의 마음속에서 일어나고 있는 생각은 현실 확인이었다.

'사람들은 이토록 많이 모여 살아야 하는가? ……아니야. 최소한의 생활을 위해서라면 모를까, 생활 이외에도 목적이 있다면 이토록 많이 모여서 살 필요는 없어!'

인규가 지금 생각하고 있는 것은 서울이란 곳에 수많은 사람이 모여 사는 것에 대해 그 효용을 살펴보는 것이다.

'최대한의 생활을 위해서라면 많이 모여서 협동해 가며 사는 게 편리하겠지. ……그러나 그것은 어디까지나 생활을 위해서 사는 것일 뿐이야!'

인규는 제법 날카로운 결론을 유도해 내고 있는 중이었다. 전차는 서울역에서 남대문 쪽으로 향하고 있었다. 남씨는 잠을 자는지 생각을 하는지 눈을 감고 미동도 하지 않는다. 인규의 생각은 계속됐다.

'생활이란 어떤 목적을 위해 쓰여야 한다. 생활이 더 나은 생활을 위해서만 존재한다면 그것은 생활의 노예일 뿐이다. 이래서는 한평생을 살아도 남는 것이 없을 것이다…… 그렇다면 생활은 무엇을 위해 쓰여야 하는가? 그것은 두말할 필요가 없다. 영혼의 발전, 즉 수도(修道)를 위해 쓰여야 하는 것이다……'

인규는 이런 결론을 지어내고는 생각을 중단했다. 인규의 요즘 생각은 언제나 이런 결론에 도달한다. 그런데도 재삼 생각을 또 해보는 것은 현실에 대한 미련일까? 아니면 수도 생활로 들어간다는 두려움 때문일까?

거리의 건물들은 계속 지나치고 있었다. 인규의 얼굴빛이 밝아진 것으로 봐서 미련도 두려움도 아닌 것 같다. 단지 자신의 의지를 굳건히 하기 위해 현실의 모순을 확인하는 것뿐이다.

인규는 전차가 남대문 언덕을 올라 종각 쪽으로 향해 가자 박씨와 남씨를 살펴봤다. 두 사람은 여전했다. 박씨는 창밖으로 건물이나 간판 물건 등을 보고 있었는데, 남씨는 눈을 감은 채 꼼짝도 안 하고 있었다.

어쩌면 저토록 미동도 하지 않을까! 인규로서는 기가 찰 노릇이었다. 잠을 자고 있는 것도 아니면서 저런 자세라면 도인의 면모를 닮은 것 같기도 하다.

도를 닦는다는 것으로 말하면 박씨야말로 일생의 뜻을 세운 사람이 아닌가! 그러나 박씨는 가볍다고나 할까, 아니면 철이 없다고 해야 할까. 지금도 계속 밖을 내다보며 몸의 요동이 많았다.

'이는 혹시 마음의 안정과 어떤 관련이 있는 것은 아닐까? 도인이란 흔히 태산처럼 흔들리지 않는 자세가 있지 않은가? 글쎄……'

인규는 스스로에 대해 묻고는 웃어버렸다. 자신은 남을 평할 수 있는 입장이 아니었기 때문이다.

'아무것도 모르면서 사람을 가벼이 평가해서는 안 돼…… 아무튼 남씨 아저씨는 몸과 마음이 안정되어 계시고, 박씨는 천진한 성품이시겠지.'

인규는 이 정도로 생각해 두고 창밖을 봤다. 전차는 우측으로 꺾이고 있었다. 저쪽 위쪽으로 곧장 가면 안국동 사무실! 인규의 마음속에는 어렴풋이 남씨가 그 사무실에서 작전을 지휘하는 모습이 떠올랐다.

이제는 모두 지나간 일이야! 이제 다시 그런 일들이 또 있을까……?

지금은 그 모든 일들이 서서히 추억의 창고로 가라앉고 있었다. 그러한 것들은 비록 상대방을 괴롭히는 싸움들이었지만 그 나름대로 아름다움이 있었다.

인생에 아름답지 않은 것은 없다. 인규의 마음속에는 그러한 추억들이 아름답기는 하지만 현재는 한낱 꿈속의 일로 생각되었다. 이 시간의 일도 지나가면 그렇게 될 것이리라.

그러나 이러한 꿈같은 인생살이 속에도 영원히 생생한 것이 있다. 그것은 도인(道人)의 길이다. 인규는 지금 그 문을 향해 가고 있는 것이다. 운명이란 참으로 알 수가 없다. 어느새 그런 마음이 생기고 그 길로 가고 있는가?

인규는 문득 건영이 생각이 떠올랐다. 건영이는 인규의 운명이 파란 많고 기구할 것이라고 판단했다. 행복할 것이라거나 도인이 된다거나 하는 말은 하지 않았다.

그렇다면 지금부터 도를 닦고 새로운 인생을 시작하려는 꿈은 무산될 것이라는 말인가? 그럴 리는 없을 것이다. 비록 운명이 그렇게 되어 있다고 해도 인규 자신은 그것을 허물어 버리겠다고 생각했다.

운명이란 과연 사람의 의지에 의해 바뀔 수 있는 것일까? 인규는 그렇다고 생각하는 한편, 이 문제를 건영이에게 물어봐야겠다고 마음먹었다.

'건영이는 지금 어떻게 지내고 있을까? 정마을의 모습은 얼마나 아름다울까? 나는 정마을에 가서 무엇부터 시작하게 될까……?'

인규가 이런 생각을 하는 중 전차는 동대문을 지나고 있었다. 박씨는 동대문을 쳐다보지 않았다. 박씨가 관심을 두는 것은 유서 깊은 고건물(古建物)이 아니라 현대 서울의 문물이다. 박씨는 인간이 만들어 낸 문명의 결정(結晶) 등이 보고 싶은 것인지 모르겠다. 그러나 문명이란 그 자체도 쉬지 않고 변천해 가고 있다. 앞으로 세월이 흐르면 지금의 모든 것이 옛것이 되고 새로운 문물이 탄생할 것이다.

세상은 무상(無常)한 것이다. 한 개인의 일생이 무상하고, 개인이 모여 이룩한 사회도 무상하다. 그리고 이 지상을 포함한 무한대한 우주 자연도 무상하다. 인규는 동대문의 돌벽을 지나치면서 세계가 무상하다는 것을 새삼 깨달았다.

이러한 무상의 바다에서 우뚝 솟는 방법은 무엇일까? 그것은 당연히 수도의 목표이겠거니와 그러한 길은 과연 열려져 있는 것일까? 인규의 마음속에는 수도에 전념하는 자신의 모습이 어렴풋이 떠올랐다. 그 모습은 떠나간 촌장의 모습을 닮아 있었다. 그리고 또한 건영이의 모습과도 닮은 것 같다.

인규는 혼자 웃으며 고개를 저었다. 너무나 막연한 생각이었기 때문이다. 수도의 세계에 있어서도 속된 사회생활처럼 성공과 실패가 있게 마련이다. 무작정 세속을 떠난다고 도를 닦는 것은 아니고, 또한 도를 닦는다고 누구나 성취하는 것은 아닐 것이다.

정마을의 촌장은 도의 세계에서 승리한 사람이다. 건영이도 분명 그렇게 될 것이다. 그러나 인규 스스로는 장담할 수 있는 것이 아니었다.

'분명 쉬운 일이 아니겠지! 아니, 오히려 어려움은 한이 없을 거야!'

인규는 이런 생각을 하며 전차 안을 무심코 둘러봤다. 마음속에서 일어나는 어려움을 잠시 잊고 싶었는지도 모른다. 이때 남씨가 잠깐 눈을 떴다가 다시 감았다. 그 표정을 보니 처음과 같았는데, 결코 자고 있는 모습이 아니었다.

남씨는 무엇인가 계속해서 생각을 하고 있었던 것이다. 인규는 그 모습에서 섬뜩한 느낌을 받았다. 남씨의 총명은 이루 다 말할 수 없었다. 산골에서 농사나 짓던 남씨가 서울에 와서 그 복잡한 일을 해결해 나간 것은 가히 신통(神通)이라 할만 했다.

그리고 남씨는 붓글씨가 천하제일이라고 하지 않는가! 저 신통한 남씨는 지금 무슨 생각을 저리 꼼꼼히 하고 있을까? 저런 사람이 있는 힘을 다해서 생각하고 있다면 참으로 대단한 결과가 있지 않을까? 필경 인규로서는 상상도 못할 광대한 사물을 궁리하는 중일 것이다. 그것은 인생일까? 혹은 우주 자연일까?

전차는 제기동을 지나고 있었다. 인규는 남씨 옆에 앉아 있는 자신의 모습이 초라하게 느껴졌다. 인규는 자신이 남씨와 비교하여 너무나 미미한 존재란 것을 알았다. 순간 부끄러움과 함께 강한 반성의 마음이 일어났다.

'나는 너무나 태만하게 살았어! ……내 나이도 이제 적은 것이 아

니야!'

인규는 박씨를 잠깐 쳐다보면서도 비슷한 느낌을 가졌다. 그러나 천진한 박씨는 위대하게 느껴지기보다는 복 많은 사람으로 보였다. 박씨의 모습에는 성실함과 천진함이 있어도 번민은 없어 보인다. 거기에 비해 남씨는 언제나 생각하는 모습처럼 보인다. 이는 남씨가 언제나 깊은 사색을 하며 살기 때문일까? 박씨의 마음은 인규로서는 잘알 수 없지만 한 가지 분명한 것이 있다. 그것은 촌장으로부터의 혜택인데 박씨는 직접 가르침도 받았고, 몸에는 커다란 기운도 받았다.

그러나 남씨는 혼자 외롭게 노력하고 있다.

'촌장님은 영원히 떠나가신 것일까……?'

인규는 마음속에 얼핏 촌장의 모습을 떠올렸다. 인규가 생각하기에는 촌장이 다시 돌아올 것 같지는 않았다. 촌장은 분명 글로써 작별 인사까지 하고 떠나지 않았는가? 그런 분이 다시 나타날 리는 없다.

'그렇다면 정마을이란 어떤 의미가 과연 있는 곳일까? 신선이신 촌장님께서 떠나가셨으니 그곳에는 이제 어떤 비기(秘機)도 남아 있지 않다는 말인가? ……건영이? ……글쎄, 건영이는 정녕 어떤 사람일까? 아니, 지금쯤 어떤 사람이 되어 있을까……?'

인규는 촌장이 없는 정마을에 대해 약간은 허전한 마음이 들었지만, 그것은 곧 건영이란 존재로 메꾸어졌다. 그리고 인규의 마음속에 떠오른 또 하나의 생각은 정마을이란 곳이 비록 신선이 떠나가 버렸다고 하더라도 그곳은 앞으로 많은 사건이 발생할 장소라는 것이다.

인규는 정마을에 앞으로도 수많은 사건이 있을 것이라는 점을 느낌으로 알 수 있었다. 그것은 억지로 생각해서 얻은 느낌이 아니라 자기도 모르는 사이에 아주 당연한 것처럼 여기고 있는 것이다. 앞으로 정마을에 무슨 일이 있어도 인규는 놀라거나 신기하게 생각하지도 않을 것이다. 정마을에 항상 가르침을 줄 스승이 없다 해도 앞으로 있을 사건이 인규의 스승역할이 될 수도 있다.

인규는 정마을이란 곳이 이 세상에서 아주 특이한 장소라는 것을 확신하고 있었다. 정마을은 이 세상 어느 곳보다도 훌륭한 도량인 것이다. 그리고 이 도량에 드나들 운명 혹은 자격이 주어진 것은 하늘의 축복이 틀림없다.

이것은 깨달음이라 해도 좋았다. 그동안 정마을에서는 꿈같은 일이 너무나 순조롭게 전개되었다. 앞으로도 마찬가지일 것이다. 인규는 막혀 있는 서울에서 무한히 열려 있는 정마을로 가고 있다는 것이 너무나 흐뭇해서 조바심마저 느끼고 있었다.

사람의 마음이란 참으로 묘하다. 인규는 그동안 정마을에서 얼마나 자유롭게 지내고 있었는가! 정마을은 본시부터 인규에게 주어져 있었던 것이다. 그러나 이제 와서야 정마을의 의미를 확연히 느낀 것이다. 앞으로가 문제이다. 인규는 과연 정마을에서 무엇을 이룩할 수 있을 것인가?

전차는 청량리에 와서 멈췄다. 박씨는 창밖 구경을 중단했고 남씨는 눈을 떴다. 세 사람은 각각 자기 보따리를 챙기고 다른 승객이 다 내리는 것을 기다려 천천히 내렸다. 하늘은 맑고 더위는 별로 느껴지지 않았다.

"날씨가 참 좋군요!"

박씨는 자신의 기분을 간접적으로 표현하고는 한발 앞서 걷기 시작했다. 청량리역은 그리 멀지 않은 곳에 있었다. 세 사람은 잠시 걸어서 역전에 당도했다. 역은 비교적 한산한 편이었다. 세 사람은 곧장 대합실 안으로 들어섰다. 그러자 누가 인사를 건넨다.

"안녕하세요? 조금 늦으셨군요!"

미리 와서 기다린 사람은 서예가인 이일재 씨였다. 이일재 씨는 남씨를 배웅하러 나와 있었는데, 당초 예정했던 기차는 이미 떠나가 버렸다.

"이제 나오셨습니까?"

또 한 사람이 인사를 건네며 나타났다. 조합장이었다. 옆에는 건장한 부하 몇 명이 서서 남씨를 향해 고개를 숙여 보였다. 이들 중 두 사람은 정마을까지 따라가기로 되어 있었다.

"삼십 분 후 출발입니다…… 차표를 다시 끊어 놨지요."

조합장은 미소를 보이며 씩씩한 음성으로 말했다. 남씨도 다정한 미소를 지으며 고개를 끄덕였다. 눈에는 헤어짐의 아쉬움이 깃들여 있었다. 조합장의 표정도 왠지 서글퍼 보였다.

남씨와 조합장은 그동안 깊은 사귐이 이루어져 서로 말이 없어도 어느 정도 감정이 통하고 있는 것이다. 남씨는 지금 정마을로 돌아간다는 기쁨보다 서울을 떠난다는 허전한 기분을 더 느끼고 있었다.

서울이 좋아서가 아니었다. 남씨로서는 처음 사귀어 본 서울 사람도 산골에 사는 사람처럼 약하고 선한 면이 있다는 점을 알았다. 환경이란, 인간의 본성을 그리 심하게 변화시키는 것은 아니다. 조합장도 본시 선한 사람이었다.

현재 하고 있는 일이 무엇이든 간에 날이 갈수록 인격이 쌓여 갈 것이 틀림없다. 조합장은 지금 대합실 안을 둘러보면서 순한 자세를 보이고 있다. 누가 봐도 폭력배 우두머리로는 보이지 않을 것이다.

단지 조합장 옆에 서 있는 젊은이들은 체격이나 거친 표정 등으로 금방 위협적인 점을 느낄 수 있다. 거기에 비해 남씨 옆에 서 있는 이

일재 씨는 혈색도 곱고 얼굴에 지성미까지 깃들어 있었다.

"선생님! 저는 언제 정마을에 갈 수 있겠습니까?"

이일재 씨는 심각하게 물었다. 이 사람은 아예 정마을로 이주해서 살 생각인데 남씨가 그 시기를 늦추었던 것이다. 건영이는 일찍이 이 사람이 정마을에서 살 사람이라는 것을 예언한 바 있다. 남씨가 이 사람을 당장 정마을로 데려가지 않는 것은 정마을의 분위기를 고려해서이다.

현재 정마을은 임씨가 행방불명되어 있었기 때문에 외부에서 누가 이주해 오는 것이 오히려 임씨 부인을 서글프게 할 수가 있다. 임씨 부인은 이렇게 생각할 수도 있는 것이다.

'내 남편은 어디로 갔는지 모르는데 다른 사람만 반가이 맞아들이는구나! 내 남편은 마을사람들에게서 잊혀 가는 것일까⋯⋯?'

남씨는 이처럼 세심하게도 배려하고 있었다. 또한 이후에는 임씨를 찾는 문제에 전념하고 싶었다. 서예를 배운다고 열심인 이일재 씨가 근방에 있으면 자신의 휴식에도 조금은 방해가 될 수 있다.

남씨는 오랜만에 돌아가는 고향 정마을에서 한동안 쉬고 싶었다. 더구나 남씨는 자신의 글을 부족하게 느끼고 있었으므로 얼른 누구를 가르쳐 줄 기분이 아니었다. 단지 이일재 씨의 착한 성품과 장래를 위해 정마을에 살게 하면서 서예 수업을 도와 줄 생각은 있었다.

남씨가 그 시기를 특별히 생각해 둔 것은 아니지만 정마을에 돌아가서 다른 사람하고도 의논해야 할 것이다. 남씨는 이일재 씨를 다정하게 바라보며 말했다.

"찬바람이 불면 오세요!"

남씨는 막연하게 이렇게 말했다. 이일재 씨는 입을 꼭 다물고 진지한 표정으로 고개를 천천히 끄덕였다.

"들어가시지요!"

조합장이 시간을 살펴보고 말했다. 드디어 떠날 시간이 된 것이다. 남씨 일행이 서울에 와서 보낸 기간은 한 계절이나 되었다. 이들 일행이 서울에 들어올 때는 늦은 봄이었는데, 지금은 가을이 문턱에 다가와 있었다. 그동안 세월이 흐르는 것을 느낄 새가 없이 오로지 일에만 몰두하고 있었던 셈이다.

세월은 유수 같다. 고개를 들고 보니 어느덧 몇 개월이 지나고, 엉뚱한 곳에서 고향을 향하고 있는 것이다. 언제 고향을 떠나왔던가!

"시간이 됐군요! 그럼……."

남씨는 주변 사람들을 돌아보며 미소와 함께 고개를 숙여 보이고, 조합장과 악수를 나누었다.

"근간 정마을에 꼭 한번 놀러 가겠습니다! 그래도 되겠는지요……?"

조합장은 남씨의 손을 굳게 잡으며 말했다.

"그렇게 하세요."

남씨는 웃으며 고개를 끄덕이고는 다시 이일재 씨를 바라봤다. 이일재 씨는 한쪽 옆으로 비켜서 있다가 남씨가 바라보자 급히 고개 숙여 인사를 보냈다. 남씨도 고개 숙여 답례를 하고는 발길을 돌렸다.

순간 여러 사람의 가슴에는 뭉클 하는 기분이 들었다. 헤어짐이란 언제나 사람의 마음을 아프게 한다.

남씨와 박씨가 먼저 개찰구를 통과하고 인규가 들어섰다. 이어 조합장의 부하들이 조합장에게 인사를 하며 뒤따랐다.

"다녀오겠습니다."

"음, 가서 며칠 푹 쉬었다 오게!"

조합장은 부하들에게 친절하게도 말했다. 조합장의 마음은 자신도 함께 가고 싶은지도 모른다. 얼굴에는 외로운 기색이 역력했다.

조합장의 부하는 둘 다 큼직한 배낭을 짊어지고 있었다. 배낭 안에는 필경 조합장이 정마을로 보내는 물건들이 준비되어 있으리라! 기차는 일행이 오르고 얼마 안 있어서 움직이기 시작했다.

드디어 운명의 한 고개를 넘어선, 정마을의 남씨 일행은 또 하나의 세계로 향해 가는 것이다. 겉으로 봐서는 일을 마치고 원점으로 환원하는 것뿐이다.

그러나 운명이란 원점이 없다. 시작이 끝이고 끝이 시작이다. 운명의 고리는 끊임없이 이어져 영원한 미래를 향해 한없이 뻗어나가는 것이다.

기차의 속도는 높아지고 있었다. 인규의 마음은 서울이 급격히 멀어지고 있는 것이라고 느꼈다.

인규는 이번 정마을행이 속세를 떠난 입산수도(入山修道)의 길이기 때문에, 고향인 서울이란 곳의 잔상(殘像)이 마음을 채우고 있었다. 박씨의 마음에는 서울이 멀어지고 있다기보다는 고향이 가까워지는 것으로 느끼고 있지나 않을까?

기차는 지금 도심의 외곽을 빠져나가고 있는 중이다. 집들이 드문드문 나타났다 없어지고 넓은 벌판이 전개되기 시작했다. 멀리 하늘에는 흰 구름이 한가히 떠 있었다. 기차가 지나가며 내는 소리는 사람의 마음을 평안하게 만들고 있다.

'덜컹 — 덜컹'

박씨의 마음은 더욱 평온한 것인지! 박씨는 기차의 출발과 동시에 눈을 감고 잠시 후에는 잠이 들어버렸다. 서울에서는 전차를 타면 정신없이 차창 밖을 바라보던 박씨가 넓은 들판으로 나오니 당장에 흥미를 잃었나 보다.

그러나 남씨는 박씨와 너무나 대조적이었다. 서울의 전차 안에서는 눈을 감고 있던 남씨가 지금은 눈을 뜨고 차창 밖의 지나치는 경치를 눈여겨보고 있다.

우측에 나타난 강물은 기차가 달리는 방향과 역으로 흐르면서 길게 이어지고 있었다. 강물은 정마을의 강물을 연상시키지는 않았다. 지금의 강물은 급하게 흐르는 것 같다.

정마을의 한가한 강물의 정취와는 사뭇 달랐다. 강 건너편에 보이는 산들은 높지도 깊지도 않았다. 이 풍경 또한 정마을의 그윽한 산들과는 비교할 수 없었다. 그러나 남씨는 이러한 산이나 강을 바라보고 있는 것은 아니었다.

남씨가 특히 눈여겨보는 것은 허름한 농가와 밭에서 일하는 농부들인 것 같다. 남씨는 이런 것에서 어떤 의미를 발견하고 있는 것일까? 남씨에게는 주로 사람의 모습과 생활을 살펴보는 면이 있다.

박씨는 사람보다는 물건에 관심이 많다. 인규의 마음에는 서울의 잔상은 사라졌고, 지금은 정마을이 그려지고 있었다.

'점점 마을을 향해 가고 있구나! 정마을에서는 우리가 오는 것을 알고 있을까? ……우리는 예정대로 무사히 정마을에 당도할 수 있을까? 정마을로 가는 숲은 그리 덥지는 않겠지! 그런데…… 아, 참!'

인규는 깜짝 놀라 자세를 바로 했다. 갑자기 빗자루 괴인이 떠올랐던 것이다.

'남씨 아저씨에게 얘기해야겠는데!'

인규는 이렇게 생각하며 차 안을 둘러봤다. 차 안은 조용했고, 빈자리가 많이 눈에 띄었다. 남씨와 박씨는 저쪽에 앉아 있었다. 인규

옆에 앉아 있는 조합장 부하들은 벌써 잠들어 있었다.

차 안의 대부분의 사람들이 자고 있거나 말없이 창밖을 보고 있었기 때문에 기분이 이상했다. 너무나 고요한 느낌이 드는 것이었다. 인규는 왠지 불안한 기분을 느꼈다. 차 안의 사람들은 누구나 저 혼자 있는 모습들이었다.

무엇보다도 인규 자신이 혼자 있는 느낌을 지울 수가 없었다. 기차는 열심히 저 갈 길만 가고 있는 중이다. 어느새 강물은 보이지 않고, 기차는 좁은 지역을 통과하고 있었다. 인규는 자리에서 일어나 가만히 남씨 곁으로 다가갔다.

"음……?"

남씨는 창밖을 바라보고 있다가 얼른 인규를 인식했다.

"아저씨! 할 얘기가 있는데요!"

인규는 심각하게 말했다.

"그래……?"

남씨는 옆에 있는 박씨를 흘끗 쳐다보며 즉각 자리에서 일어났다.

"저쪽 칸으로 가시지요!"

"음? ……무슨 일이 있니?"

남씨는 심상치 않은 느낌을 받았다.

"예. 중요한 일이에요!"

인규는 어두운 얼굴로 말하고 통로 쪽으로 나섰다.

'덜컹 덜컹'

기차는 약간 흔들리면서 시야가 넓은 지역으로 나오고 있었다. 강물이 다시 보이기 시작했다. 박씨는 잠깐 눈을 뜨고 남씨가 일어나서 나가는 것을 봤지만 별 생각 없이 다시 잠이 들었다. 인규와 남씨는 한 칸을 더 이동해서 조용한 자리를 찾아 앉았다.

"아저씨! 지금까지 말하지 않은 게 있었어요. 아주 중요한 일인데……"

남씨는 말없이 자세를 바로 했다. 총명한 남씨가 심각한 표정으로 의식을 집중했다. 인규는 속으로 든든한 기분을 느끼면서 차분하게 얘기를 시작했다.

"지난번 제가 정마을에서 올 때 말이에요…… 사건이 있었어요. 숲 속에서요."

"숲 속이라고? 무슨 일인데?"

"살인 사건이었어요. ……여러 명 죽었어요."

"살인?"

인규는 일부러 자극적인 표현을 사용했지만 남씨는 무덤덤하게 반응했다.

"정마을에서 조금 나온 곳이었지요. 괴인을 만났어요!"

"뭐? 괴인? 인규가 직접 봤단 말이야?"

남씨는 드디어 놀랐다. 남씨가 놀란 것은 인규가 괴인을 만났기 때문이 아니라 괴인이 출현했기 때문이다. 남씨의 관점은 현상이 아니라 언제나 인간 그 자체였다.

"예. 저도 겨우 사고를 면했어요. 자칫 잘못했으면 저는 맞아 죽었을지도 몰라요."

"어떻게 된 일이야? 그때 죽은 사람은 누구인데?"

"누구인지는 모르겠어요. 불량배 같았어요. 그러니까……."

인규는 당시 상황을 자세히 설명하기 시작했다. 기차는 강을 건너고 있었다. 인규의 얘기가 진행됨에 따라 남씨는 표정이 굳어져 갔으며, 그 날카로운 판단력은 폭넓게 움직였다.

"그 노인이 빗자루를 들었단 말이지? 거 참! 그런데 빗자루는 대체 무어야?"

"글쎄요! 그것으로 땅바닥을 쓸기도 하던데……."

인규는 그 당시를 회상하듯 눈을 가늘게 뜨고 말했다.

"힘이 그렇게 세? ……박씨보다도?"

"예. 그런 것 같았어요. 사람을 손쉽게 집어던지는데, 조금도 힘들어 하지도 않고 아주 빨랐어요. 하늘 높이 날아가더군요! 박씨 아저씨가 그 정도 되겠어요?"

"대단하군! ……죽은 사람은 누구일 것 같던가?"

남씨는 이렇게 물으며 속으로는 정섭이를 뒤쫓았던 땅벌파를 생각해 봤다.

'그들은 혹시 땅벌파가 아니었을까? ……정마을을 찾기 위해서 대대적으로 수색한 것은 아닐까? 빗자루 괴인을 뒤따라 왔다면 필경 그들은 어딘가를 찾으려 한 것인데…… 이렇게 된 것이 아닐까? 즉 땅벌파에서 정마을을 찾기 위해 정섭이를 놓쳤던 지역을 수색한다, 그런데 누군가가 숲에서 나타났다, 외딴 숲에 나타났다면 정마을 사람일지도 모른다고 생각했다. 그래서 뒤를 밟다가 참변을 당한다? 글쎄? ……아무튼 그 괴인도 이상하지만 뒤쫓았던 불량배들도 수상하단 말이야! 노인에게 시비를 걸었던 것으로 보면 불량배는 틀림없고…… 춘천 지역의 불량배일까? 그것부터 알아봐야겠는데! ……만일 이 지역 불량배가 아니라면……?'

인규는 남씨가 생각하는 것을 간파하고 조금 기다렸다가 말했다.

"죽은 사람요? ……누구라니요?"

"서울 사람 같던가……?"

남씨는 인규를 쏘아보며 날카롭게 물었다.

"예? 제가 그런 걸 어떻게 알겠어요? 숨어서 잠깐 봤을 뿐인데!"

인규는 웃으며 말했다. 그러자 남씨는 구체적으로 물어왔다.

"느낌이 어떻던가? 세련됐던가? 촌스럽던가? 옷차림은 어땠어? 말소리는 못 들어 봤고? 혈색은? 잘 생각해 봐. 아니, 느낌이 더 중요한 거야!"

남씨는 자세하게도 조목조목별로 지적했다. 인규는 남씨의 말대로 그 당시를 최대한 회상해 내려고 애를 써봤다. 우선 말소리가 어땠었나를 생각했다.

'음…… 한 마디가 있었어! 이봐 영감! 하고 불렀던 것 같애. 그런데 그 느낌은 무엇이었지? ……세련됐어! 분명 서울 사람이었어. 만일 시골 사투리였다면 억양이 이상했을지도 몰라!'

인규는 제법 예민하게 생각을 진행시켰다.

'옷차림? ……그래, 깨끗했어! 한눈에 봐도 시골 차림은 아니었어! 또, 걸음걸이도 서울 사람 같았어. 글쎄, 서울 사람이 어떻게 걷는 것이지……?'

인규의 생각은 비약이 있었지만 느낌만은 거의 분명한 것 같았다. 인규는 나름대로 판단을 정리했다.

"서울 사람 같았어요!"

"그래? 모두 몇 명이라고?"

"처음에 죽은 사람은 네 명이었지요. 살아남은 사람 세 명은 도망갔어요. 그러나 두 명은 정마을 쪽으로 갔는데, 그들은 괴인이 쫓아갔으니까 필경 살아남지 못했을 거예요."

"음…… 알겠어. 그럼, 그 괴인에 대한 느낌을 얘기해 봐!"

"예? 무얼요?"

인규는 의아스러운 표정을 지었다. 그러자 이번에는 남씨가 웃으며 말했다.

"박씨하고 비교해 보라고! 힘이나 속도라든지 자세 같은 것 말이야……."

"박씨 아저씨요? ……비교할 것도 없어요. 상대조차 안 될 거예요."

인규는 분명한 어조로 자신 있게 말했다. 이것이 그 당시의 인규의 느낌일까?

"좋아. 이번에는 능인 할아버지하고 비교해 봐! 두 사람이 마주 섰다고 생각해 보라고!"

"예? 능인 할아버지요? ……그거야 능인 할아버지가…… 아니, 모르겠어요. 글쎄……."

인규는 말을 하다 멈추었다. 존경하는 능인 할아버지와 비교하기가 싫었다. 그래서 능인 할아버지가 낫다고 말하려 했는데, 무엇인가의 알지 못할 이유 때문에 말을 멈추었다. 순간 남씨도 무엇인가를 포착한 것 같았다.

"인규야! 생각하지 말고 느껴봐! 어차피 모르는 것은 느낌이 중요해…… 너는 지금 억지로 능인 할아버지가 낫다고 말하려 했어. 그런데도 그게 뜻대로 안 됐지? 모르겠다고? 다시 생각해 봐!"

남씨의 엄숙한 말에 인규는 찡그리면서 다시 생각했다. 그리고, 즉시 대답했다.

"예. 그래요. 제 느낌은 그 괴인은 너무나 강해 보였어요. 능인 할아버지와 마주 섰다고 해도 결코 그 괴인은 약하지 않을 것이라고…… 아니, 능인 할아버지보다 더 강한 느낌이었어요."

인규는 고개를 저으며 얼굴을 찡그렸다.

"음…… 알겠다. 이제 그만하자. 나 혼자 생각을 좀 해 봐야겠군! 인규는 저쪽에 가 있어라!"

남씨는 혼자 생각하겠다며 인규를 보냈다. 인규는 고개를 끄덕이고는 박씨가 있는 칸으로 자리를 옮겼다.

'신통한 남씨 아저씨가 무엇인가 생각해 내시겠지!'

인규의 마음속에는 이런 생각이 떠오르자 기분이 약간 안정이 되었다. 남씨는 인규가 가는 것을 흘끗 보고는 생각에 잠기기 시작했다. 기차는 강을 좌측에 끼고 달리고 있었다.

남씨의 마음속에 주어진 상황이 하나의 그림이 되어 서서히 떠올랐다. 천재의 정신이 목표를 공격하기 위해 작동을 개시한 것이다. 남씨는 전형적인 방법대로 의식이 향하는 곳을 곧장 바라보는 것이 아니라 주변 조건을 폭넓게 살피고 있었다.

어떤 문제라도 그렇지만 열려진 조건에서의 판단은 몰두가 금물이다. 저절로 나타나는 의견을 최대한 자제해야 하는 것이다. 남씨는 일단 인규의 느낌을 존중하기로 하고 입장을 정리해 보았다.

'정마을의 근방에 그런 괴인이 나타났다면 이는 정마을 자체도 위험하다고 할 수 있다…… 그리고 그 괴인은 인규가 발견하기 이전부터도 그 숲을 배회하고 있었다고 보는 게 자연스럽다. 물론 그 괴인이 우연히 인규와 조우한 후 그 지역을 완전히 떠나갔다고 볼 수도 있다. 그러나 그런 경우에 대해서는 생각을 안 해 봐도 된다. 문제는 우리와 직접 관계된 일이 무엇이냐가 중요한 것이다……'

남씨는 잠시 창밖으로 시선을 돌려 생각의 속도를 조금 늦추고는 다시 진행해 나갔다.

'죽은 불량배들이 서울에서 왔다면 분명 땅벌파일 가능성이 많다. 불량배들이 인적이 없는 숲 속을 헤매는 것은 무엇을 찾고 있는 중일 것이다. 일찍이 땅벌파에서는 정섭이 뒤를 추적하다가 놓친 바 있다. 그렇다고 그 사람들이 수색을 그만둘 리가 없다……'

남씨는 여기까지 생각하고는 땅벌파 두목의 성격을 떠올려 보았다. 남씨의 마음속에는 집요하고 빈틈없는 성격을 소유하고 있는 땅벌파 두목의 모습이 즉각적으로 자리를 잡았다. 남씨는 입을 꼭 다물고 고개를 천천히 끄덕였다. 그러고는 다시 생각에 잠기기 시작했다.

'현재 정마을의 위치가 땅벌파에게 이미 밝혀져 있거나, 혹은 그들이 실패했을 수도 있다. 그 과정에서 우연히 괴인을 만나 참변을 당한 것이다. 어쩌면 숲에서 죽은 불량배들이 땅벌파가 아닌 춘천 지역의 다른 조직의 일원일 수도 있다. 그렇다면 죽은 불량배들에 대해서는 깊게 연구할 필요가 없겠지만, 우선은 땅벌파에서 정마을을 수색한 바가 있고, 앞으로도 다시 수색할 가능성이 있다고 봐야 한다. 그 과정에는 빗자루 괴인이 장애가 된다. 땅벌파에서는 빗자루 괴인을 정마을 사람으로 봤을지도 모른다. 그것은 오히려 잘된 일이다. 괴인은 일시적으로는 땅벌파의 수색을 방해했다. 그러나 장차는 우리에게도 장애가 된다. 이미 정마을이 당했을 수도 있다……'

남씨의 얼굴은 어두워지면서 고개를 가로저었다. 기차는 잠깐 흔들림이 거세졌지만 남씨의 생각은 동요가 없었다.

'정마을에는 건영이가 있으므로 적절히 대책을 세울 수도 있다. 당장 문제는 우리가 정마을로 가는 길목에 그 괴인을 만날 가능성이 있다는 점이다…… 땅벌파가 수색할 것이라는 것은 자명한 것이므로 추후 방비책을 강구해야 한다. 괴인의 존재에 대해서는 땅벌파에서

도 충분한 논의가 있었을 것이다. 그런데…… 어?'

남씨는 생각이 바뀌면서 불현 땅벌파 두목이 떠올랐다. 마음속에 그려진 것은 철수 전 분할 타협 당시였다. 그때 남씨는 중대한 실수를 저지른 것이었다. 그것은 부득이한 일이었지만 예리한 땅벌파 두목이 빗자루 괴인을 정마을 사람으로 간주했던 생각을 고쳤을 가능성이 있다. 당시 남씨는 이렇게 말했었다.

"전에 보니까 박총무가 우리 아이를 미행했더군요. 이제 그런 일은 하지 맙시다."

이 말에서 '전에 보니까'라고 한 것이 잘못이다. 인규가 숲속에서 빗자루 괴인을 만난 것은 며칠 전이었다. 남씨는 자신의 실수에 흠칫 놀랐다.

'나는 그것도 모르고…… 정섭이가 미행당했다는 것만을 얘기했어. 차라리 인규가 내게 미리 괴인을 만난 것을 얘기해주었더라면 좋을 뻔했어. 인규는 내가 서울 일로 번거로울까봐 그랬을 테지…… 그건 그렇고, 내가 그렇게 말했을 때 땅벌파 두목은 어떤 자세였었지……?'

남씨는 허공을 응시하면서 그 당시 땅벌파 두목의 태도를 회상해 내었다.

'그렇지! ……내 말에 그 자는 잠시 무엇인가를 생각하는 듯했어. 그러고는 여유 있는 자세가 되었지! 필경 괴인이 정마을 사람이 아니라는 것을 알았을 거야. 그 말은 나의 실수였어! 그러나 별일은 아니야. 단지 우리에게도 장애되는 인물이 있다는 것을 깨달았을 뿐이겠지…… 아니야, 어쩌면 그 괴인을 자기 쪽으로 포섭하려 들지도 모르겠군. 그럴 테지. 땅벌파 두목은 능히 그런 일을 할 수 있어. 악인은 악인끼리 통하는 법이니까, 숲 속의 괴인을 유혹할 수 있을 테지……

일이 복잡해지겠군.'

남씨는 생각을 진행해 나갈수록 앞일이 난감해지는 것을 느꼈다. 기차는 쉬지 않고 벌판을 달리고 있었다. 강물은 좌측으로 멀어져가다가 어느덧 자취를 감추었다. 낮은 산들이 가까이 보이며 한가한 정취를 보여주고 있었다. 남씨는 창밖을 잠시 바라보다가 또다시 생각에 몰두했다.

'어쩌면 숲에서 죽은 불량배들이 땅벌파하고는 무관할 수도 있어! 내가 공연한 가정을 하는 것인지도 모르지…… 물론 가능성은 전혀 배제할 수는 없겠지! 그런데 숲 속의 그 괴인! 출현한 지가 오래 되었다면? ……혹시 임씨가 그 괴인에게 당했을지도 모르는 일이야! 인규는 상대방이 놀랄까 봐 숨었던 것이 결과적으로는 자신을 구하게 된 것이지. 그러나 임씨가 만일 그러한 상황이라면 그냥 지나치다 괴인에게 참변을 당할 수도 있겠지! 그 괴인이 숲 속에 자주 출현했다면 임씨를 만나지 말란 법은 없어. 충분히 임씨의 행방불명과 괴인의 출현을 결부시켜 볼 수 있는 거야…… 인규가 만일 그 괴인에게 당했다면 지금쯤 행방불명되었다고 간주되었겠지. 임씨의 행방불명! 이것은 사고가 아니라면 타당한 이유가 없어! 물론 춘천읍내에 나가서 다른 일을 당했을 수도 있겠지만 사람 사는 큰 마을에는 대체로 사고가 적지! 임씨가 서울에 온 것은 아니니까 읍내를 나가려고 강을 건넜던 것이야. 나올 때는 다른 사람이 동행했으니 사고를 몰랐던 것이고, 정마을로 돌아가다가 사고가 난 것이겠지. 공연한 가정일까? 아니야! 괴인과 결부시키는 것은 결코 무리한 일이라고 볼 수는 없어.'

남씨의 생각은 막바지에 이르렀다. 객관적 증거가 없는 상황에서는 깊게 들어갈 필요는 없고 가능성만 가볍게 생각해두는 정도로 끝을 내야 한다. 남씨는 숲 속의 괴인 문제가 임씨의 행방불명과 충분히 연계될 수 있다는 점을 인식하고는 일단 생각을 중단했다. 정마을에 안전하게 들어가는 방법은 가는 도중에 좀 더 연구해 보면 된다. 남씨는 그 외에는 춘천에 도착해서 할 일을 염두에 두고 자리에서 일어났다.

기차의 속도는 일정했고, 차창 밖에는 산이 멀어지고 있었다. 이제 시야에 들어오는 벌판에는 허름한 집들이 자주 보이기 시작했다. 남씨가 열차 칸을 두 번 옮겨 자리로 돌아오자 박씨는 이미 깨어 있었다. 무심한 박씨도 남씨의 심상치 않은 기분을 감지한 것일까……?

인규는 건너편에 앉아서 무엇인가 생각에 잠겨있는 듯 보인다. 조합장의 부하들은 아직도 깊은 잠에 빠져 있었다. 이들은 아무런 근심도 없이 그야말로 자유롭게 지내고 있는 중이다. 그러나 몸은 오히려 피곤한지 겨우 지탱하고 있는 것 같았다.

기차는 어느덧 속도가 줄어들고 있었다. 종착지인 춘천역에 진입하고 있는 중이다.

'덜컹 —'

마침내 기차는 정지했고, 이어 승객들은 움직이기 시작했다. 남씨는 그대로 앉아서 승객들이 다 내릴 때까지 기다렸다. 깊은 잠에 빠져 있던 조합장의 부하들도 저절로 잠이 깼다. 주변의 상태가 변한 것이 영혼을 흔들어준 것일까? 놀라서 깨며 좌우를 급히 살핀다.

이윽고 승객이 다 내리자, 일행은 박씨를 선두로 해서 차례로 내렸다. 기차 밖에는 밝은 태양빛이 내리쬐고 있었다. 이제부터는 서울이 저 멀리에 있고, 정마을은 등 뒤에 있다고 느껴진다. 그러나 누구 하나 기차가 온 쪽을 바라보지 않았고 곧장 역 밖으로 나왔다.

"저쪽 여관으로 갈까?"

남씨는 길을 건너면서 인규에게 물었다. 그러자 옆에 있던 박씨가 의아한 표정을 지으며 물었다.

"예? 충분히 갈 수 있을 텐데요."

인규는 박씨가 어떤 생각이 있으려니 하고 무심코 길을 건넜다. 시간은 오후 3시가 채 안 되었기 때문에 부지런히 가면 자정이 되기 전에 정마을에 당도할 수 있다. 남씨는 길을 다 건너자 박씨에게 대답해 주었다.

"밤길은 안 좋아! 피곤하기도 하고……."

"그래요? ……그럼 쉬고 가지요."

박씨는 속으로 납득이 가지 않았지만 순순히 응했다. 여관은 전에 인규가 묵었던 곳이었다. 일행은 정문에서 좀 떨어져 있는 별채를 구해 여장을 풀었다. 아직 힘이 남아돌아가는 박씨에게는 분명 맥 빠지는 일이었지만 할 수 없었다.

그러나 잠시 후 박씨는 여관에 묵어야 하는 이유를 알게 되었다. 남씨가 조합장 부하들을 불렀다.

"이리들 좀 오게!"

"……."

"자네들, 춘천에 누구 아는 친구가 있나?"

"예. 좀 있습니다."

"뭐하는 친구들인가?"

"예? 저…… 그냥 친구입니다만."

부하들이 머뭇거리며 대답하는 것을 보니 불량배가 틀림없는 것 같다. 남씨는 고개를 끄덕이고는 다정하게 말했다.

"지금 그 친구들을 만나볼 수 있겠지?"

"예. 찾아보면 되겠지요!"

"좋아! 자네들에게 일을 좀 시키겠네!"

"……."

"자네들 친구를 만나 좀 알아볼 게 있네. 요 며칠 전 말일세, 갑자기 사라진 친구들이 있나 한번 알아보라고! ……할 수 있겠나?"

남씨가 알아보고자 하는 것은 숲 속의 괴인에게 맞아죽은 사람들이 춘천 지역의 불량배들인가 하는 점이다. 막연한 탐문 조사이지만 그들이 조직 폭력배라면 무엇인가 드러나는 것이 있을 것이다.

좁은 춘천 바닥에 폭력배 여섯 명이 사라졌다면 이곳 폭력배들이 그것을 알고 있을 것이다. 그리고 숲 속에서 죽은 사람들의 시체가 발견됐다면 경찰이 수사에 나섰을 것이다. 그럴 경우 제일 먼저 조사 대상이 되는 것은 당연히 이 지역 폭력배들이다.

경찰이 조사를 하고 다니면 폭력배들 사이에는 금방 소문이 퍼지게 마련이다. 이런 일들은 조합장 부하가 나서서 이 지역 친구들에게 물어보면 되는 것이다. 남씨는 이런 생각을 이미 기차 안에서 해두었다. 조합장의 부하는 힘 있게 대답했다.

"예. 곧 알아볼 수 있습니다!"

"그래. 지금 가서 수고를 해 주게! 오늘밤 안으로 돌아와야 하네……."

"예. 그럼 다녀오겠습니다."

부하들은 신속하게 사라졌다.

"형님! 무슨 일이 있었군요?"

박씨는 그제야 문제가 있다는 것을 감지했다.

"숲 속에서 사건이 있었어! 살인 사건이야."

"살인 사건이요? 그게 우리와도 관계가 있는 일인가요?"

박씨는 의아스러운 표정을 지으며 물었다. 살인 사건이란 분명 놀라운 일이지만 바쁜 여행 중에 살인 사건을 조사할 일은 아닌 것이다.

"그럼! 인규도 죽을 뻔했네. ……우리도 당할지 몰라!"

남씨는 근심 어린 표정으로 심각하게 대답했다.

"예? ……어떤 일이 있었는데요?"

박씨는 관심을 나타내며 목소리를 높였다. 그러자 인규가 나섰다.

"아저씨, 제가 설명해 줄게요."

"음? 그래!"

인규가 박씨를 상대하자 남씨는 일어나서 저쪽으로 걸어갔다. 필경 또 무엇인가를 생각하는 것이리라! 인규는 남씨에게 생각할 기회를 주고 싶은 것이다.

지금 세 사람이 있는 이곳은 멀리까지 논이 펴져 있었고, 우측 가까이에는 낮은 언덕들이 자리 잡고 있었다. 박씨와 인규는 마루에 걸터앉아 얘기를 시작했다.

"정마을에서 나온 지 얼마간 지난 뒤였어요. 갑자기 숲 속에서 인기척이 나더군요. 왠지 숨고 싶었어요!"

인규는 당시 상황을 상세하게 설명해 나갔지만 박씨는 주로 괴인의 행동이나 힘들에 대해서만 주의하는 것 같았다. 박씨로서 제일 먼저 떠올리는 것은 자신이 그 괴인을 물리칠 수 있느냐 하는 문제일 것이다. 그러나 인규의 설명이 진행돼 갈수록 박씨는 낙심하고 있었다.

"그렇게 힘이 세단 말이야?"

하고 물으면서도 박씨는 빗자루 괴인에 대해 나름대로 추측해 보았다.

'그 동작은 어떠한 것일까? 인규가 살펴보고 생각한 바에 의하면 무술이 절정 고수임에는 틀림없지 않은가! 하기야 무술을 모르는 인

규가 놀란 나머지 과장해서 얘기할 수도 있다.'

아무튼 박씨는 빗자루 괴인이 자신의 상대는 아니라고 판단했다.

"그렇다면 정마을은 지금 괜찮을까?"

박씨가 인규의 말을 다 듣고 한 첫마디는 이것이었다.

"글쎄요! 건영이가 있으니까요……."

인규는 이렇게 말하면서 흠칫 놀라고 말았다. 사실 건영이가 무슨 힘으로 이 괴인을 물리칠 수 있단 말인가? 건영이의 능력은 정신의 힘이다. 그 힘이 빗자루 괴인을 만났을 때 무슨 소용이 있으랴! 박씨도 같은 생각을 한 것 같았다.

"건영이? ……건영이라고 무슨 방법이 있을까?"

박씨는 이렇게 말하는 순간 촌장이 생각났다.

'건영이가 위험해! 촌장님은 나보고 건영이 곁을 떠나지 말라고 했는데…… 큰일 났군! 내가 보호하고 있어야 되는데 말이야. 아무래도 정마을에 빨리 가봐야겠어! 그동안 무슨 일이나 없었을까……?'

박씨의 마음은 참으로 가상했다. 자신이 빗자루 괴인을 물리칠 수 있다는 보장이 없음에도 건영이 보호에 온 정신이 집중되는 것이었다. 박씨는 마음이 초조해지기 시작했다. 인규는 얘기를 다 마치고 주위를 둘러봤는데, 남씨가 보이지 않는다. 이때 여관 주인이 나타났다.

"식사 준비됐어요. 아저씨는 저쪽에 계십니다."

식사를 준비했다면 잘된 일이다. 이들은 아직 조반도 먹지 못한 상태에서 여행에 임하고 있었던 것이다. 박씨가 인규와 함께 식당에 들어서자 남씨는 이미 앉아 있었다.

"자, 모두들 식사를 하지!"

세 사람은 잠시 근심을 잊고 식사를 시작했다. 이들의 운명은 지금 어디에 와 있는 것일까? 만일 운명이 필연적으로 건너야 하는 다리 같은 것이라면 이들은 어떤 일을 겪도록 되어 있는 것일까? 어쩌면 운명의 길이 복선으로 되어 있어서 주어진 사건을 피해 갈 수 있는 것은 아닐까?

남씨는 그렇다고 생각한다. 남씨에게는 당초 운명보다 선택, 즉 지혜가 모든 것을 지배한다는 생각이 강하다. 과연 인생의 다양한 사건들이 운명과는 그리 상관이 없는 것인가?

이 점에 있어서 박씨는 아주 색다른 견해를 가지고 있다. 박씨에게는 자연과 인생의 일들이 거의 모두 운명적이라고 생각한다. 두 사람 모두 신중한 견해가 있다면 그것은 세상 일이 완전히 운명에 의한 것이라거나 완전히 우연이라는 생각을 하지 않는다는 점이다. 즉 두 사람은 운명과 우연의 어느 한 면을 두드러지게 강조할 뿐 다른 한 면의 여지를 전혀 배제하는 것은 아니었다. 인규의 견해는 어떤가 하면 박씨 쪽이었지만 박씨에 비해 운명에 대한 믿음이 그리 깊은 것은 아니었다. 말하자면 인규는 균형이 잘 잡혀 있다고 할 수 있다. 그러나 인규에게는 남씨와 같은 천재성이나 박씨와 같은 근면성이 없다. 이제부터 수도 생활에 들어서는 인규가 어떠한 모습을 나타낼지는 미지수이다.

그런데 현재 인규 외에 두 사람의 마음은 전에 비해 엄청난 변화를 간직하고 있다. 그것은 서울 생활이란 자극을 통해 얻어진 것이지만 이로 인해 앞으로 어떻게든 커다란 발전이 기대되고 있다. 그것을 무엇으로 알 수 있는가 하면, 우선 박씨는 서울에 와서 생활하는 동안 뜻밖에 경험을 많이 했을 뿐만 아니라, 서울의 문물을 그토록 좋아했는데도 오히려 정마을을 그리워하며 돌아갈 날을 기다렸다. 이것은 본래의 자리에서서 여타의 사물을 수용했다는 뜻인데, 어리석은 사람은 자극에 의해 송두리째 변질되어 앞날을 예측할 수가 없다. 이 것은 방황이라 해야 마땅하겠지만 사람이 변화하는 중에도 옳은 목 표를 잃지 않아야 하는 것이다.

박씨는 당초 정마을의 촌장과 같은 사람이 되고자 했는데, 그 목표 는 서울의 신기한 생활로도 흔들리지 않았다. 하기야 인규는 박씨 같 은 인생의 목표조차 없다가 생긴 것이지만 올바른 목표를 설정하는 것만큼이나 바꾸지 않는 것도 어렵다고 할 수 있는 것이다.

서울 출행에 있어 남씨에 관해서는 두말할 나위가 없다. 남씨는 처 음부터 아예 동요가 없었다. 그리고 서울에 도착해서 얼마 되지 않아 단번에 자신의 전생을 찾아냈다. 그 외에도 남씨는 서울의 문물을 영 원한 우주의 흐름 속의 한 단편으로만 살펴봤을 뿐이지, 박씨처럼 놀 라거나 도취한 것이 아니었다. 흔들리지 않고 묵묵히 자기 갈 길을 가 는 것이 바로 남씨의 성품이었다. 이는 흡사 장강의 흐름과도 같다.

남씨는 식사를 마치자 논길을 산책한다고 여관 뒤쪽으로 나갔다. 정마을에는 이곳처럼 드넓은 논은 없다. 물론 남씨가 논을 구경하러 나갔는지, 생각을 하러 나갔는지, 혹은 그냥 무료함을 달래러 나갔는 지는 알 길이 없다.

인규는 식사 후에 시내에 다녀온다고 떠나버렸다. 혼자 남은 박씨 는 마땅히 할 일이 없었다. 지금 세 사람 중 가장 초조한 사람은 박씨 일 것이다. 박씨는 정마을, 아니 더 정확히는 건영이의 안위가 몹시 걱정되어 어쩔 줄을 모르고 있었다.

정마을로 돌아가는 길목의 위태로움에 대해서 박씨로서는 그 대책 을 강구해 낼 방법이 없다. 박씨에게는 어떡하면 좋으냐 하는 물음이 떠오르자마자 암담함이 느껴지고 한 치도 더 나갈 수가 없다.

그런데 남씨만은 신기하게도 무슨 문제든 생각만 하면 무엇인가 답이 척척 나오는 것이다. 박씨는 남씨가 사라진 논길을 바라봤다. 남씨의 모습은 점점 멀어지고 있었다.

'어디까지 가려는 것일까?'

박씨는 이런 생각을 하며 고개를 갸우뚱했다. 그러고는 정마을 방향이라 생각되는 쪽을 바라보기 시작했다. 그러나 걱정만 더 될 뿐 마음의 안정이 되지 않는다. 그래서 이번에는 명상을 하기로 마음먹고 방으로 들어왔다. 명상으로 박씨의 마음이 평온해졌을까? 누가 들여다본 사람은 없었지만 잠시 후 박씨는 옆으로 누워 잠들어 있었다.

지금 여관의 별채에는 고요한 가운데 쉬지 않고 시간만 흐르고 있었다. 고향을 지척에 두고 이토록 하릴없이 시간만 보내게 된 박씨는 꿈자리마저 편안치 않았다. 박씨는 꿈에 홍수를 만나 물건이 떠내려가는 것을 막으려고 무던히 애를 쓰고 있었다.

남씨는 논길을 헤매면서 대책 마련에 부심하고 있다. 그러나 아무리 천재인 남씨라 해도 아무것도 맞닿는 것이 없는 현실에서 무엇을 건져낸단 말인가……?

당면 문제는 빗자루 괴인이거니와 밑도 끝도 없는 괴인을 어떻게 피할 수 있겠는가?

어차피 정마을로 가기 위해서는 숲을 거쳐야 하는데, 언제 어디서 어떻게 나타날 줄 알고 방비를 할 수 있단 말인가? 방비? 방비란 또 무엇인가? 아무리 생각해도 괴인을 만나게 되면 방법은 도주하는 것만이 상책인 듯싶었다.

다행히 괴인을 미리 발견해서 신속히 피할 수만 있다면 좋겠고, 더 다행한 일은 괴인을 만나지 않고 무사히 정마을에 당도하는 일이리

라. 그러나 그것은 우연에 맡길 뿐이지 시간을 맞추는 방법은 생각해서 얻어질 것 같지가 않았다.

남씨가 생각하고 있는 것은 무엇일까? 남씨는 지금 멀리 논길을 횡단하여 산자락에 가서 앉아 있다. 계절은 가을로 가고 있기 때문에 논들은 풍요롭고 한가로웠다.

그러나 이러한 정경을 가끔씩 바라보는 남씨의 마음은 번민으로 어두워져 있었다.

'어렵구나! ……정마을 근방에 이런 일이 생기다니!'

남씨는 고개를 천천히 가로젓다가 무심히 하늘을 올려다보았다. 운명이라 생각하는 것일까? 남씨의 자세는 언제나 땅을 향해 있었지 하늘을 올려다보는 경우는 흔치 않았다. 그만큼 현실의 상황이 어렵기 때문일 것이다.

하늘의 해는 조금씩 기울어져 가고 남씨는 고개를 다시 땅으로 돌려 원래의 자세로 돌아왔다. 비스듬히 비추는 햇빛은 벼이삭에 부딪혀 은은히 반짝였다.

황혼은 정마을에도 찾아오고 있었다.

건영이는 오늘 좀 늦은 시간에 강변으로 나오는 중이다. 정마을에는 논이 거의 없기 때문에 보이는 것은 밭과 숲들뿐이었다. 지금은 푸르름이 절정을 이루어 정마을 주변의 정경은 그윽함에 싸여 있다.

강가로 향하는 건영이의 발걸음은 언제나처럼 평화롭고 생기가 있었다. 예전에 박씨가 하루에 두 번씩 나루터를 오가던 일이 건영이의 일상사처럼 된 지는 상당히 오래 되었다. 건영이에게 이처럼 익숙해진 일이 근간에는 바뀌게 된 터이지만 오늘은 서울에 간 사람들이 돌아올 것이 기대되는 날이다.

건영이가 걷고 있는 길이 좌측으로 꺾이면서 좌우의 숲은 더욱 두드러졌다. 건영이의 마음은 흐르는 개울처럼 무심히 자연과 하나가 되어 있었다. 이런 마음은 천지를 향해 크게 열려 있다는 뜻이겠지만, 건영이의 마음속에는 언제나 자연의 모습이 비춰지고 있는 것이다.

숲의 고요는 건영이의 출현으로도 여전했다. 바람이 불어와도 새로움이 나타난 것처럼 보이지 않는다. 자연은 미래와 함께, 과거가 함께 있는 것일까? 흐르는 냇물은 앞질러가고 건영이는 뒤늦게 강변에 도착했다. 황혼이 깃들고 있는 강변은 한적하고 아름답게 느껴졌다.

건영이의 발걸음은 언제나처럼 물가 쪽으로 향했다. 물가에 아무렇게나 매어져 있는 나룻배는 오늘 따라 쓸쓸해 보인다. 건영이는 먼저 배를 살펴보고 강 건너편을 바라봤다. 건너편의 나루터도 이쪽과 마찬가지로 쓸쓸해 보인다. 사람의 기척은 전혀 느껴지지 않았다.

'조용하구나! 오늘쯤 올 때가 됐는데……'

건영이의 마음속에는 지금 그리움이 솟는가 보다! 얼굴에는 아쉬움이 엿보이는 듯했다. 조용히 흐르는 강물에 비치는 햇빛은 크게 반사되지 않았다. 건영이는 고개를 돌려 잠시 동안 강의 하류 쪽을 바라봤다.

강물의 흐름은 일정할 뿐 특별한 의미가 나타나지 않고 있었다. 그러나 건영이에게는 어떤 느낌을 주었는지 고개를 갸우뚱하며 의아스러운 표정을 짓고 있다. 천지를 향해 열려 있는 건영이의 마음속에 어떤 그림자가 드리워진 것일까?

건영이는 발걸음을 돌려 벌판 쪽으로 올라왔다. 그리고는 강물이 내려다보이는 곳을 찾아 편안히 앉았다. 하늘은 붉은 기운을 띠며 밝음이 멀어져 가고 있었다. 건영이의 얼굴에 가볍게 바람이 스쳐 지나갔다.

건영이는 어느새 눈을 감고 있었다. 마음은 이미 현실을 떠나 심정 공간 내를 유영(遊泳)하기 시작했다. 시간과 공간은 하나가 되어 우주의 근원에 집중했고, 자연의 신묘한 작용이 건영이의 마음과 만나고 있었다. 건영이는 주어진 문제에 대해 의심을 일으키고 답을 기다리는 천진한 상태가 되었다.

이는 원시회상(原始回想)으로서 신명(神明)이 통하여 감춰진 비밀이 드러나는 것이다. 건영이가 구하고자 하는 문제는 남씨 일행의 현재 상황이었다.

점이란 생각으로 알 수 없는 현상을 천지와 감응하여 자연이 간직한 해답을 빌려오는 것이다. 이때의 마음은 태어나기 이전처럼 순수하여 현실의 잡된 의욕으로부터 멀리 떠나 있다. 건영이의 얼굴은 모든 번민을 떠난 한없이 평화로운 모습이 되어 있었으며, 의문에 대응하는 근원의 작용은 메아리처럼 울려나와 하나의 뜻을 형성해 나갔다.

건영이는 조용히 눈을 떴다. 마음속에는 분명한 상(像) 하나가 맴돌고 있었다. 이는 수산건(水山蹇:☵☶)의 괘상으로 건영이의 의식은 이를 즉시 인지(認知)했다. 수산건! 이제 건영이는 현실의 마음으로 돌아와 괘상을 음미하기 시작했다.

'발이 묶여 있군! ……무슨 일일까?'

건영이는 이런 생각과 함께 주역의 한 문구를 떠올렸다.

건(蹇)은 어려움으로 위험이 앞에 있다. 험난을 보고 능히 멈출 줄 안다면 이는 지혜로운 것이다(彖曰蹇 難也 險在前也 見險而能止 知矣哉).

멀고도 가까운 주역에의 길

남씨 일행은 현재 춘천역 근방에서 머무르고 있었다. 정마을로 들어가는 길목의 위험을 감지하고 대책을 강구한 뒤 출발 시기를 조절하기 위함이다. 이러한 상황은 문복(問卜)에 의해 건영이에게로 알려진 것이다.

괘상이 뜻하는 바는 분명했다. 험난을 만나 좌절하고 있는 상이 수산건이다. 문제는 좌절의 원인, 즉 험난이 무엇인가인데, 이는 점괘로써 얻을 일이 아니다. 사람의 판단에 의해야 하는 것이다. 건영이는 자리에서 일어났다. 얼굴에는 걱정하는 빛이 감돌고 있었다.

'틀림없이 무슨 일이 있는 거지? 서울에서는 이미 떠나왔을 텐데…… 필경 춘천에 머물러 있을 거야!'

건영이는 고개를 갸우뚱하고는 강 하류를 향해 조금씩 걸었다. 날은 점점 어두워지고 있었다. 건영이의 투명한 마음속에는 남씨 일행이 가까이 춘천에 와 있다는 느낌이 분명했다. 건영이는 나루터에 나오기 전에 이미 그런 느낌을 받고 있었다.

그런데 무엇 때문에 남씨는 움직이지 않는 것일까? 험난은 정마을로 돌아오는 길목에 있다. 아직 그것을 만난 것은 아니다. 점괘가 이를 말해 주고 있다.

건영이의 생각은 자신의 추리와 점괘가 알려준 바를 종합하여 하나의 올바른 결론을 향해 서서히 움직여 갔다.

'남씨는 험난을 사전에 안 것 같다. 오는 도중 당한 것은 결코 아니다. 그 점은 몹시 다행스럽다…… 그렇다면……?'

건영이의 걸음걸이는 아주 느려지고 혹은 조금 빨라지면서 생각이 진행되고 있었다.

'위험은 무엇인가? 그런데 남씨는 이를 어떻게 알았을까? 정마을로 들어오는 길이라면 숲일 텐데…… 밤길을 걷기 싫어서 머무른 것일까? ……아닐 것이다! 밤길을 걷는 것이 오히려 편안하다. 인규만 하더라도 밤길을 좋아한다. 박씨도 분명 그럴 것이다! ……그렇다면?'

건영이는 잠시 멈추었다가 상류 쪽으로 되돌아오기 시작했다. 순간 하나의 상이 불현듯 떠올랐다.

'숲에 이유가 있어! 남씨는 이것 때문에 출발을 늦춘 거야. 밤길이 두려운 것이겠지! 이는 공연한 기분이야! 위험이 느껴지기 때문에 단순히 밤을 피하는 것뿐이야! 도대체 숲에 무엇이 있단 말인가? ……그렇지!'

건영이의 마음은 갑자기 어두워지면서 가상(假想)의 살기가 느껴졌다. 이는 얼마 전 강 건너편에 나타났던 빗자루 괴인의 잔상(殘像)에서 비롯된 것이다.

'그 괴인! 인규가 서울로 가는 길목에서 만났던 것일까? 맞아, 틀림없어! 그런데 인규는 그 위험을 피했다는 말이 되는데 어떻게 피할 수 있었지? ……그것을 알 수가 없네! 단지 인규가 지금 건재하다는 것이 중요한 것이야! 과연 그럴까……?'

건영이는 생각이 인규의 위험에 미치자 모든 생각을 덮어두고 인규의 현재 상태를 궁리했다. 건영이는 다시 몸을 돌려 하류 쪽을 향해 섰다. 그러고는 흐르는 물 쪽을 잠시 바라보는 듯했다.

'인규는 안전하구나! ……분명해.'

건영이는 어떻게 이런 생각을 얻어낸 것일까? 시원한 바람이 건영이의 가슴을 식혀주고 있었다. 건영이는 걸음을 조금 빨리하여 정마을로 향했다. 마음속에는 이미 뚜렷한 결론 하나를 만들어두고 있었다.

'인규는 험난을 만났다. 그리고 그것을 용케도 피했다. 어떻게 피했는지는 모르겠지만 험난은 바로 빗자루 괴인이다.'

건영이의 얼굴빛은 밝아졌다. 인규가 안전한 것이 일단은 마음을 편하게 해 주었다. 앞으로 남씨 일행이 정마을에 무사히 도착하는 문제는 남씨의 소임이다.

건영이는 남씨가 위험을 직시했다면 적절한 대응책을 마련할 것으로 믿었다. 건영이는 강변을 떠나 정마을로 돌아갔다. 오늘은 이제 누가 나타날 것 같지 않았다.

강가의 정경은 어둠에 가려지고 강물은 하류로 계속 흘러가고 있었다. 남씨가 여관방으로 돌아온 것은 건영이가 강변을 떠난 직후였다. 이때는 이미 잠에서 깨어난 박씨가 명상을 하고 있는 중이었다.

인규는 어디로 갔는지 아직 보이지 않고 있었다. 남씨는 조용히 들어와 잠시 마루에 앉았는데 어떻게 낌새를 챘는지 박씨가 즉시 밖으로 나왔다.

"형님! 어디를 갔었어요?"

"응, 산에 가서 좀 앉아 있었어. 그런데 인규는 아직 안 들어 왔나보지?"

"예. 그런데 앞으로 일이 어떻게 될 것 같아요?"

박씨는 마음속의 걱정을 감추며 넌지시 물었다. 박씨 자신으로서는 도무지 좋은 방안이 떠오르지 않았으나 워낙 신통한 남씨이니까 무엇인가 생각을 해두었을지도 모를 일이다. 그러나 남씨의 대답은 박씨의 기대를 여지없이 무너뜨렸다.

"운에 맡겨야겠지!"

남씨의 대답은 이것뿐이었다. 하루 온종일 생각해서 나온 답이 이런 것이라면 박씨도 할 수 있는 일이었다. 남씨는 어떤 사건에 임해서 운이란 말은 좀처럼 사용하지 않는다. 언제나 생각을 통하여 최선의 답을 연구하는 것이다. 그런데 이번만은 남씨도 막연한가 보다. 하기야 숲속의 괴인이 언제 나타날지에 대해 무엇을 근거로 판단한단 말인가?

박씨는 허탈감을 느끼는 동시에 건영이에 대한 걱정이 더욱 솟아올랐다.

"형님! 그렇다면 내일 그냥 출발할 건가요?"

"글쎄, 내일 봐야 알겠지!"

남씨의 대답은 여전히 맥 빠지는 것이었다. 그토록 생각이 깊던 남씨도 이번만은 별수 없단 말인가? 박씨는 남씨가 무슨 생각을 하든지 내일은 기필코 떠나려고 결심해 두었다.

박씨로서는 숲에서 위험을 만날지언정 더 이상 건영이를 방치해 놓을 수 없는 심정이었다. 사실 지금 참고 있는 것도 몹시 힘든 일이었다.

남씨는 긴긴 하루를 허비하면서도 아무것도 생각해 내지 못하였다. 내일이라고 해서 더욱 안전하다거나 무슨 방안을 생각해 낼 것 같지가 않다.

'오늘 그냥 갔어야 했어! 위험하다면 내일도 마찬가지일 뿐이야. 전에 빗자루 괴인이 나타난 것은 대낮이었으니까 밤이 오히려 더 안전했을지도 모르지…… 지금이라도 곧바로 출발하면 좋을 텐데…….'

박씨는 속으로 이런 생각을 하며 남씨의 기색을 살폈다. 남씨는 비스듬히 고개를 숙였다가 고개를 들어 먼 하늘을 바라봤다. 그러고는 박씨에게 말을 건넸다.

"박씨! 마음이 급하겠지?"

남씨는 박씨의 마음을 확실히 알고 있는 것 같았다.

"예…… 뭐 그저 좀……."

박씨는 남씨가 엉겁결에 묻는 말에 머뭇거리며 대답했다. 남씨는 박씨를 위로하듯 애써 미소를 지으며 다시 말했다.

"박씨는 지금 건영이가 걱정되겠지! 건영이는 틀림없이 괜찮을 거야!"

"예? 그것을 어떻게 알 수 있지요?"

박씨는 그냥 수긍하면 될 것을 굳이 반문했다. 박씨로서는 남씨의 말이 단순히 자기를 위로하기 위해서 하는 말이 아니라 무엇인가 판단에 근거해서 나온 말이기를 바랐기 때문이었다.

"음? 그것을 알고 싶다고? ……하하하!"

남씨는 박씨가 건영이의 안위에 대해 이토록 조바심을 갖고 있는 것을 대견스러워하고 있었다. 박씨는 웃지 않고 심각하게 말했다.

"예, 알고 싶어요. 건영이가 안전한지를……."

"좋아…… 박씨가 그토록 걱정하고 있으니 자세히 얘기를 해 주지."

남씨도 웃음을 지우고 말했다. 그러나 그리 심각한 것은 아니고 다른 생각을 하게 하면서 박씨를 타이르는 듯 말하기 시작했다.

"박씨, 세상일에는 생각하는 방법이 있어. 물론 생각이라는 것도 가끔 틀리는 수가 있지만 감정을 앞세우면 상황을 더욱 모르게 되는 거야."

남씨의 말투는 심상치 않았다. 남씨는 차제에 무엇인가를 가르치려는 것이 분명했다.

"만일 말일세…… 건영이에게 무슨 일이 있다면 정섭이가 서울에 벌써 왔겠지. 정섭이는 그런 애야. 아주 활동적이지. 한 마디로 종횡무진이라 할 수 있어. 서울에 두 번씩 온 아이가 한 번을 더 못 오겠어? 따라서 정마을에 무슨 일이 일어났다면 당장에 정섭이가 달려오게 되어 있는 것일세. 지금껏 잠잠하다는 것은 정마을은 별일 없다는 증거지…… 문제는 우리에게 있을 뿐이야!"

남씨의 설명은 당장에 정곡을 찌르고 있다. 박씨는 속으로 남씨의 명쾌한 논리에 새삼 놀라며 수긍했지만 겉으로는 한 번 더 밀어붙여 봤다.

"정섭이 마저 당했으면요?"

"음? 정섭이는 당할 아이가 아니야. 나도 관상은 좀 볼 줄 아는데, 정섭이는 오래 살 것 같더구먼."

"예? 관상이요?"

박씨는 잠시 말문이 막혔다. 박씨가 놀란 것은 남씨가 관상을 볼 줄 안다는 것 때문만이 아니었다. 언제나 논리 판단을 앞세웠던 남씨가 운명에 의존하듯 말하기 때문이었다. 박씨는 속으로 재미있게 생각하고는 또다시 물고 늘어졌다.

"정섭이의 관상이 오래 살 것 같단 말이지요? 정확한 근거는 아니로군요."

박씨가 이렇게까지 심하게 반문하는 것은 남씨를 곤란하게 만들려는 의도는 아니었다. 무엇보다도 박씨는 건영이의 안전을 철저히 확인해 두고 싶은 것이었다.

남씨는 박씨의 말에 고개를 끄덕였다. 그러고는 미소를 지으며 다시 말했다. 철두철미한 것을 마다할 남씨가 아니었다.

"그래, 박씨 말이 맞아. 내가 관상을 가지고 정섭이가 오래 산다 어쩐다 하는 것은 근거가 약하겠지. 그런데 말일세, 내 생각에는 정마을 전체가 참변을 당할 정도가 되면 건영이가 그것을 미리 알 것만 같아…… 그럴 경우 모두 피하거나 최소한 가장 민첩한 정섭이만은 피해서 서울에 있는 우리와 연락을 했겠지. 건영이가 꼼짝 못하고 갑자기 당했다고 볼 수는 없어. 정마을에 무슨 일이 있으면 필경 건영이가 무슨 조치를 취했겠지. 어쩌면 여러 사람들이 서울로 왔을지도 모르고…… 최소한 정섭이는 안전할 거야. 인규 같은 사람도 괴인을 피할 수 있었는데 정섭이는 오죽하겠어?"

남씨는 말하는 도중 점점 더 심각해졌는데, 박씨는 남씨의 추리가 흠잡을 데가 없다는 것을 확실히 깨달았다. 더구나 남씨의 설명 중에는 정마을에 대참변이 있을 것이라면 건영이가 미리 알 것이다 라는 말은 도저히 부정할 수 없었다.

박씨는 건영이라면 무조건 존경하고 믿어버리는 것이 아닌가! 이제 남씨는 더 이상 설명하려고 하지 않았다. 박씨도 여기서 그만두어야 겠다고 생각했다. 누구라도 아직도 더 물어보려 한다면 남씨가 화를 내고 외면할지도 모를 일이다.

박씨는 이미 정마을이 안전함을 이해했다. 물론 이는 이성(理性)에 의한 것이다. 감성(感性)이란 이와 달라서 정마을에 직접 가서 눈으로 확인할 때까지는 마음이 썩 편안한 것은 아니다. 단지 남씨의 깊은 생각에 다시 한 번 감명을 받고 부드럽게 말했다.

"형님! 정마을이 안전하리라는 것은 알겠어요…… 이제 우리는 어떡하지요?"

"우리? 글쎄, 운이 좋아야겠지!"

남씨는 또다시 운이라는 말을 꺼냈다. 박씨는 이 말을 듣고 무엇인가 말하려는데 남씨의 말이 계속 이어졌다.

"문제는 말일세, 빗자루 괴인이 그 숲에만 있는지 아니면 밖으로 돌아다니는지 하는 점이야."

남씨는 지금 빗자루 괴인의 행동반경을 논하고 있는 것이다. 이 순간 박씨는 속으로 할 말이 즉각적으로 떠올랐다.

'빗자루 괴인이 숲에만 있는지 돌아다니는지 어떻게 알 수 있지요?'

박씨는 이렇게 말하려고 했는데 이번에도 남씨가 먼저 말을 이었다.

"그것은 곧 알 수 있겠지!"

'뭐? 그런 것은 곧 알 수 있다고?'

박씨는 속으로 가볍게 놀랐다. 도대체 남씨는 무슨 방법으로 괴인의 행동반경을 예측할 수 있을까? 박씨는 남씨가 신기하다는 것과 자신이 바보라는 것을 동시에 느꼈다.

'천재와 범인(凡人)은 이토록 다른 것일까?'

박씨는 이렇게 생각하고 할 수 없이 그 내용을 물어보려는데, 또다시 말을 못하고 말았다. 이번에는 인규가 나타난 것이다.

"아저씨! 나와 계셨군요."

인규의 목소리는 씩씩하게 들렸다.

"어딜 갔다 왔니?"

"예, 춘천에 갔다 왔어요."

인규가 남씨의 말에 대답하는 중 손에는 물건 보따리가 들려 있었다. 그러나 남씨가 이것을 유의한 것은 아니었다. 정마을에 가기 전 최대한 물건을 구입하는 것으로 생각했을 뿐이다. 그러자 인규가 웃으며 말했다.

"아저씨, 이것이 뭔지 아세요?"

"응?"

옆에 있는 박씨도 관심을 나타냈는데 인규가 꺼낸 물건은 검은 덩어리였다.

"아니, 이건 뭐지?"

"이거요…… 망원경이에요."

망원경이라면 먼 곳을 가까이 보는 데 쓰는 물건이다. 혹은 먼데서 오고 있는 물체를 미리 보는 데 쓰는 것이라 해도 맞는 말이다.

"망원경이라? 그걸 뭣에 쓰려고?"

"예, 그저 보면서 가려고요."

"미리 보면서 간다고? 그거 재미있겠는데?"

남씨는 이렇게 말하면서도 별로 재미있어하지 않았다. 정작 재미있어한 사람은 박씨였다.

"이리 줘봐!"

박씨는 망원경이 신기한 듯 빼앗다시피 받아들고 논이 보이는 곳으로 나갔다. 인규의 생각으로는 망원경으로 숲을 살피며 가겠다는 것인데, 탁 트인 곳이 아닌 숲에서 이 물건이 얼마나 효용이 있는지는 두고 볼 일이었다.

필경 없는 것보다는 나을 것이다. 어쩌면 숲길이 곧바로 되어 있는 곳도 많이 있으니까 효과가 클지도 모른다. 그러나 옆에서 혹은 뒤에서 갑자기 나타날 경우에는 망원경이 쓸데없을 것이다.

차라리 총이라도 구해 왔다면 망원경보다는 확실히 효과가 있을 것이다. 그런데 인규는 망원경 외에도 물건 한 가지를 더 꺼냈는데, 그것은 호루라기였다.

인규가 꺼내놓은 호루라기는 모두 다섯 개로, 인원에 맞춰서 준비해 온 것이 틀림없다.

"이건 또 뭐니?"

"예. 신호를 하는 데 쓰려고요. 아무래도 한데 뭉쳐 가는 것보다 떨어져서 가는 게 낫지 않겠어요?"

인규는 나름대로 여러 가지 방법을 구상해 둔 성싶었다. 일단은 최선을 다한 것이니 나무랄 수가 없는 것이다. 남씨는 인규의 노력에 긍정적인 표정을 지었다.

"그래, 무슨 일이 있으면 이것을 불면되겠구먼. 별일이 없어야 할 텐데……"

남씨는 인규를 다정하게 바라보고는 방으로 들어갔다. 하늘은 이미 캄캄해지고 있었다. 박씨는 여관 뒤쪽 벌판 쪽에 나가 망원경을 가지고 어디든 살펴보려고 두리번거리고 있었다. 박씨로서는 망원경이 숲 속을 행군할 때 유용하리라는 생각은 벌써 잊어버리고, 그 자체가 신기해서 어쩔 줄을 모르고 있었다.

"아저씨, 어때요?"

인규는 밖에 나와 박씨의 뒤로 다가가며 물었다.

"잘 안 보이는데……"

박씨는 망원경에서 눈을 떼지 않고 대답했다.

"아저씨, 높은 곳에 가서 밝은 곳을 향해 보세요. 그리고 이걸로 조절하는 거예요."

인규는 망원경 사용법과 함께 성능 시험 방법을 알려주었다. 박씨는 인규의 말을 듣고 즉시 가까운 언덕으로 이동했다. 인규는 따라가지 않고 다시 여관으로 들어왔다. 그러자 시내에 나갔던 조합장 부하 두 명이 막 들어서고 있었다.

"이제 돌아오세요, 아저씨!"

인규는 이들에게 인사를 건네고는 남씨를 불러주었다. 남씨가 밖으로 나왔다.

"다녀왔습니다!"

부하들은 남씨를 보자 씩씩하게 인사말을 하며 고개를 숙였다. 이들은 언제나 당당하게 말하고 인사성이 바른 것이 장점이었다.

"음, 수고했네! 뭔가 좀 알아낸 것이 있는가?"

"예, 사고가 있었다는 소식을 듣고 왔습니다. 현재 경찰이 조사하고 있답니다."

"그래? 자세히 얘기해 보게. 우선 여기 좀 앉지."

남씨는 부하 두 사람을 마루에 앉혔다. 두 사람이 시내에 나가서 괴인의 소식을 알아왔다면 이는 남씨의 예상과 조치가 적중하고 있다는 뜻이다. 인규는 크게 흥미를 갖고 남씨 옆에 앉았다.

조합장 부하들은 마루에 올라와 앉은 상태에서 얘기를 시작했다.

"우리 친구들이 죽은 것은 아닙니다. 죽은 사람은 미군(美軍)이랍니다."

조합장 부하가 말하는 내용은 뜻밖이었다. 여기서 말하는 친구는 조합장 부하와 같은 부류, 즉 폭력배를 말하는데, 죽은 사람은 폭력배가 아니고 미군이라는 것이다.

"미군이라고? 자네 친구들 중 행방불명된 자는 없고?"

"예, 저희 친구들은 다 그대로 있었습니다. 경찰은 우리 친구들 중 누가 미군을 죽였을까 봐 탐문하는 것이지요. 미군 측에서 수사를 의뢰한 것이겠지요."

"미군이 죽은 장소는?"

"소양강 상류 쪽 숲 속이랍니다. 두 명이 죽었는데 생존자도 있답니다."

"범인은 누구라던가?"

"잘 모릅니다. 당시는 어두웠기 때문에…… 단지 두 명 다 주먹으로 맞아죽었고, 강물에 던져졌다고 하더군요."

"던져졌다고? 틀림없구나! 그 괴인이야!"

남씨는 고개를 끄덕였다. 이로써 인규가 괴인을 만났을 당시 맞아죽었던 불량배는 서울의 땅벌파라는 결론이 얻어지는 것인가? 인규로서는 어떠한 판단도 내릴 수 없었지만 남씨에게는 중요한 뜻이 될 수가 있다. 남씨는 다시 물었다.

"생존자는 어떻게 살아났다고 하던가?"

"자세한 것은 모릅니다. 쓰러져 있다가 겨우 탈출했다는 것 같습니다."

"사건이 나던 날은 언제라던가?"

"사흘 전이랍니다."

"사흘 전이라고? 확실한가?"

"예, 경찰이 그랬답니다."

"그래? 그것 참……."

남씨는 고개를 갸우뚱하고는 다시 물었다.

"다른 사항은?"

"글쎄요…… 경찰이 이곳 친구들을 조사했던 모양인데 간단히 끝났다고 하더군요."

"알겠네, 수고들 했어. 들어가서 쉬게."

"예! 그럼……."

부하들은 자기 방으로 물러갔다. 그러자 인규가 남씨에게 즉시 물었다.

"아저씨! 특별한 뭐가 있었나요?"

"응…… 몇 가지는 알아냈어."

"뭔데요?"

인규 자신은 뭐가 뭔지 모르니까 남씨의 결론을 알고 싶었다. 어쩌면 남씨가 생각하는 방법을 알고 싶었는지 모른다. 마침 박씨도 돌아오자 남씨는 설명을 시작했다.

"첫째, 빗자루 괴인은 여전히 그 숲 속에 나타나는가 봐. 둘째, 그 괴인은 밤에도 나타나……."

빗자루 괴인이 밤에도 나타난다는 말에 박씨는 인규를 슬쩍 바라봤다. 박씨의 마음에는 남씨가 공연히 시간을 지체했다는 생각을 했다는 것이 미안했는지도 모른다. 남씨는 박씨의 마음을 알 길이 없이 이야기를 진행했다.

"셋째, 빗자루 괴인은 살인을 좋아하는 것 같군. 넷째, 빗자루 괴인을 만나고도 산 사람이 있어…… 이것은 매우 중요한 일이야."

"그게 무슨 뜻이 있는데요?"

인규는 남씨를 빤히 바라보며 물었다. 자신의 생각에는 생존자가 있다는 것이 왜 중요한지 이해가 가지 않았다.

"음? 글쎄…… 잘은 모르겠어. 그건 다음에 얘기해주지."

남씨는 애매하게 대답하고는 얘기를 계속했다.

"다섯째, 숲 속에서 죽은 불량배는 땅벌파일 가능성이 많아. 여섯째, 어쩌면 임씨도 그 빗자루 괴인을 만났을지도 몰라. 일곱째, 그 괴인은 숲 밖으로는 안 나오는 것 같구먼…… 다시 알아봐야겠지만……."

남씨는 부하들에게 물어본 몇 가지 사항에서 참으로 많은 결론을 끌어내고 있었다. 박씨와 인규는 남씨의 말에 온 정신을 집중했다. 왜냐하면 남씨처럼 여러 가지 결론을 유도하진 못할지언정 남씨가 끄집어내는 결론에 수긍이라도 해야 할 판이기 때문이다. 남씨의 말은 계속됐다.

"여덟째, 그 괴인은 아직도 그 숲에 있을 것 같아. 우리도 위험할 거야. 아홉째, 그 괴인은 힘은 세지만 지능은 뛰어난 것 같지가 않아. 아니, 오히려 어리석은 자이겠지……."

"어리석다니요? 어째서 그런 건가요?"

박씨가 물었는데, 말투에 조심성이 있었고, 배우려는 의도가 서려 있었다.

"음, 그건 말일세……."

남씨는 다정한 말투로 설명을 시작했다.

"그 괴인은 그 곳 숲 속에서만 두 차례, 우리가 아는 한에서이지만…… 살인을 저질렀어! 그것은 자신의 위치를 알리는 행위이지! 위험한 일이야. 필경 경찰이 그곳을 수색할 거야! 어쩌면 미군도 그 지역을 순찰할지도 모르지. 아무튼 현명한 범인은 아닌 것 같애!"

박씨는 남씨가 이렇게 설명해 주자 미소를 지으며 고개를 끄덕였다.

"그렇군요! 알겠어요. 다른 것은 또 없어요?"

"글쎄, 한 가지가 더 있는데, 그 뜻이 분명한 것은 아니야! 그 괴인은 사람을 치고서는 집어던지는데, 그 이유를 모르겠단 말일세. 보통 생각하기에는 집어던진다는 것은 화가 났다는 뜻인데…… 연구를 더 해봐야겠어!"

남씨는 열 가지 사항을 얘기하고 설명을 끝냈다. 마지막 사항은 결론이 아니라 의문점이지만 남씨는 빗자루 괴인에 대해 실로 알아낸 것이 많았다. 이로써 안전하게 정마을로 들어가는 일을 연구해 낼 수 있는 것일까?

남씨는 정마을로 돌아가는 안전책에 대해서는 한 마디도 하지 않았다. 표정으로 살펴보면 과히 낙관적인 것 같지는 않다. 그런데 지금 마주 앉은 세 사람은 저마다 생각하고 있는 바가 달랐다.

박씨로 말하자면 정마을로 들어가는 길에서 자신의 안전을 생각할 겨를이 없고, 오로지 건영이의 안위만을 염두에 둘 뿐이다. 인규는 무사히 정마을에 도착해서 한시라도 빨리 건영이를 만나고 싶은 것이다. 건영이의 안전에 대해서는 당연히 무사할 것으로 보고 있기 때문에 정마을까지 가는 방법만 근심했다.

남씨는 어떨까? 남씨의 생각은 인규와 비슷한 편이지만 덧붙여 생각하는 것은 빗자루 괴인의 존재를 임씨의 행방불명과도 연계시켜 보려고 하는 것이다. 그 외에도 남씨는 빗자루 괴인의 정체를 알고 싶어 했는데, 그토록 막강한 사람이 무작정 살인을 저지르는 비인격을 도저히 이해할 수 없었다.

원래 실력이란 인격에 따라 커지는 법이고, 인격도 실력이 커짐에 따라 높아지는 법이다. 그런데 빗자루 괴인은 불합리하게도 큰 실력과 비인격이 공존하고 있는 것이었다. 하기야 인격이 없으면서 실력 있는 사람이 전혀 없다고 할 수는 없겠지만 말이다.

그러나 남씨가 이 점에 관해 반드시 이해할 필요는 없을 것이다. 단지 임씨의 행방불명이 괴인과 상관있다고 할 때만 괴인의 정체가 중요한 의미를 갖는다. 과연 빗자루 괴인이 임씨의 행방불명과 연관이 있을까?

지금은 밤이 깊어가고 있다. 남씨는 마음속의 문제는 간직한 채 휴식과 함께 시간을 건너뛰고 싶었다. 수면은 때때로 막힌 문제를 풀어주기도 한다.

"이만 잘까?"

남씨는 피로한 기색으로 말했다.

"예, 내일 다시 생각하지요!"

인규가 대답하고 세 사람은 방으로 들어갔다. 밤하늘에는 이미 별이 총총 빛나고 있었다. 별은 서울의 하늘에 떠 있는 것보다 훨씬 더 아름다웠다. 그러나 이곳 춘천역에서 바라보는 별도 정마을의 그것과 비교할 수는 없었다.

정마을의 하늘은 그야말로 별의 하늘이다. 지금도 정마을에는 신비하게 반짝이는 별들이 온통 하늘을 덮고 있다. 정마을 사람들은 모두 잠들어 있었으나, 별들은 그 잠을 지켜주고 있다. 낮은 땅에는 바람이 불어와서 마을에 생기를 공급해 주고 있었다. 건영이는 아무런 꿈도 꾸지 않고 평온한 가운데 잠을 이루고 있는 중이다.

임씨 부인의 집에는 아기의 울음소리도 들리지 않았다. 어둠에 덮여 있는 정마을은 평화를 간직한 채 있었고, 별들은 서쪽 하늘로 천천히 흘러갔다. 어느덧 건영이가 깰 시간이 되었다. 건영이는 상쾌한 기분을 느끼면서 살짝 눈을 떴다.

주변은 아직 캄캄했지만 새벽이 가까워지는 것을 알 수 있었다. 건영이는 시계를 보지 않고 간단히 옷을 걸쳐 입었다. 밖에 나오자 마을은 고요했다. 새벽하늘의 별들은 그윽한 신비를 머금고 멀어져 가고 있었다.

건영이는 숨을 깊게 들이쉬고 정신을 다시 일깨웠다. 새벽 공기는 전신을 감싸고 생기를 듬뿍 공급했다. 바람은 가볍게 불고 있었다. 건영이는 임씨 집을 우측에 두고 언덕 위로 향했다.

새벽 도량이 있는 산자락의 숲은 어둠에 가려져 있었지만 상서로운 기운을 품고 묵묵히 주인을 기다리는 듯 보였다. 건영이의 눈은 숲을 바라보는 것이 아니라 느끼면서 자신의 명상처인 큰 바위로 된 좌대(坐臺)를 찾았다.

건영이는 주변 일대를 풍곡림(風谷林)으로 명명(命名)해 놓았거니와 특히 좌대를 풍곡대(風谷臺)라 이름하여 떠나간 촌장을 기리고 있었다. 그러나 건영이 외에 이 풍곡대를 다녀가는 사람도 없었고, 이곳이 풍곡림이라는 것도 아는 사람이 아무도 없다.

그런 일은 아무래도 좋았다. 건영이는 이곳 풍곡림에 와서는 언제나 평온함을 느꼈고, 때로는 촌장이 실제로 이곳에 존재하는 것처럼 생각될 때가 있었다. 더구나 최근에 소지선과 한곡선이 다녀간 후부터는 풍곡 촌장의 섭리가 이곳에 임하고 있다는 신념이 더욱 굳어졌다.

그뿐만 아니라 이 숲은 저 하늘의 높은 선인께서 강림했던 신성한 장소가 아니던가! 물론 건영이가 처음으로 이곳 숲의 이름을 지을 때는 촌장이 그리워서 풍곡림이라고 해놓은 것이지 특별히 미래를 예측한 것은 아니었다.

그러나 지금에 와서는 이곳 풍곡림이 마치 태고적부터 촌장과 연관된 장소이고 선계의 유명한 장소로 느껴진다. 어쩌면 이런 것이 바로 촌장과 건영이의 인연이 아닐는지! 아무튼 정마을에는 풍곡림이란 곳이 있어서 아직도 촌장이 이 마을에 관여하는 것처럼 느낄 수 있었다.

건영이는 날이 갈수록 자신의 결정에 큰 행복을 느꼈다. 처음에는 우연히 시작한 일이 지금에 와서 촌장의 얼을 느낄 수 있으니 이 얼마나 다행한 일인가! 지금 풍곡림은 어둠에 싸여 모습이 드러나 있지 않았다. 그러나 건영이는 숲이 자신을 보호하고 있다는 점을 느끼고 있었다.

깊은 숲인 이곳에 바람은 꾸준히 찾아들고 있다. 그야말로 이곳은 바람의 계곡인 것이다. 건영이의 걸음은 커다란 바위 앞에 멈춰졌다. 이 바위는 바로 건영이의 명상 좌대인바, 옆으로 비스듬히 돌아서 오를 수 있다.

이곳에 오면 정마을은 아래로 깊이 감추어져 보이고 뒤로 숲이 산의 정상 쪽으로 넓게 연해 있다. 건영이는 좌대를 오르면서 저쪽 편의 숲을 무심히 바라봤다.

좌대에 오르자 마음은 더욱 편안해졌다. 좌대는 두세 사람 정도 앉을 수 있도록 평평한데, 한쪽은 날카롭게 잘려나간 듯 직선을 이루었고, 그 나머지 부분은 둥그스레 곡선으로 되어 있었다.

이곳은 마치 어머니의 자궁 속처럼 한없이 아늑하고 근심을 잊게 해 주는 곳이다. 건영이는 언제나 이곳에 와서 그 심오한 마음을 정돈하고 있다. 이로써 건영이의 정신은 맑고 고요해지며 영아(瓔兒)의 마음처럼 순수해진다.

영아처럼 천진해 지는 것이 수련의 목표이지만 현상에 접해서 타락하지 않는 마음은 근본이 가지런해야 하는 것이다. 이곳 풍곡림에서 자라나고 있는 건영이의 모습은 수뢰둔(水雷屯)의 괘상에 해당되지만, 이곳에서 건영이는 정신의 영원한 흐름에 질서를 주고 마음의 근저에 억 년을 누워 있는 기운을 일으키고자 했다.

수뢰둔의 괘상은 혼돈 속에서도 꾸준히 새로운 힘이 일어나 커나가는 것이고, 밖으로는 질서를 향해 나아가는 것이다.

지금 신발을 벗고 좌대에 올라앉은 건영이는 조용히 눈을 감고 마음의 눈을 열어 놓았다. 이제 건영이의 몸을 감싸고 있는 어둠은 자취를 감추었고, 더욱더 어두운 저 현천(玄泉)의 기운이 덮여오고 있었다.

건영이가 전면으로 향한 곳은 숙영이 집을 통과하여 우물로 직선을 이루고 있다. 이 좌대는 산의 위쪽 저 먼 남선부에서 발출한 기운이 통과하는 지역의 중앙이다. 현재 만물을 정돈해 주는 형저(亨低)의 기운은 많이 약해져 있었다.

이 기운은 당초 이 마을의 촌장인 풍곡선이 산 위에서 집결시켜 건영이가 앉은 좌대로 곧바로 공급시켜 주었던 것인데, 지금 거의 느낄 수가 없는 지경에 이르러 있다. 이토록 약한 기운을 느낄 정도라면 정신이 아주 미세하고 깊은 고요를 얻은 선인이라야 가능하다.

물론 건영이는 이러한 기운을 느끼고 있었으나 크게 염두에 두지 않고, 그저 평온하게 앉아 있는 것이다. 이제 와서 건영이는 이곳에서 주어지는 기운보다 풍곡림 자체에서 얻어지는 어떤 평온한 느낌을 더욱 귀하게 생각하고 있었다.

건영이는 이곳에 오면 이상하게도 쉽게 평정을 이룰 수 있었다. 이러한 현상은 도인으로서 과히 바람직한 일은 아니지만 자유 자재한 경지에 이를 때까지는 신선의 경지에 있더라도 장소의 이익을 무시할 수는 없다.

건영이는 오늘의 수련을 마치고 조용히 눈을 떴다. 눈을 뜬 몸 밖의 세계는 여전히 컴컴했고, 마음은 우주의 근원과 통하여 생기가 분출되고 있었다. 가벼운 바람은 여전히 불고 있었다. 이 바람은 일정한 방향도 없이 조용히 다가와 몸을 청량하게 감싸준다.

건영이는 잠시 그대로 앉아 있었다. 마을 사람들은 아직도 잠에서 깨어날 때가 되지 않았다. 오늘 하루는 어떤 일이 일어날까? 정마을 위에 덮여 있는 고요와 어둠 속에는 운명의 단서가 감추어져 있는 것일까? 건영이는 지금 오늘 하루 일을 미리 알고 싶은 마음이 들었다.

건영이가 하고자 하는 일은 무엇보다도 남씨 일행의 움직임이었다. 평화로운 정마을 자체는 특별히 달라질 것이 없을 것이다. 물론 작은 변화란 어느 곳에서도 쉬지 않고 일어나는 법이지만, 그러한 것은 점을 치는 대상으로 적당하지 않다. 건영이의 마음은 서서히 한 가지 의문에 집중되기 시작했다. 눈은 허공이 아닌 어떤 시간의 세계를 바라보고 있었다. 감정은 이미 현실을 떠나 있었고, 어린이처럼 순수한 의문은 천지의 근원에 연결되었다. 이로써 의문의 힘은 자연의 근저를 일깨워 답을 일으키고, 답은 건영이의 마음속에 하나의 괘상으로 조용히 떠올랐다.

괘상을 해석하는 것은 건영이의 표면 의식이 해야 하는 일이다. 역사(易事)에는 두 가지 일이 있는바, 첫째는 괘를 얻는 일이고, 둘째는 이를 해석하는 일인데, 범인(凡人)에게는 두 가지 다 지극히 어려운 일에 속한다.

특히 점괘를 얻는 일은 순수함과 고도의 집중력을 필요로 하는데, 이미 천진을 터득한 건영이로서는 일상사(日常事)가 되었다. 단지 점괘, 즉 주역의 괘상을 해석하는 데 있어서는 아직도 넘어야 할 난관이 많이 존재한다.

이는 건영이가 아직 전생을 회복하지 못해 역성(易聖)의 학문을 활용할 수 없기 때문이긴 하지만 현생의 공부로는 아직 천상의 저 높은 선인들에 못 미치고 있는 형편이다.

이 점은 건영이 자신도 언제나 괴로워하고 있었다. 그렇다고 좌절하고 있는 것은 아니지만, 스승도 없고 책도 없는 건영이로서는 오로지 혼자 하는 연구에 한계를 느끼고 있었다. 물론 건영이는 주역에 있어 인간의 경지를 넘어선 지는 이미 오래이다.

그러나 저 광대한 우주를 통틀어 최고의 경지를 이룩하는 것이 건영이의 목표이다. 그렇다고 해서 건영이가 인간이든 선인이든 누구를 이기고자 하는 것은 아니었다. 학문의 길에 있어서는 사실 어느 누구와 비교하여 낮다든지 못하다든지 하는 것은 큰 의미가 없다. 요는 알고 모르는 것이 문제이다. 알면 그만이고 모르면 탐구해서 깨닫도록 하는 것뿐이다.

건영이에게는 지금 주역의 깊은 이치에 있어 상당한 수준에 이르기는 했지만 전체를 통합하는 데 아직 미진했다. 무엇보다도 건영이가 넘어야 할 부분은 음(陰)의 원리이다.

음이란 단순히 생각하면 양(陽)의 상대 개념이지만 주역에 있어서는 그렇게 쉽게 이해할 수 있는 것이 아니다. 아무튼 지금 건영이는 하나의 괘상을 얻고 그것을 현실에 적용하여 해석하는 중이었다.

괘상이 정확하게 해석되고 나면 그 다음에는 한 인간으로서 거기에 대응하는 생각이 뒤따르게 된다. 온전히 점에만 의지해서는 안 되는 것이 또한 천지자연의 원리이기 때문에 인간의 생각을 절대 소홀히 할 수 없다.

건영이는 자리에서 일어났다. 오늘 건영이에게는 하루의 시작부터 바쁜 일이 많았다. 괘를 얻어 해석하고, 다시 그것에 부합되는 현실의 대응책을 강구하며, 그것을 행동에 옮겨야 하는 것이다.

풍곡림은 어느덧 밝음이 깃들이고 있었다. 높은 나무들 사이가 밝아짐에 따라 풍곡대 근방이 어렴풋이 모습을 드러내었고, 숲의 보호는 더욱 분명하게 느껴졌다.

건영이는 풍곡대를 내려와 마을을 향해 걷기 시작했다. 정마을에도 서서히 어둠이 걷히고 있었다. 건영이의 다음 행동은 나루터로 나가는 일이다.

멀리 춘천 역전의 여관방에서는 정마을의 원래 사공인 박씨가 막 잠에서 깨어나고 있었다. 박씨가 지금 정마을에 있었다면 이 시간 나루터로 향하고 있을 것이다.

박씨는 정마을을 떠난 이후 아침에 깨어나는 시간이 늦어졌고 일정하지도 않았다. 세속의 생활이란 바로 그런 것이 아니겠는가? 박씨는 조용히 일어나서 남씨의 기색을 살펴봤다. 남씨는 곤히 잠들어 있었다. 인규는 조합장의 부하들과 다른 방에서 잠들어 있을 것이다.

마루 앞에 있는 한지로 된 방문에는 밝음이 서리기 시작했다. 박씨는 기지개를 펴고 나서 고개를 몇 번 움직이고는 한 쪽 벽을 향해 앉았다. 박씨의 공부는 면벽(面壁)의 도를 닦는 것이지만, 이제 이 일에 제법 능숙한 편이었고, 어떤 경지를 터득해 가고 있었다. 박씨의 취약점은 논리를 다루는 것인데, 이는 정마을이라는 환경 요인도 있었고, 어려서부터 독서를 많이 못했기 때문이었다.

그러나 공부는 지식이나 논리보다는 인격 수양을 최우선으로 해야 하는 것은 아닐까? 대개의 사람들이 지식을 인격보다 앞세우는 것은 세상사는 요령은 오히려 지식이 인격보다 유리하기 때문일 것이다. 하기야 지식이나 논리력도 인격의 한 형태로 보면 박씨의 공부는 한쪽이 약하다고 할 수 있다. 박씨 자신은 일찍이 일생에 있어서 최고의 공부는 앉아서 잡념을 멀리하는 명상과 열심히 연구해야 하는 주역이라고 생각해 둔 바가 있었다.

이 점은 촌장으로부터 확실한 가르침이 있었지만, 세월이 갈수록 스스로도 당연한 이치라고 깨닫고 있었다. 그럴 것이다! 명상이란 마음을 정돈하여 천지와 더불어 하나가 되게 하는 것이고, 주역은 천지간에 있는 모든 사물의 뜻을 규명하는 것이니, 이것을 놔두고는 공부라고 할 만한 것이 무엇이 있을 것인가?

박씨가 지금 앉아 있는 뒤쪽에는 남씨가 소리 없이 잠들어 있었다. 남씨의 잠은 현실을 떠난 완전한 휴식으로 평화를 느끼게 하였다. 그러나 잠이라 해도 현실의 마음을 아주 떠난 것이라 볼 수는 없을 것이다.

잠이란 오히려 현실의 감정을 간직한 채 단순히 지연시키는 것이 아닐까? 물론 잠에 의해 기분이 전환되고 자연의 근저와 통하는 수도 있을 것이다. 이는 무의식의 작용이거니와 박씨는 지금 의식의 작용을 제어하고 있는 중이다. 그리하여 향하는 바를 근원에 두고자 하는 것이다.

박씨의 마음은 지금 천지와 하나가 되어 있는가? 호흡은 무심히 자연의 흐름에 내맡겨져 있는가?

박씨의 마음이 어떻다는 것을 정확히 말할 수는 없으나 호흡만은 거칠게 들리는 것으로 보아서 명상은 실패한 것 같았다. 아닌 게 아니라 박씨는 얼마 가지 않아서 눈을 뜨고 자리에서 일어났다.

잡념을 제어하지 못한 것이다. 박씨는 잠을 자고 있는 남씨를 잠깐 내려다보고는 조용히 밖으로 나왔다.

'명상도 되지 않고 잠도 이룰 수 없으니 이젠 어떻게 해야 할까? 마음이란 스스로에게 가장 가까이 있으면서도 뜻대로 다스리기가 힘든 존재이다. 이는 사람이 스스로의 주인이 되지 못하기 때문인 것일까? 그렇다면 나는 정신이 가자는 대로 끌려가야 하는 것인가?'

이런 문제는 박씨를 무력하게 하고 운명을 기다리게 만든다. 박씨의 마음은 본의 아니게 많은 잡념을 만들어내고 있었다. 귀찮은 일이었다. 박씨가 원하는 것은 평화스러운 마음과 안도감이었다. 그런데 그것은 억지로 될 리는 없고 마음이 저절로 가라앉을 때까지 기다릴 수밖에 없었다.

그러나 잡념은 꼬리를 물고 계속 일어나는 법이다. 박씨는 어쩔 수 없이 한동안 이를 방치하다가 자신의 뜻대로 되는 하나의 결정을 내렸다. 그것은 산책이었다.

박씨는 뒤뜰로 통하는 문을 밀고 논이 보이는 곳으로 나왔다. 전면이 넓게 트여 있어서 답답한 마음이 좀 가시는 것 같았다. 박씨는 숨을 깊게 들이마시고 벌판을 둘러봤다.

아직은 날이 다 밝지 않아서 벼이삭이 선명하게 보이지는 않았다. 길은 정면으로 하나가 있었고 좌우로 하나씩 더 있었다. 우측은 어제 가본 길인데, 가까이에 언덕이 있었다. 박씨는 정면에 나 있는 길을 선택해서 걸었다. 그러나 몇 걸음 옮기지 않았을 때 뒤에서 부르는 소리가 들렸다.

"아저씨!"

박씨는 가볍게 놀라면서 뒤돌아봤는데 어느새 인규가 뒤따라 나와 있었다.

"음? 일찍 깼구나?"

박씨는 반가운 마음으로 미소를 지었다. 인규도 미소를 지으며 다가와서 말했다.

"산책을 가시려는가 보지요?"

"그래! 함께 갈래?"

"그래요, 잘 됐네요!"

인규도 마음이 편치 않았나 보다. 박씨는 뜻밖에 동행이 생겨 가벼운 기분으로 앞장을 섰다. 길은 곱게 세워져 있는 벼이삭 사이로 계속 이어지고 있었다.

박씨는 걸음을 늦추어 천천히 산책하듯 걸었지만 말은 하지 않았다. 인규도 멀리 한쪽 논 끝에 시선을 두어 뒤따라 걷기만 했다. 두 사람의 표정은 밝았다. 한동안 걷다 하늘도 차츰 밝아오기 시작했다.

잠깐 사이에 날이 더욱 밝아오자 논의 벼이삭은 선명하게 드러나고 농촌의 신선한 아침이 느껴졌다. 햇빛은 벼이삭에 부딪혀 조용히 반사되고 있었다. 두 사람의 마음은 어느 정도 안정이 된 것일까?

인규가 말을 걸었다.

"아저씨! 오늘 어떨 것 같아요?"

"응? ……글쎄, 무조건 가봐야겠지!"

박씨는 오늘 일이 어떻게 되든 강행하겠다는 결의를 보였다. 어차피 궁리해 봐야 답이 나오는 것이 아니다. 빗자루 괴인을 만날 각오를 하고 부딪쳐 봐야 할 것이다. 인규는 박씨의 생각에 수긍하며 천천히 고개를 끄덕였다.

박씨의 걸음은 약간 빨라졌다. 필경 마음속으로 각오를 다지는 것이리라! 인규는 여전한 걸음으로 뒤따르며 다시 박씨를 불렀다.

"가봐야겠지요. ……그런데, 아저씨!"

"……"

"점을 쳐보면 어떨까요?"

"뭐? 점을……?"

박씨는 걸음을 멈추고 뒤를 돌아봤다. 인규가 뜻밖의 제안을 한 것이다.

"그래요! ……아저씨가 점을 한번 쳐보세요!"

"하하하, 점? 내가 그런 거 할 줄 아나?"

박씨는 멋쩍은 표정을 지었다. 그러나 인규는 진지하게 종용했다.

"아저씨는 주역을 공부했잖아요!"

인규는 박씨가 평소 주역 공부를 좀 해 둔 것을 빌미로 삼았다. 인규의 마음은 무엇일까? 정말로 점을 치고 싶다는 것일까? 박씨는 인규가 한 말에 갑자기 고무되어 흥미를 나타냈다.

"글쎄…… 쳐보고는 싶은데 내 점이 맞을까?"

"틀리면 어때요! 맞으면 다행이고 틀리면 공부라고 생각하면 되잖아요."

인규의 말은 일리가 있었다. 특히 공부란 말에 박씨는 용기를 내었다.

"하하하, 점을 친다? 좋아, 한번 쳐보지!"

이렇게 되어 점을 치는 것은 결정이 되었는데 그 방법이 문제였다. 박씨는 원래 주역의 괘상을 공부하는 여가에 점의 원리라든가 그 방법 등을 배워둔 바가 있었다.

"점치는 방법이 문제구먼. 어떻게 하지?"

박씨는 인규를 흘끗 돌아보며 물었지만 인규는 점에 대해 아예 모르니까 점치는 방법은 박씨 자신이 정해야 할 것이다. 점이란 그 원리만 알면 방법은 무수히 많다.

요는 괘를 얻은 것이 의미가 있는 것이 되도록 마음을 천지자연과 부합시키는 일이다. 박씨가 이런 공부를 했는지 어떤지는 확실하지 않지만 착한 마음씨를 가진 박씨이고 보면 점을 친다는 것은 크게 무리인 것 같지는 않았다.

박씨는 생각하면서 얼마간 걸었다. 인규로서는 박씨의 점괘를 믿을 태세였지만 박씨에게는 실은 또 하나의 문제가 있었다. 그것은 박씨가 정성을 다해 괘상을 얻은 다음에도 주역 육십사 괘의 상을 모두 해석할 수 있는 것은 아니었기 때문이다. 아니, 박씨가 아는 괘상은 거의 없다고 봐야 한다. 그런데도 박씨는 지금 그런 걱정을 하는 것은 아니었다. 박씨가 생각하고 있는 것은 오로지 점치는 일인 것이다.

논길의 평화는 계속되었다. 바람은 가볍게 불어와서 벼이삭을 가만히 흔들고 지나갔다. 우측 가까이 보이는 언덕에는 키 작은 소나무들이 한적하게 숲을 이루고 있었다. 논은 잠시 끝나고 다시 우측 산자락으로 이어졌다.

이쯤에서 되돌아가도 충분한 산책이라 할만 했다. 인규가 잠시 뒤쪽을 돌아보는 순간 박씨의 말이 들려왔다.

"저것으로 할까?"

박씨는 점치는 방법을 결정한 것이다.

"예? 어떤 것 말이에요?"

"솔잎! 저 것이면 좋을 거야!"

"……"

솔잎으로 어떻게 점을 치겠다는 것일까? 인규는 박씨가 하는 일을 지켜봤다. 박씨는 작은 나무 밑으로 가서 솔잎을 한 움큼 따서는 세심히 고르고 있었다. 인규가 잠시 기다리는 사이 박씨는 솔잎 쉰 개를 추려내고 점을 칠 준비를 마쳤다.

보아하니 정서법(正筮法)으로 점을 치려는 것 같은데, 이는 주역 원전에 나오는 정식 점법(占法)이다. 점법 중에서 가장 고귀한 방법이라 할 만한 것이다.

원래는 뺑대쑥이라는 신령한 풀잎 쉰 개로 하는 것이지만 후대(後代)에 와서는 대나무로 대신하고 있었다. 지금 박씨는 대나무가 없으니 솔잎으로 대신하려는 것이다.

"저쪽으로 갈까?"

박씨는 숲 입구 쪽을 가리켰다. 그곳은 마침 깨끗한 풀밭이 있어 앉을 수 있었다. 두 사람은 그 쪽으로 걸어가서 자리를 잡았다. 박씨는 벌판을 등지고 숲 속을 향해 앉았는데, 인규는 좀 떨어진 곳에 피해 앉았다.

박씨는 명상하는 자세를 취하고 눈을 감았다. 한 손에는 솔잎을 조심스레 쥐고 있었다. 그 중 하나는 따로 빼어서 바로 앞에 놓여졌다. 드디어 천지신명으로부터 계시를 받는 순간이 온 것이다.

인규는 박씨의 행동을 지켜보면서 크게 감명을 받았다.

'공부를 많이 하셨구나! 언제 저런 것을 배우셨을까?'

인규는 이런 생각과 함께 묘한 흥분도 느끼고 있었는데, 갑자기 주위가 고요해지는 듯했다. 숲의 나무와 논의 벼이삭도 꼼짝 않는 것 같았고 박씨의 자세 또한 흡사 태산 같은 느낌을 주었다.

인규는 숨을 죽이고 박씨의 거동을 살펴보았다. 박씨는 얼굴을 잠깐 찡그리는 듯하더니 두 손을 모아 솔잎을 좌우로 나누었다. 이 순간 구하고자 하는 괘상의 일부가 솔잎에 전달된 것이다. 박씨는 솔잎 하나를 손가락 사이에 끼우고 나머지를 세고 있었다. 그런 뒤 나머지를 다시 합치고 나누어서 세기를 세 번 계속했다.

이 동안 천지자연의 섭리는 한 사람의 마음을 통하여 소리 없이 반응을 나타냈다. 이것은 우주의 근저(根柢)에서 울려나오는 천진한 가르침으로 만물의 작용을 미리 알 수 있는 것이다. 이제 한 괘상을 이루고 있는 여섯 개의 효(爻) 중에 하나를 얻어냈다.

박씨는 이 동작을 여섯 번 반복했다. 그렇게 해서 여섯 개의 효, 즉 하나의 괘상을 이루어낸 것이다. 나타난 상은 천지신명이 박씨의 마음에 감응해서 내려준 계시이다. 이 계시는 인간의 언어가 아닌 원시 암호로 되어 있는데, 이것이 바로 주역의 괘상인 것이다.

박씨가 얻은 괘상은 산풍고(山風蠱)였다.

"점괘가 나왔는데!"

박씨는 인규를 돌아보며 조심스럽게 말했다.

"……."

인규로서는 아무것도 알 길이 없었으나 한 마디 대꾸를 안 할 수 없었다.

"어떻게 나왔는데요?"

"응, 산풍고야!"

"……."

"이건 말이야, 산 아래 바람이 있다는 것인데……."

박씨는 머뭇거리며 설명까지 하고 있었다. 다행히 박씨가 해독할 수 있는 괘상인가 보다! 인규는 박씨를 바라보며 기다릴 수밖에 없었는데, 박씨의 말은 끊어지지 않았다.

"좋지가 않아! 바람이 산에 막혀서 운행하지 못한다는 뜻이야. 산은 장애물이지. 바람은 움직여서 이동하는 것이니까 여행객이야. 이 괘상은 여행길이 막힌다는 것이야. 즉 우리의 앞에 장애가 있어 여행이 중지된다는 뜻이지…… 그 외에도 산풍고는 고난·정체·붕괴의 뜻이 있고 뜻밖의 사건이 도사리고 있다는 의미도 있어. 너무 안 좋은데!"

박씨는 스스로의 말에 상당히 놀라서 인규를 빤히 바라봤다. 박씨가 놀란 것은 두 가지일 것이다. 무엇보다 첫째, 주역의 괘상에 대한 자신의 해석이 훌륭히 전개된 점이었다. 둘째, 괘상 자체가 몹시 불길하여 여행에 크게 지장이 있으리라는 점이다. 여행에 지장이 있다면 그것은 분명 빗자루 괴인이 틀림없다! 더구나 뜻밖의 사건이 도사리고 있다면 위험한 적이 숲 속에 도사리고 있는 것이 아니고 무엇일까?

"아저씨! 괴인을 만난다는 뜻이군요?"

인규가 진지하게 물었다. 그러나 박씨의 점괘가 정확히 괴인을 만난다는 것을 지적하는지는 알 수가 없었다. 단지 여행이 어려움 때문에 중지된다는 것인데, 이를 합리적으로 해석해 보면 괴인을 만난다는 것은 거의 틀림이 없는 것 같았다.

점괘라 하는 것은 미래의 결과가 하나의 상으로 표현되는 것인데, 이것을 현실과 부합시켜 해석하는 것은 인간의 지성이 할 일인 것이다. 물론 이렇게 할 수 있게 되는 데는 두 가지 갖추어야 할 것이 있다.

첫째는 주역의 육십사 개의 괘상 자체를 이해할 수 있어야 하고, 둘째는 그 괘상을 현상과 대비해서 해석할 수 있어야 한다. 그런데 첫 번째의 괘상 해석은 자체에 주역의 이치가 있으므로 엄연한 문제이지만, 두 번째의 현상과 대비하여 해석하는 문제는 자칫하면 꿈을 해몽하듯 자가당착(自家撞着)에 빠질 수도 있다.

그러나 이번에 박씨가 얻어낸 괘상은 그 뜻이 자명할 뿐만 아니라, 이 괘상을 현재 박씨의 처지에 적용해 보면 해석은 단번에 드러난다.

이렇게 단순한 괘상을 잘못 해석할 리는 없는 것이다.

박씨는 천천히 고개를 끄덕이며 난감한 표정을 지었다.

"아저씨! ……그럼 어떻게 하지요? 여행이 위험하다는 뜻이잖아요?"

인규는 박씨의 점괘와 해석을 완전히 신뢰하고 앞으로의 행동 방침을 물었다. 만일 점괘대로 실제 현상이 일어난다면 여행을 중단할 수밖에 없었다. 점괘는 분명히 곤란을 당한다는 것을 뜻하고 있었는데, 곤란을 당한다는 것은 즉 괴인을 만난다는 뜻이 된다.

과연 오늘 여행에서 괴인을 만나게 될 것인가? 그것을 미리 아는 방법은 없을까? 미래를 아는 방법! 그것은 점이다. 지금 점을 쳐서 이미 괘상과 그 해석을 종료한 상태이다. 이제 무엇이 문제인가?

그것은 점괘를 믿느냐 마느냐이다. 박씨는 속으로 점괘를 믿을까 말까를 잠시 생각했다. 그러나 괘상의 뜻을 보면 너무나 사실과 부합되어 믿지 않을 수도 없었다.

더구나 자신이 정성들여 친 점을 믿지 않는다면 당초 점은 왜 친 것이냐? 결국 점괘를 믿어야 하는데, 그렇다면 여행은 그만두어야 한다는 뜻이 된다.

박씨는 망설이며 좀처럼 결론을 내리지 못하고 있었다. 그러자 인규가 확실한 태도를 요구해 왔다.

"아저씨! 오늘 떠날 건가요?"

"음? 글쎄…… 가야겠지!"

박씨는 망설이며 마지못해 대답했다. 마음속으로는 확고한 결론을 못 내리고 있는 것이 분명했다. 인규는 다시 다그쳐 왔다.

"위험해도 가겠단 말이지요? 괴인을 만나 죽임을 당하는 한이 있어도 말이에요!"

"그래야겠지! 뭐, 꼭 괴인을 만난다고 볼 수는 없잖아!"

"예? 그럼 점괘는 뭐예요?"

"글쎄…… 그건 틀릴 수도 있잖아!"

"그래요? 만일 맞는다면요?"

인규의 말은 점괘가 사실일 경우를 말하고 있었다. 박씨는 여전히 망설이고 있는데 그 이유는 뻔하다. 점괘를 믿고 여행을 포기하자니 건영이가 걱정되고, 게다가 무작정 기다리자니 도무지 될 일이 아니다.

그리고 점괘를 믿지 않고 여행을 강행하다가 빗자루 괴인을 만난다면 이 또한 어찌 할 것이냐? 여행을 가느냐 마느냐 하는 어느 한쪽을 선택하기가 몹시 난감하게 되었다.

박씨는 공연히 점을 쳤구나 하는 생각마저 들었다. 만일 점괘가 좋게 나왔으면 별 탈 없이 상쾌한 마음으로 여행에 임했을 것이다. 항상 이럴 때가 문제이다. 사람이 점괘에 의존해서 결단을 내리려 할 때, 점괘가 바라는바 대로 되지 않으면 점괘를 부정하고 싶어진다. 그렇다면 이는 당초 점을 칠 때의 마음 자체가 모순이 아닐 수 없다.

점은 사람의 의지대로 나오는 것이 아니다. 점괘가 만일 그런 식으로 나온다면 이미 점괘가 아닌 것이다. 아무런 뜻도 없는 것이 된다. 그런데 이번 경우 박씨는 순수한 마음으로 점을 쳐서 괘상을 얻었다. 그러나 그 괘상이 마음에 안 든다. 너무나 마음에 안 드는 것이다. 믿지 않는 게 상책이다. 그러나 그것도 마음대로 되지 않는다. 인규의 말대로 만일 점괘가 맞는다. 어떻게 되는 것이냐, 생각만 해도 끔찍하다. 당초 그 끔찍한 일을 예방하기 위해 점을 친 것이 아니었던가!

박씨는 이러지도 저러지도 못할 고민이 생겼다. 이번 일은 실수를 하면 목숨이 위태롭게 되므로 신중해야 하는데, 도저히 결단이 서지 않았다. 박씨는 원래 우유부단한 성격은 아니었다. 오히려 어려운 문제도 쉽게 결행하는 성격이었다.

단지 이번만은 엉뚱한 지경에 이르고 말았다. 박씨는 한동안 침묵을 지키며 좋은 방안이 떠오르길 바랐지만 문제는 해결될 소지가 전혀 없었다. 인규가 다시 재촉했다.

"아저씨! 어떻게 하실래요? 결정을 하셔야 되잖아요!"

인규의 말은 백 번 지당하다. 그런데 인규는 어째서 이렇게 집요하게 물고 늘어지는 것일까? 아마도 인규 자신도 박씨 자신과 똑같은 입장은 아닐까? 점괘를 믿으며 여행을 안 하자니 정마을과 건영이가 걱정되고, 점괘를 무시하자니 불안하고! 필경 그럴 것이다.

인규는 가만히 박씨의 표정을 살폈다. 박씨는 입을 꼭 다물고 고개를 끄덕이고 있었다. 그러더니 박씨는 마침내 한 가지 생각을 해 낸 것이다.

"우리 이렇게 하지!"

"……"

인규는 박씨의 얼굴을 빤히 보면서 기대를 나타냈다. 인규로서는 박씨의 결단 그 자체를 필요로 한 것만이 아니어서 재미있기도 했다. 박씨라는 사람이 도대체 어떻게 결단을 내릴 것인지……. 박씨는 인규를 달래듯 조심스럽게 말했다.

"인규야! 우리 뜻대로 정할 수는 없잖아? 형님한테 물어봐야지!"

"예? 남씨 아저씨한테요?"

인규는 실망한 듯 박씨를 쳐다봤지만 다시 생각해 보니 적절한 결론인 것 같았다. 역시 어려운 판단은 남씨가 하는 것이 적당하다. 남씨는 생각하는 데 전문가가 아니더냐!

"그게 좋겠군요! 남씨 아저씨께 맡기지요. 그렇지만 방금 전의 점괘 얘기는 해야 되요!"

인규는 남씨에게 판단을 의뢰하기로 하되 박씨가 점을 쳐서 산풍고, 즉 좋지 않은 괘상을 얻었다는 것을 말해 주자는 것이다. 당연한 일이다. 남씨에게 판단을 떠맡기려면 주어진 조건을 남김없이 제시해야 한다. 나쁜 괘가 나왔다, 어쩔 것이냐고 묻는 것이다.

점괘를 믿고 안 믿고 하는 문제는 남씨에게 맡기면 되는 것이다. 이렇게 간단한 것을 가지고 두 사람은 오랫동안 궁리 한 것이다.

"그래! 형님한테 점 얘기도 하고 판단을 맡겨야지…… 그만 돌아갈까?"

"예. 돌아가시지요. 모두들 깨어 있을 거예요!"

두 사람은 다시 논길로 접어들었다. 날은 이제 훤히 밝아서 벼이삭은 아름답게 반짝이고 있었다. 두 사람이 한참 동안 걸어서 여관으로 돌아오자 조합장 부하 둘이 나와서 기다리고 있었다.

"먼델 다녀오시나 봐요?"

"음, 자네들은 왜 나와 있나?"

"예. 저…… 배가 고파서요."

조합장 부하는 멋쩍게 대답했다.

"그래? 아저씨는 아직 안 일어나셨나?"

"예."

조합장 부하 둘은 일찍 일어났는데도 불구하고 남씨가 어려워서 깨우지 못하고 있었던 것이 분명했다.

"주무시고 계시나? ……일어나실 시간인데!"

박씨는 이렇게 말하면서 인규에게 미소를 지었다. 두 사람은 지금까지 산책을 하느라고 고민도 하지 않았나! 그런데 남씨는 아직도 잠자리에서 일어나지도 않고 있다니!

남씨의 마음은 지금 편안한 것인가? 사람은 마음이 편안하면 늦잠을 자는 법인데 지금이 바로 그런 상태일까?

"제가 깨워보지요!"

인규는 이렇게 말하며 선뜻 방문을 열고 들어섰다. 남씨는 정말 세상모르고 잠들어 있었다.

"아저씨! 일어나세요!"

인규는 속삭이듯 조용히 불렀다. 그러자 남씨는 벌떡 일어났다. 잠자는 사람을 깨우는데 있어서 큰 목소리가 반드시 효과를 보는 법은 아니다. 오히려 작은 목소리가 영혼 속을 파고드는 수가 있기 때문에 뜻밖에 작은 목소리가 효과를 볼 수도 있다.

어쩌면 작은 목소리에 정신의 기운이 더 많이 실려 있기 때문인지도 모른다. 아니면 잠의 리듬을 정지시키는 힘을 가지고 있을 수도 있다.

"다들 일어났니?"

남씨의 목소리는 금방 잠에서 깨어난 사람 같지가 않았다. 원래 정신이 맑은 사람은 잠에서 깨어난 즉시 목소리를 들어보면 알 수 있다. 그런 사람의 경우 목소리가 평소와 속도의 변화가 없고 청탁(淸濁) 면에서도 평소와 같다.

남씨처럼 정신이 탁월한 사람은 목소리가 여전한 것이 당연한 일일 것이다. 정신도 이미 정상 상태를 회복해 있음은 물론이다.

"시간이 많이 됐어요! 모두들 기다리고 계세요."

인규의 말에 남씨는 재빨리 옷을 챙겨 입고 밖으로 나왔다.

날은 이미 환하게 밝아 있었다.

"늦잠을 잤어! 떠날 준비를 할까?"

늦게 일어난 것을 어색해하며 남씨가 말했는데 떠날 준비는 별게 아니었다. 그냥 아침을 먹고 짐을 챙겨 나서면 되는 것이다.

잠시 후 일행은 아침 식사를 마치고 짐을 챙기는 등 신속하게 출발 준비를 마쳤다. 하늘은 아주 청명하여 여행하기에는 좋은 날씨였다. 박씨도 일단은 밝은 기분으로 문을 나섰다. 점괘에 관한 것은 잠시 잊었는지도 모른다. 일행은 여관을 빠져나와 바로 앞에 있는 버스에 올랐다.

버스는 즉시 출발했다. 승객이 제법 많았는데 이들은 대개 새벽에 일찍 읍내에 볼 일이 있어 나왔다가 다시 집으로 돌아가는 중일 것이다. 버스의 목적지는 소양강 하류로 그곳에는 자그마한 마을이 몇 개 있었다. 남씨 일행은 여기에서 숲 속으로 장시간 더 올라가야 한다. 정마을로 가는 길은 이곳 숲에서부터 시작이라고 봐야 하지만 지금 이 숲에는 살기가 느껴지고 있었다.

그토록 평화롭기만 하던 정마을의 관문이 갑자기 음산한 곳으로 변하게 된 것은 대체 무슨 운명인가! 그러나 이러한 일들이 발생한 데는 특별한 이유가 있을 턱이 없다.

천지자연의 흐름이란 때로 극단적인 변화를 초래할 수도 있는 것이다. 물론 하나의 사건이 미래의 다른 어떤 사건을 짐작케 하는 수는 있다. 이것을 일컬어 사물의 단서라 하고 그것을 깨닫게 되었을 때를 기미(機微)를 알았다고 한다.

지금 평화롭던 정마을의 관문에 급작스런 암운이 도래한 것은 그 자체의 문제 외에 어떤 징조로 해석되는지는 범인(凡人)으로서는 알 수가 없다. 이것은 범인을 초월한 남씨의 두뇌로도 마찬가지이다. 이것은 사물의 논리 구조를 넘어선 주역의 극의(極義)이기 때문이다.

버스는 시내를 벗어나 시골길로 들어섰다. 포장이 되어 있지 않은 도로는 버스를 심하게 흔들어놓았지만 남씨는 차창을 통해 한가한 시골 정경을 내다보고 있었다. 이제 인규는 비로소 정마을로 향한다는 실감이 들었다.

박씨는 눈을 감고 있다가 차가 개울을 통과하는 순간 눈을 떴다. 덜컹거리는 버스는 사람의 생각마저도 흔들어대고 있었다. 잠시 후 버스가 다소 평탄한 길을 달리자 박씨는 아침에 자신이 얻은 점괘가 생각났다.

이로부터 박씨는 줄곧 숲 속에서 만날지도 모를 어두운 상상을 벗어나지 못했다. 버스는 드넓은 벌판을 지나고 있었다. 버스의 움직임은 주위의 산천에 비해 유난히 두드러져 보인다. 이러한 것은 어떤 사건과 부딪치기 십상이라는 것을 내포한다. 자연의 섭리는 유난스러운 곳에서 변화를 일으키고 조화를 이루는 쪽으로 흘러간다. 물론 단순히 겉에 나타난 움직임만 가지고 유난스럽다고 할 수만은 없다.

그러나 움직임이란 내재(內在)하는 경우도 있고, 혹은 전혀 움직임이 없는 그 자체가 하나의 요동(搖動), 즉 유난스러움이 될 수도 있다. 아무튼 사건이란 것은 인간의 주변에서 일어나기 쉬운 것임에는 틀림없다.

이윽고 버스가 달리는 전면에 산들이 가까이 보이기 시작하였고, 벌판은 점점 좁아져 갔다. 버스는 또다시 작은 개천을 건너고 좌측으로 꺾어들었다. 우측에 깊은 숲이 나타났고, 버스가 달리는 길은 조금 넓어졌다. 좌측에는 밭과 낮은 언덕이 보이고 있었다.

이제 종착지에 거의 다다른 것 같았다. 승객 몇 명이 자리에서 일어나 내릴 자세를 취했다. 인규의 마음속에도 드디어 때가 왔음을 느끼고 있었다. 이제 잠시 후면 정마을로 향하는 숲에 들어서거나 운명의 결단을 내려야 하는 것이다.

남씨는 아직 점괘에 관한 얘기를 듣지 못했으니 버스에서 내리면 곧장 숲으로 들어설 것을 생각하고 있을지도 몰랐다. 이윽고 버스는 정지했다. 다른 승객들은 지체 없이 내렸다.

남씨 일행은 많은 짐을 챙기며 천천히 뒤를 이어 땅을 밟았다. 순간 인규는 잠에서 깨듯 새로운 마음이 움직이기 시작했다. 이 마음은 기쁨과 희망, 그리고 우려가 섞여 있다.

하늘의 태양은 숲의 위쪽에서 곧바로 비치고 있었다. 숲은 깊은 고요를 간직한 채 내면을 감추고 있는 듯 보였다. 먼저 내린 승객들은 바삐 사라져 갔다. 버스의 운전사도 차에서 내려 주차장 사무실 쪽으로 걸어갔다. 그러자 남씨는 운전사의 뒤를 따라 사무실로 들어가는 것이 아닌가! 인규는 잠시 주변을 둘러보고 있다가 남씨가 사무실로 들어가는 것을 보았다.

'어! 저긴 왜 따라 들어가시지?'

인규는 속으로 생각하며 박씨를 쳐다봤는데, 박씨도 의아스러운 표정을 짓고 있었다. 남씨는 한참만에야 밖으로 나왔다.

"형님! 무슨 일이에요?"

박씨가 다가서며 물었다.

"응, 뭣 좀 물어보려고…… 몇 가지 알아볼 것이 있어!"

"……."

"빗자루 괴인에 관한 것이야!"

"예? 괴인이요? 언제 이곳에도 나타났나요?"

인규가 급히 물었다.

"아니! 이곳에 나타난 것은 아니야!"

남씨는 인규와 박씨를 번갈아보고는 말을 이었다.

"이곳 사무실에 물어본 건데…… 이곳은 근래 무슨 일이 없더구먼. 만일 빗자루 괴인이라도 나타났다면 소문이 크게 나있겠고, 이곳도 위험하겠지."

인규와 박씨는 남씨가 무엇을 말하려는지 정확히 알 수가 없었다. 단지 이곳 버스 종점에 괴인이 나타나지 않았다는 사실을 말하고 있는 것인지. 남씨는 천천히 걸으면서 얘기를 계속했다.

"괴인은 이상해. 성격이 이상하단 말이야!"

"예? 성격이 이상하다니요?"

박씨는 놀라면서 물었다. 한 번도 만나본 적이 없는 빗자루 괴인의 성격을 어떻게 알 수 있단 말인가?

"글쎄, 성격인지 사연인지는 모르지만 빗자루 괴인에게는 한 가지 특징이 있는 것 같애!"

"……."

"빗자루 괴인은 단순히 살인이 취미가 아닌가 봐! 그렇다면 사람이 많이 다니는 이곳에 출현했겠지. 그런데 괴인은 숲 속에서 나오지를 않아. 그 이유를 모르겠단 말이야."

남씨는 말을 하면서 고개를 갸우뚱했는데, 박씨로서는 더더욱 알 수가 없었다. 남씨는 정면을 바라보며 혼자서 말하듯 했다.

"좀 더 연구를 해 봐야겠어! 괴인은 특징이 많아!"

"특징이라니요?"

인규가 물었다.

"응, 뭐 빗자루를 들고 다니는 것부터가 이상하잖아! 사람을 죽인 뒤에 집어던지고, 숲 밖에는 안 나오고…… 특히 숲 밖으로 안 나오는 것이 이상해! 그만 가볼까?"

남씨는 얘기를 중단하고 출발을 독려했다. 정마을로 향하는 숲은 저쪽 편에서 일행을 기다리고 있는 듯 보였다. 남씨는 빗자루 괴인에 대해서는 걱정을 안 하는지 성큼 앞장서서 걸어갔다. 남씨는 거리낌 없이 여행을 하기로 결정을 했다는 것일까? 인규의 마음속에는 무엇인가 미진한 점이 있었으나 박씨도 가만히 있었으므로 잠시 걸으며 생각했다.

'그냥 가버릴까? 점을 친 일은 잊어버리고? ……글쎄, 별일이 없을까?'

인규가 속으로 망설이며 몇 걸음 걸어가자 숲의 입구가 바로 정면에 드러났다. 이 순간 인규는 불안을 느끼며 박씨를 바라봤는데, 이와 동시에 박씨는 남씨의 걸음을 멈추게 했다.

"형님, 할 말이 있는데요!"

"……."

남씨는 걸음을 멈추고 박씨를 돌아봤다.

"저 별일은 아닌데…… 그냥 가도 될까요?"

박씨는 머뭇거리며 말했다. 그러나 남씨는 박씨가 질문하는 뜻을 간파했다.

"불안한가 보지?"

"예. 형님은 괜찮으세요?"

"음? 글쎄, 불안하긴 하지만 무슨 대책이 있어야지."

남씨의 대답은 뜻밖이었다. 그렇다면 남씨는 아무런 대책도 없이 여행을 강행하려 했단 말인가! 이것은 실로 남씨답지 않은 행동이었다. 남씨는 언제든지 철저히 생각한 다음 행동으로 옮기는 사람이 아니던가!

어쩌면 여행이 안전하다는 판단이 섰는지도 모를 일이다.

"형님! 정말 대책이 없어요?"

박씨는 어처구니없다는 듯이 물었다.

"응!"

남씨는 여전히 맥없이 대답했다. 박씨는 잠시 말문이 막혔으나 이럴 때야말로 점 얘기를 해야 할 때라고 생각했다.

"형님, 저 점을 쳐봤는데요……."

"뭐, 점을……?"

남씨의 놀람 또한 뜻밖의 일이었다. 얼핏 생각하기에는 점 얘기가 나오면 웃어버리거나 별관심을 두지 않을 남씨였다. 더구나 박씨가 친 점에 대해 이토록 놀랄 일이 뭐가 있겠는가? 인규는 남씨의 태도가 몹시 재미있다고 생각했다. 남씨는 박씨를 정중히 바라보며 다음 말을 기다리고 있었다. 박씨도 진지한 표정을 지으며 말했다.

"예. 산풍고가 나왔습니다."

"산풍고? ……그거 나쁜데!"

또 한 번 뜻밖의 일이 생겼다. 남씨는 산풍고 괘를 잘 알고 있었던 것이다. 언제 주역 공부를 했던 것일까? 남씨의 말이 이어졌다.

"여행을 못 하겠군! 산풍고는 아주 위험한 괘야! 필경 빗자루 괴인을 만나겠는데!"

남씨는 이렇게 말하면서 인규의 얼굴을 빤히 쳐다봤다. 인규는 남씨가 주역 공부를 했다는 것도 놀라웠지만 박씨의 점을 이토록 믿고 있다는 것이 더욱 놀라웠다.

'남씨 아저씨는 박씨 아저씨를 신뢰하고 있구나! 남씨 아저씨마저 그렇게 생각했다면 박씨 아저씨의 점은 틀림없는 것이겠지!'

인규는 속으로 생각하고는 남씨의 계획을 물었다.

"아저씨! 그럼 어떻게 하지요?"

"내일 가야겠어!"

"예? 그럼 여기서 기다려요?"

"여기서 기다리긴…… 근처의 인가에 가서 묵어야지!"

"그럼 내일은요?"

"응? ……내일? 그것은 내일 다시 점을 쳐보든가 아니면 무슨 대책을 생각해 봐야겠지!"

남씨의 대답은 명료했다. 내일 일은 내일 다시 점을 쳐보면 된다는 것이었다.

아무튼 이렇게 되어 여행 일정은 하루 연기되고 말았다. 이것은 과연 잘한 일일까? 점괘가 맞는 것이라면 당연히 그래야 할 것이다. 점이란 상당히 편리한 것이 아닐 수 없다. 미래를 미리 알아서 그것에 대비할 수 있다니 이보다 더한 일이 뭐가 있겠는가? 인규는 이번 일에 크게 감명을 받고 묘한 희열을 느끼고 있었다.

'주역을 공부해야겠구나! 점이란 참으로 대단한 거야…… 미래를 알 수 있다니!'

인규는 속으로 이러한 결심을 굳히는 동안 여행이 연기된 것을 아쉬워하지 않았다. 인규 자신의 마음은 이미 수도(修道)의 길로 들어섰기 때문에 이러한 일들에서 커다란 의미를 느끼는 것이다.

인규로서는 아직 자연의 깊은 구조를 알 수가 없었다. 단지 주역을 알면 미래도 알 수 있다는 생각을 할 뿐이다. 미래를 알고자 하는 것은 인류의 염원이었다. 아직 있지는 않은 미래를 아는 것이 과연 가능한 일일까?

그렇다면 자연은 필연적인 어떤 방향으로 가고 있다는 뜻일까? 그런 것은 쉽사리 말할 수 없는 일이다. 다만 옛 성인(聖人)은 미래를 아는 데까지 인지(人知)를 넓히기 위해 주역이라는 학문을 만들어 놓았다. 이것은 그 깊이를 다 알 수 없지만 이미 그 문헌이 인류 앞에 펼쳐져 있다. 주역이란 책은 공자(孔子)도 평생을 연구한 바 있지만 정마을 사람들에게는 필수적인 공부가 되어가고 있는 것 같다.

지금 정마을로 향하는 여행에 있어서도 주역의 묘리(妙理)가 출현하고 있었다. 박씨는 자신이 친 점에 의해 여행 일정이 변경된 것에 대해 현실감이 들지 않았다.

'나도 이토록 신통한 일을 할 수 있다니!'

박씨가 속으로 이런 생각을 했는지 어떤지는 알 수가 없었다. 박씨는 조심스런 얼굴로 남씨를 바라보고 있었다. 남씨의 표정은 평온해 보였다.

"날씨가 좋구나…… 오늘은 이 근처에서 쉬기로 하지!"

남씨가 이렇게 말하자 박씨는 말없이 고개를 끄덕일 뿐이었다. 박씨의 마음속은 정마을로 가는 일이 지체되어 몹시 괴롭겠지만 응할 수밖에 없었다. 당초 점괘를 얻고 나서 이것을 현실로 받아들이는 문제는 남씨에게 일임하기로 한 것이다.

그런데 남씨는 아무런 논란도 없이 선뜻 박씨의 점괘를 믿고 여행 연기를 결정했다. 산풍고 괘를 해석하는 것은 남씨에게는 문제가 아닌가 보다. 이런 것도 인규에게는 묘한 감동을 주었다. 인규는 여행이 연기된 것은 벌써 잊고 어느덧 즐거운 마음이 되었다.

"아저씨, 어디로 가지요?"

"음? 우선 숙소를 정해야겠지. 박씨, 근처 인가를 좀 다녀보지. 우린 여기서 쉬고 있을게!"

"예. 저쪽으로 가보지요!"

박씨는 짐을 풀어놓고 한가한 기분이 되었다. 이왕 일이 이렇게 된 바에는 소풍이라도 나온 셈 치면 좋을 것이었다. 마침 사방은 한적하고 경치는 매우 만족했다. 한쪽은 완전히 숲으로 막혀 있고 멀리 산봉우리들이 보였다.

들어선 것은 정마을로 가는 길이지만 다른 한쪽으로는 작은 언덕과 강으로 통하는 길이 있고, 근방에 인적은 일체 없었다. 박씨가 찾아보려고 하는 곳은 버스 주차장 방향인데 그쪽으로 가다가 좌측으로 조그마한 밭이 있었고, 더 멀리 인가가 몇 채 보였다.

박씨는 그쪽을 향해 사라졌다. 남은 일행들은 그 자리에 걸터앉아 잠시 기다리기로 했다. 숙소가 정해지면 강변으로 나가볼 생각이었다. 하늘은 여전히 맑았다. 구름은 아주 천천히 흘러가고 있었다. 방향은 아마 정마을 쪽으로 생각되었는데, 남씨는 그 반대쪽을 향해 앉아 있었다.

시간은 더디게 흐르는 것 같지만 가끔 시원한 바람이 불어와서 짜증스럽지는 않았다. 남씨와 인규는 서로 얼굴을 얼핏 보며 미소를 지었다. 지금의 처지가 재미라도 있는 것일까! 하긴 그럴 수도 있을 것이다.

지금 이들은 정마을의 문턱에 와 있다. 숲 속에 일만 없다면 열심히 걷기만 하면 곧장 정마을에 닿게 되는 것이다. 숲 속에 어려운 일이 있는 것을 점으로 미리 알아냈다. 그러나 결국 정마을에는 안전하게 도착할 수 있을 것이다.

인규는 한가한 마음이 되어 일어나서 조금 걸었다. 그러고는 목에 걸치고 있던 쌍안경을 만지기 시작했다. 조합장의 부하들도 인규가 있는 쪽으로 걸어갔다. 이들도 심심하니 무엇인가 재미있는 일을 찾으려는 것이었다.

남씨는 이 사람들을 한동안 바라보다가 방향을 바꾸어 앉았다. 이는 생각을 하기 위함인데 남씨의 마음속에는 정마을로 가는 일이 떠오르고 있었다. 당초 남씨는 인규로부터 얘기를 듣고는 상당히 충격을 받았으나 적절한 대책도 세울 수 없었다.

그래서 남씨는 모든 일을 운명에 맡기고 조바심 나는 여행에 임하고 있었던 것이다. 남씨는 만일 누군가 의견을 내놓는 다면 그것에 따르려고 마음먹고 있었다. 자신이 의견을 낼 수 없을 경우, 남의 의견에 순순히 따르는 것은 지극히 합리적인 태도가 아닐 수 없다.

남씨가 말없이 여행을 계속하고 있었던 것은 자신의 주장은 결코 아니었다. 여행 일정은 누구의 주장이라 할 것 없이 자연스럽게 합의된 사항이었다. 도중에 인규가 빗자루 괴인에 대한 얘기를 하지 않았다면 여행은 처음의 일정대로 진행되었을 것이다. 그러나 상황이 바뀐 이상 세심한 생각이 필요했고 남씨가 그 일을 떠맡았다. 이는 당연한 일이었지만 남씨는 그 일을 완수하지 못했다. 그래서 문제는 다시 공의(共議)에 부쳐진 셈이 되었는데, 마침 박씨가 의견을 낸 것이었다.

남씨는 무조건 찬성했다. 찬성은 의견이 아니다. 남씨로서는 자신만의 독특한 생각이 없었기 때문에 누가 의견을 내더라도 따를 작정이었다. 남씨가 박씨의 점을 절대적으로 믿은 것은 아니었다. 물론 그렇다고 박씨의 점이 완전히 틀렸다고 생각하는 것도 아니다. 단지 박씨가 점 얘기를 해서, 그것을 박씨의 의견으로 간주한 것뿐이었다.

남씨가 주역의 괘상을 해설한 것은 괘상 그 자체를 순리대로 해석한 것뿐이지 자신이 괘상을 제출한 것은 아니다. 남씨는 만약 인규가 괘상을 냈어도 그것에 따랐을 것이다.

괘상을 해석하는 문제는 임의적인 선택이 아니다. 필연적인 귀결이므로 남씨도 적극 관여하겠지만 어떤 제안만은 피했던 것이다. 남씨는 지금 정마을 쪽을 바라보며 아쉬워하였다.

이것은 박씨의 점, 혹은 주장을 기피하고 있는 것이 아니다. 그저 정마을로 가는 여행이 연기됐다는 그 사실이 허전한 것뿐이다. 만일 지금이라도 박씨가 여행을 강행하자고 한다면 남씨는 그것을 따를 것이다. 말하자면 모든 판단을 타인에게 맡기고 있는 것이다.

남씨는 지금 무력감을 느끼고 있다. 인간의 판단이란 어떠한 경우에도 작용해야만 하는 것인데, 이번 일에는 속수무책이었다. 그러나 남씨가 무모한 주장을 하지 않고 남의 생각에 따르겠다고 한 것은 참으로 훌륭한 태도가 아닐 수 없었다.

남씨가 책임을 회피한 것은 절대 아니다. 지금 이 순간에도 남씨는 무엇인가를 생각해 내려고 하고 있었다. 남씨의 눈은 허공을 응시하고 있지만 마음은 숲의 한가운데에 가 있었다. 문제는 빗자루 괴인이 나타나느냐 아니냐이다.

만일 빗자루 괴인이 나타났을 때 대응 방안만 있다면 여행을 강행해도 된다. 지금은 그 방안이 마련되어 있지 않았기 때문에, 빗자루 괴인이 출현하느냐 아니냐만 문제가 되는 것이다. 그런데 그것을 생각으로 알아낼 수 있을 것인가?

어차피 이런 일은 운명에 맡겨야 하는 것이 아닐까? 글쎄? 남씨라면 수긍하지 않을 것이다. 남씨는 현재 드러난 조건에서 괴인의 심리를 연구하는 중이다. 연구 결과에 따라서는 괴인이 오늘 숲에 나타나지 않는다는 결론을 얻을 수도 있을 것이다. 남씨가 추구하는 것은 바로 이것이다. 생각에 생각을 거듭하여 오늘 혹은 내일이라도 괴인이 나타나지 않는다는 결론을 얻고 싶은 것이다.

'현재 괴인은 낮에만 나타나고 있어! 그렇다고 밤에는 안 나타난다고 볼 수 있을까?'

남씨는 어제부터 줄곧 이 생각을 해 왔다. 괴인이 나타나는 날짜를 알 수 없다 하더라도 시간만이라도 알고 싶었다. 남씨는 계속 생각을 모았다.

'아니야! 밤에는 다니는 사람이 없기 때문에 사고가 없는 거야. 어쩌면 밤에야말로 괴인이 숲을 지키는지도 몰라!'

남씨는 밤에라도 떠나볼까 하는 생각을 아예 지워버렸다.

'방향을 잡자! 괴인의 약점은 없는 것일까? 항상 숲에 있는 것이 아니라면 나타나는 때가 있을 것이 아닌가! 그때는 언제일까? 그것은 알 수 없는 것일까?'

남씨는 고개를 가로저으며 잠시 주변을 둘러봤다. 인규는 아직도 저쪽 편에 서 있었다. 쌍안경은 이제 조합장 부하가 들여다보고 있었다. 이들은 시름을 잊고 잘 지내고 있다. 남씨도 무료함을 달래기 위해 자리에서 일어났다. 산책이라도 할 요량이었다.

잠깐 그늘이 덮여왔다. 하늘을 쳐다보니 구름 한 덩어리가 햇빛을 가리면서 지나가고 있었다.

'참으로 평화롭구나! 저 구름!'

남씨는 이런 생각을 하며 숲의 반대 방향으로 걸었다. 박씨가 간 방향이었다. 인규는 그것을 보고 즉시 뒤따라왔다. 남씨가 생각을 하고 있다면 그 옆에 있는 것이 괴롭거나 심심하겠지만 산책을 간다면 따라가도 좋을 것이다.

남씨 옆에 있으면 재미도 있고 큰 공부도 된다. 인규가 지금에 와서 생각해 본 것이지만 남씨란 사람은 참으로 신비한 인물이다. 정마을에 있을 때는 평범한 시골 아저씨처럼 보였는데, 한번 밖으로 나서자 그 위대한 활동이라니!

인규는 남씨의 생각에 대해 짐작조차 해 본 적이 없었다. 인규의 마음속에는 장차 남씨에게 많이 배워야겠다는 생각이 일고 있었다.

"아저씨! 산책을 가시나 보지요?"

"응, 그래. 너도 갈래?"

남씨는 밝은 표정으로 말을 건네주었다. 두 사람은 잠시 동안 풀밭을 걸었다. 그러자 좌측으로 도로가 나타났다. 저쪽 편에는 주차장이 보였는데 버스는 이미 떠나고 없었다. 이곳에 온 버스는 오래 지체하는 법이 없다. 잠깐 머물다가 정해진 시간이 되면 승객이 없어도 지체 없이 떠나가 버린다.

한 대 남은 버스마저 떠나가자 주변은 더욱 고요해졌다. 근방에 인적은 일체 없었다. 갑자기 햇빛이 더욱 밝아졌다. 구름이 벗겨지고 있는 것이리라! 남씨는 말없이 걷고 있었다. 남씨가 말이 없는 한 인규도 말을 할 수가 없다.

박씨라면 아무 말이라도 건네 볼 수 있으련만 남씨는 좀 어려운 상대였다. 물론 부드러운 남씨가 인규의 말을 싫어할 리 없겠지만 인규는 남씨의 사색을 방해하고 싶지가 않았다.

두 사람이 걷는 길은 점점 넓어지고 있었다. 먼저 우측에 넓은 들이 보이더니 잠시 후 좌측에도 시야가 넓어졌다. 저 멀리 산자락이 보이고 그곳에 집이 몇 채 있었다. 박씨는 필경 그곳으로 갔을 것이다. 남씨는 잠깐 그쪽을 바라보고는 그냥 지나치며 걷고 있었다.

이때였다. 갑자기 뒤에서 부르는 소리가 들렸다.

"아저씨!"

앳된 목소리다. 그리고 귀에 낯익은 것이었다. 남씨와 인규는 깜짝 놀라며 뒤돌아봤다.

"아니! ……쟤가 웬일이지!"

달려오고 있는 사람은 정섭이었다. 순간 남씨는 가슴이 철렁했다.

'정섭이가 오다니! 정마을에 무슨 변고가 있는 것인가?'

남씨는 뜻밖에 출현한 정섭이를 보고 순간적으로 이런 생각이 떠올랐다. 인규도 달려오는 정섭이를 바라보며 얼굴을 찡그렸다. 무엇인가 불길한 예감이 치솟았다.

평소라면 정섭이가 나타난 것은 즐거운 일이리라. 그러나 지금은 왠지 느낌이 안 좋았다. 어제 정마을의 안위(安危)를 논의할 때 이런 말을 하지 않았던가?

'만약 정마을이 위험하다면 정섭이가 찾아 올 것이라고 하지 않았는가.'

지금 그 말대로 된 것이다! 남씨는 어두운 표정을 지으며 정섭이를 기다렸다. 너무나 긴장한 나머지 걸음이 떨어지지 않았지만 인규는 이미 몇 걸음 앞으로 가고 있었다. 재빨리 달려 온 정섭이는 숨을 헐떡였다.

그런데 숨을 몰아쉬는 와중에도 웃고 있는 것이 아닌가! 순간 남씨와 인규의 가슴은 어느 정도 진정됐고, 얼굴빛도 밝아졌다. 남씨가 반가워하며 물었다.

"정섭아, 너가 웬일이니?"

"휴, 예, 저 아저씨들 마중 나왔어요!"

"마중이라니? 우리가 올 줄 어떻게 알고?"

"건영이 아저씨가 오늘 오실 거라고 하던데요!"

정섭이는 숨을 몰아쉬고 미소를 지으며 대답했다. 그 모습은 순진하고 맑았다. 남씨는 저절로 웃음이 나왔으나 한편으로는 걱정이 완전히 사라진 것은 아니었다. 어쩌면 정섭이가 자기 마음대로 마중 나왔을 수도 있었다.

"그럼, 건영이 아저씨가 마중을 보낸 거니?"

"예!"

정섭이는 싱글벙글하고 있었다. 남씨도 일단 마음이 놓여 웃는 얼굴이 되었다.

"그래, 잘했다…… 그런데 여기까지 오는 동안 별일은 없었니?"

"예? 별일이라니요?"

정섭이는 의아스러운 표정을 지었다. 남씨는 혹시나 하고 물어보았지만 숲에서는 아무 일 없었던 것이다.

"먼 길인데 고생은 안 했고?"

"예, 그리 멀지도 않던데요!"

정섭이는 태평스럽게 대답했다. 여기서 정마을까지의 거리는 상당히 먼 거리이다. 그런데도 저렇게 쉽게 말하다니! 하기야 거지 생활로 단련된 정섭이에게는 걷는 것이 그리 어려운 일이 아닐지도 모른다. 남씨는 정섭이와 얘기하면서 속으로는 깊은 감명을 받았다.

'우리가 올 줄 알고 마중을 보내다니! 대단해! 그런데 건영이는 우리의 지금 처지를 알고나 있을까? 숲 속의 괴인에 대해서는 모를 텐데……'

남씨는 이렇게 생각하고는 잠깐 정섭이의 얼굴을 쳐다봤다. 그러나 정섭이의 얼굴에서는 아무것도 알아낼 수가 없었다. 정섭이는 천진하고 마냥 즐거울 뿐이었다.

남씨는 다소 심각한 표정으로 물었다.

"정섭아! 오늘 어떻게 나왔니?"

"예? 건영이 아저씨가 마중 나가라고 했다니까요!"

"그래? 그냥 아무 말도 않고 마중 나가라고 했니?"

남씨의 물음은 건영이가 단순히 마중만 보낸 것인지가 궁금했다. 오늘 일행이 숲의 입구에 당도한다는 것을 건영이가 알았다 하더라도, 숲의 사건은 모를 수도 있을 것이다.

물론 정섭이가 방금 전 숲을 통과해 왔다 하더라도 앞으로는 모를 일이다. 남씨가 이토록 세심하게 생각하는 것은 신중한 태도였지만 정섭이의 다음 말은 남씨의 우려를 일소시켜주었다.

"아니요! 건영이 아저씨는 이렇게 말했어요! 오늘은 숲에 별 일이 없을 것 같으니까 빨리 오시라고……."

"뭐? 건영이 아저씨가 그렇게 말했다고?"

옆에 있는 인규가 놀라며 다시 물었다.

"예, 빨리 오시라고 했어요!"

정섭이는 영문을 모르는 채 확실히 대답했다. 건영이는 이미 상황을 파악하고 있으니 이제 안심해도 되었다. 인규는 고개를 끄덕였고 남씨도 걱정이 말끔히 사라진 것으로 보였다.

— 6권에 계속 —

인지
본사
소유

대하소설 주역 ⑤

1판 1쇄 인쇄 1995년 01월 10일
1판 1쇄 발행 1995년 01월 20일
2판 1쇄 발행 2015년 11월 20일
2판 2쇄 발행 2019년 02월 30일
2판 3쇄 발행 2023년 02월 20일

지 은 이 김승호
편집주간 장상태
책임편집 김원석
디 자 인 정은영

펴낸이 김영길
펴낸곳 도서출판 선영사
주 소 서울시 마포구 서교동 485-14 영진상가 지층
TEL (02)338-8231~2 **FAX** (02)338-8233
E-mail sunyoungsa@hanmail.net

등 록 1983년 6월 29일 (제02-01-51호)

ISBN 978-89-7558-205-9   03810